Yeee,
muy Grande.
Me lo he pasado
muy bien estos dias,
eres fantastica.
Espero vernos Pronto

Un Beso

Espero que le entiendas,
esta en Español.

INTRIGA EN BAGDAD

TODOS LOS TÍTULOS DE AGATHA CHRISTIE

1920. El misterioso caso de Styles
1922. El misterioso Sr. Brown
1923. Asesinato en el campo de golf
1924. El hombre del traje marrón
1924. Poirot investiga
1925. El secreto de Chimneys
1926. El asesinato de Roger Ackroyd
1927. Los cuatro grandes
1928. El misterio del tren azul
1929. El misterio de las siete esferas
1929. Matrimonio de sabuesos
1930. El enigmático Mr. Quinn
1930. Muerte en la vicaría
1931. El misterio de Sittafortd
1932. Peligro inminente
1932. Miss Marple y trece problemas
1933. La muerte de Lord Edgware
1933. Poirot infringe la ley
1933. Testigo de cargo
1934. Asesinato en el Orient Express
1934. El misterio de Listerdale
1934. Parker Pyne investiga
1934. Trayectoria de boomerang
1935. Muerte en las nubes
1935. Tragedia en tres actos
1936. Asesinato en Mesopotamia
1936. Cartas sobre la mesa
1936. El misterio de la guía de ferrocarriles
1937. Asesinato en Bardsley Mews
1937. El testigo mudo
1937. Poirot en Egipto (Muerte en el Nilo)
1938. Cita con la muerte
1938. Navidades trágicas
1939. Diez negritos
1939. Matar es fácil
1939. Problema en Pollensa
1940. La muerte visita al dentista
1940. Un triste ciprés
1941. El misterio de «Sans-Souci»
1941. Muerte bajo el sol
1942. Cinco cerditos
1942. Un cadáver en la biblioteca
1943. El caso de los anónimos
1944. Hacia cero
1945. Cianuro espumoso
1945. La venganza de Nofret
1946. Sangre en la piscina
1947. Los trabajos de Hércules
1949. La casa torcida
1949. Pleamares de la vida
1950. Se anuncia un asesinato
1950. Tres ratones ciegos
1951. Intriga en Bagdad
1951. Ocho casos de Poirot
1952. El truco de los espejos
1952. La señora McGinty ha muerto
1953. Después del funeral
1953. Un puñado de centeno
1954. Destino desconocido
1955. Asesinato en la calle Hickory
1956. El templete de Nasse-House
1957. El tren de las 4,50
1958. Inocencia trágica
1959. Un gato en el palomar
1960. El pudding de Navidad
1961. El misterio de Pale-Horse
1962. El espejo roto
1963. Los relojes
1964. Misterio en el Caribe
1965. En el hotel Bertram
1966. Tercera muchacha
1967. Noche sin fin
1968. El cuadro
1969. Las manzanas
1970. Némesis
1970. Pasajero para Franckfurt
1972. Los elefantes pueden recordar
1973. La puerta del destino
1974. Primeros casos de Poirot
1975. Telón
1976. Un crimen dormido
1977. Autobiografía
La hora de Agatha Christie

EN ESTA COLECCIÓN

AGATHA CHRISTIE

Intriga en Bagdad

PLANETA

Título original: *They Came to Bagdad*
Traducción: C. Peraire del Molino
Proyecto gráfico y diseño de la cubierta: Joan Batallé
Fotografía de la cubierta: Joan Cuní

© Agatha Christie Mallowan (1951)
© Por la traducción, Editorial Molino (1953)
© Por la presente edición, Editorial Planeta DeAgostini, División Internacional
Aribau, 185, 6.ª planta, 08021 Barcelona, España
ISBN: 84-7751-179-9

Reimpresión para:
Editorial Planeta Mexicana S. A. de C. V.
Insurgentes Sur 1162, 03100 México D. F., México

Reimpresión para:
Planeta Colombiana Editorial, S. A.
Calle 21 # 69-53, Santafé de Bogotá, D. C., Colombia

Reimpresión para:
Grupo Editorial Planeta, S.A.I.C.
Independencia 1668, 1100 Buenos Aires, Argentina
ISBN: 950-49-0720-2
Hecho el depósito que prevé la ley 11.723
Impreso en la Argentina

GUÍA DEL LECTOR

A continuación se relacionan en orden alfabético los principales personajes que intervienen en esta obra

BAKER (Richard): Joven y sabio arqueólogo.

BOLFORD: Uno de los principales sastres londinenses.

CARDEW TRENCH: Dama muy fisgona, huésped del hotel Tio.

CARMICHAEL (Henry): Valeroso agente británico.

CARTIER'S: Importante joyero de Londres.

CLAYTON (Gerald): Cónsul inglés de Basrah.

CROFTON LEE (Rupert): Gran viajero y novelista célebre.

CROSBIE: Capitán del ejército y a la vez agente al servicio del gobierno inglés.

DAKIN: Miembro diplomático de Inglaterra en Oriente.

GORING (Edward): Secretario del doctor Rathbone.

GREENMOLTZ: Gerente de la casa en que está empleada Victoria Jones.

HAMILTON CLIPP: Dama que utiliza los servicios de Victoria en su viaje a Bagdad.

HUSSEIN EL ZIRAYA: Jeque de Kerbela.

JONES (Victoria): Joven, hermosa, esbelta y valiente mecanógrafa, protagonista de esta novela.

MORGANTHAL (Otto): Gerente de la firma Morganthal Brown y Shipperke, banqueros de Nueva York.

PAUNCEFOOT JONES: Viejo distraído y eminente arqueólogo.

RATHBONE: Director de la sociedad La Rama de Olivo.

SANDERS DEL RÍO: Individuo al servicio de un organismo de espionaje.

SCHEELE (Anna): Secretaria del banquero Morganthal. Mujer sin atractivos, pero muy inteligente y dinámica.

SHRIVENHAM: Agregado de la Embajada británica en Bagdad.

SPENCER: Encargada de la agencia de colocaciones de Saint Guildric.

TIO (Marcus): Propietario del hotel de su nombre.

CAPÍTULO PRIMERO

I

El capitán Crosbie salía del banco con el aire complacido de quien acaba de hacer efectivo un cheque, y descubre que tiene en su cuenta más de lo que creía. El capitán Crosbie se sentía a menudo satisfecho de sí mismo. Físicamente, era de corta estatura, más bien grueso, de rostro enrojecido y bigote recortado y marcial. Al andar se contoneaba un tanto. Sus trajes eran tal vez un poco llamativos, pero gozaba de buena reputación. Era querido entre sus amigos. Un hombre alegre, sencillo, pero amable, y soltero. No tenía nada de extraordinario. Hay montones de Crosbies en Oriente.

La calle que recorría se llamaba Bank, por la sencilla razón de que la mayoría de los bancos de la ciudad estaban en ella. En el interior del banco predominaba el ruido producido por varias máquinas de escribir, y era oscuro, frío y bastante húmedo.

En Bank Street brillaban el sol y el polvo, y los ruidos eran múltiples y variados: el persistente sonar de los cláxones... los gritos de los vendedores de varias mercancías... Veíanse discutir acaloradamente a varios grupos de personas al parecer dispuestas a matarse unas a otras, pero que en realidad eran grandes amigos; hombres, mujeres y niños vendían toda clase de dulces, naranjas, plátanos, toallas, peines, navajas de afeitar y otras muchas cosas que transportaban rápidamente por las calles en unas bandejas. Y también el perpetuo y siempre renovado rumor de toses y sobre todo ello la suave melancolía de las quejas de los hombres que conducían mulos y caballos entre automóviles y peatones gritando: *¡Balek..., balek!*

Eran las once de la mañana en la ciudad de Bagdad.

El capitán Crosbie detuvo a un chiquillo que llevaba un

montón de periódicos bajo el brazo, y le compró uno. Dobló la esquina de Bank Street y llegó a Rashid Street, que es la calle principal de Bagdad y que corre casi durante seis kilómetros paralela al río Tigris.

El capitán Crosbie echó una ojeada a los titulares del periódico, lo puso bajo su brazo, anduvo unos doscientos metros y luego, tomando por una callejuela, llegó a una gran posada u hotel. Al lado mismo había una puerta con una placa de metal que empujó, y entró en una oficina.

Un joven empleado abandonó la máquina de escribir y adelantóse sonriente a darle la bienvenida.

—Buenos días, capitán Crosbie. ¿En qué puedo servirle?
—¿Está míster Dakin? Bien, iré a verle.

Atravesó la puerta, subió varios escalones, y en la última puerta de un sucio pasillo llamó con los nudillos. Una voz dijo:

—Adelante.

La habitación era amplia y bastante destartalada. Había una estufa de petróleo, con un cacharro lleno de agua encima, un diván muy bajo y largo con una mesita enfrente, y un viejo escritorio. La luz eléctrica estaba encendida como desdeñando la del día. Tras el escritorio se hallaba un hombre de rostro cansado e indeciso... el rostro de quien ya no vive en el mundo, lo sabe, y no le importa.

Los dos hombres, el alegre y seguro de sí, Crosbie, y el melancólico y cansado Dakin, se miraron.

—Hola, Crosbie —dijo Dakin—. ¿Acaba de llegar de Kirkuk?

El otro asintió con la cabeza, al mismo tiempo que cerraba la puerta tras sí. Era una puerta gastada, muy mal pintada, pero con una rara cualidad: ajustaba perfectamente, sin dejar rendija ni resquicio alguno.

Era, en resumen, una puerta a prueba de ruidos.

Al cerrarse ésta, las personalidades de los dos hombres cambiaron ligeramente. El capitán Crosbie pareció menos agresivo y seguro de sí, y Dakin enderezó sus hombros y sus ademanes fueron menos inseguros. Si alguien hubiese estado escuchando en aquella estancia, se hubiera sorprendido al ver que Dakin era el más autoritario.

—¿Alguna noticia, señor? —preguntó Crosbie.

—Sí —suspiró Dakin. Tenía ante él un papel que había estado descifrando. Escribió dos letras más y dijo:
—Tiene que llevarse a cabo en Bagdad.
Y encendiendo una cerilla, prendió fuego al papel y se quedó mirando cómo se quemaba. Una vez convertido en cenizas, sopló, y éstas se esparcieron por el aire.
—Sí —dijo—; se han decidido por Bagdad. El veinte del mes que viene. Tenemos que procurar guardar el mayor secreto.
—Hace tres días que estamos hablando de ello en el sur —repuso Crosbie con sequedad.
El hombrecillo sonrió.
—¡Un gran secreto! En Oriente no hay secretos, ¿verdad, Crosbie?
—No, señor. Si quiere saber mi opinión, no los hay en ninguna parte. Durante la guerra me di cuenta muchas veces de que un barbero londinense sabía más que el Estado Mayor.
—En este caso no importa mucho. Si la Conferencia ha de tener efecto en Bagdad, tendrá que hacerse público pronto. Y entonces es cuando empieza la diversión... nuestra diversión particular.
—¿Usted cree que llegará a efectuarse, señor? —preguntó Crosbie, escéptico—. ¿Cree que el tío Joe —así se refirió el capitán Crosbie irrespetuosamente a la cabeza de las Grandes Fuerzas Europeas— tiene intención de venir?
—Creo que esta vez, sí, Crosbie —repuso Dakin pensativo—. Sí, creo que sí. Y si la reunión se celebra... sin ningún tropiezo... será la salvación de todo. Si se pudiera llegar a algún acuerdo... —se interrumpió.
Crosbie seguía pareciendo escéptico.
—Es, perdóneme, señor..., ¿es que puede haber algún acuerdo *posible*?
—En el sentido que usted insinúa, Crosbie, probablemente no. Si se tratase de que dos hombres representantes de dos ideologías totalmente distintas se pusieran de acuerdo, es probable que terminase como siempre, con el acrecentamiento del recelo y la incomprensión. Pero hay un tercer elemento. Si esa fantástica historia de Carmichael es cierta...

Se detuvo.

—Pero, señor, no puede ser cierta. ¡Es *demasiado* fantástica!

Dakin guardó silencio durante breves instantes. Veía ante él, como si estuviera presente, el rostro ansioso y turbado, y oía aquella voz indescriptible diciendo cosas fantásticas e increíbles. Y se dijo, como lo hiciera entonces:

—O bien mi hombre de más confianza se ha vuelto loco... o todo esto es *cierto*...

Continuó diciendo con su voz melancólica:

—Carmichael lo creía. Todo lo que pudo averiguar confirmaba su hipótesis. Quiso buscar más elementos, conseguir pruebas. Si hace bien o mal en dejarle ir, lo ignoro. Si no vuelve, esto será sólo una historia que me contó Carmichael y que a su vez le contaron a él. ¿Es bastante? Yo no lo creo así. Es, como dice, una historia tan fantástica... Pero si ese hombre está aquí, en Bagdad, el día veinte, para contar su propia historia, la historia de un testigo presencial, y presenta pruebas...

—¿Pruebas? —inquirió Crosbie.

El otro asintió.

—Sí, consiguió pruebas.

—¿Cómo lo sabe?

—Por el santo y seña convenido. El mensaje me llegó por conducto de Salah Hassan. —Recitó cuidadosamente—: *Un camello blanco con una carga de avena viene por el desfiladero.*

Hizo una pausa antes de continuar.

—Carmichael ha conseguido lo que fue a buscar, pero no pasó sin ser visto. Le siguen la pista. Cualquier ruta que emprenda estará vigilada, y lo que es todavía más peligroso, le estarán esperando... aquí. Primero en la frontera, y si consiguiera pasarla, tendrán un cordón alrededor de las embajadas y consulados. Mire esto.

Revolvió entre los papeles de su mesa y leyó:

—Un inglés que viajaba en su automóvil desde Persia al Irak fue muerto a tiros... se supone por unos bandoleros. Un mercader que bajaba de las colinas fue víctima de una emboscada y asesinado. Abdul Hassan, sospechoso como contrabandista de tabaco, ha sido muerto por la policía. El cuerpo de un hombre, que luego ha sido identificado como el de un conductor de un camión armenio, ha sido encontrado en la carretera de Rowanduz. Todos ellos, como puede observar, reúnen las mismas características. Altura, peso, cabello, constitución, todo corresponde a la descripción de Carmichael. No quieren desdeñar ninguna oportunidad. Tienen que atraparlo. Y una vez esté en Irak el peligro será mayor. Un jardinero de la embajada, un criado del consulado, un oficial del aeropuerto, en las Aduanas, en las estaciones... todos los hoteles vigilados... Un cordón sin escape posible.

Crosbie arqueó las cejas.

—¿Usted cree que estará tan extendido como todo esto?

—No me cabe la menor duda. Incluso en nuestro campo tendremos infiltraciones. Eso es lo peor. ¿Cómo voy a estar seguro de que las medidas que tomaré para que Carmichael llegue fácilmente a Bagdad no son ya conocidas por la otra parte? Es uno de los movimientos elementales del juego, como ya sabe, el tener espías en el campo enemigo.

—¿Sospecha usted de alguien?

Dakin negó despacio con la cabeza.

Crosbie suspiró.

—Entretanto —dijo—, ¿continuamos?

—Sí, sí.

—¿Qué hay de Crofton Lee?

—Está de acuerdo en venir a Bagdad.

—Todo el mundo va a venir a Bagdad —repuso Crosbie—. Incluso tío Joe, según dijo usted, señor. Pero si le sucediera algo al presidente... mientras está aquí... el balón rebotaría con suma violencia.

—No pasará nada —dijo Dakin—. Éste es nuestro trabajo. Evitar que ocurra.

Una vez se hubo marchado Crosbie, Dakin inclinóse sobre el escritorio murmurando:

—Vendrán a Bagdad...

Sobre el papel secante dibujó un círculo y escribió debajo *Bagdad*; luego, alrededor de aquél, un camello, un aeroplano, un vapor, un tren... todos convergiendo hacia el centro de la circunferencia. En un ángulo del secante puso una tela de araña, y en su centro un nombre: Anna Scheele, y debajo un extraño signo.

Luego, tomando su sombrero, abandonó la oficina. Cuando caminaba por la calle Rashid, un hombre preguntó a otro quién era.

—¿Ése? Oh, ése es Dakin, de una compañía petrolífera. Un sujeto agradable, pero no progresará. Demasiado aletargado. Dicen que bebe. Nunca llegará a ninguna parte. Hay que tener mucha energía para progresar en esta parte del mundo.

II

—¿Tiene ya los informes sobre la propiedad de los Krugenhort, miss Scheele?

—Sí, míster Morganthal.

Miss Scheele, fría y eficiente, puso los papeles ante su jefe, que murmuró:

—Me figuro que satisfactorios.

—Eso creo, míster Morganthal.

—¿Está aquí Schwartz?

—Está esperando en el otro despacho.

—Dígale que pase en seguida.

Miss Scheele oprimió una clavija de las seis que tenía el dictáfono para dar la orden.

—¿Me necesita, míster Morganthal?

—No, creo que no, miss Scheele.

La secretaria abandonó en silencio la estancia.

Era una rubia platino... pero sin atractivo. Sus cabellos lacios estaban recogidos sobre la nuca, y sus ojos, de un azul muy pálido, contemplaban el mundo a través de los gruesos cristales de sus lentes. Su rostro era de facciones menudas, pero completamente inexpresivo. Se había abierto camino en la vida no por sus encantos, sino por su eficiencia. Podía recordarlo todo sin tener que consultar su bloc de notas y organizar la marcha de una oficina como funciona una máquina engrasada. Era la discreción misma y su energía, aunque bien regida y disciplinada, nunca flaqueaba.

Otto Morganthal, gerente de la firma Morganthal Brown y Shipperke, banqueros internacionales, se daba perfecta cuenta de que debía a Anna Scheele mucho más de lo que el dinero puede pagar. Confiaba plenamente en ella. Su memoria, su experiencia, su criterio, su cabeza siempre despejada eran inestimables. Le pagaba un sueldo espléndido que podría haber sido mayor si ella lo hubiese solicitado.

Conocía no sólo los detalles de sus negocios sino también los de su vida privada. Cuando le pidió su opinión sobre el asunto de la segunda mistress Morganthal le aconsejó el divorcio y le indicó la suma exacta de la renta que debía pasar a su primera esposa. No demostró simpatía ni curiosidad. Ella no era de esa clase de mujeres. No la creía capaz de ningún sentimiento y nunca se le ocurrió preguntarse cuáles eran sus pensamientos. Por cierto que le hubiera sorprendido el saber que pensaba..., es decir, que pensaba en otras cosas que no estuvieran relacionadas con Morganthal Brown y Shipperke, o con los problemas de Otto Morganthal.

Por eso le tomó de sorpresa oírle decir antes de salir de la oficina:

—Me gustaría tener tres semanas de vacaciones, si es posible, míster Morganthal, a partir del próximo martes.

—Será difícil —dijo mirándola intranquilo—; muy difícil.

—No creo que sea demasiado difícil, míster Morganthal. Miss Wygate es muy competente. Le dejaré mis notas y todas las instrucciones necesarias. Míster Cornwall puede atender a las Ascher Merger.

—¿No estará usted enferma? —preguntó, todavía intranquilo.

No podía él imaginar que pudiera ponerse enferma. Hasta los microbios parecían respetar a Anna Scheele y se apartaban de su camino.

—Oh, no, míster Morganthal. Quiero ir a Londres a ver a mi hermana.

—¿Su hermana? Ignoraba que tuviera una hermana.

Ni siquiera concebía que miss Scheele tuviese parientes o amigos. Nunca los había mencionado. Y allí estaba hablándole de una hermana que vivía en Londres. Estuvo con él, la última vez, y no le dijo que tuviese una hermana viviendo allí.

—No sabía que tuviese una hermana en Londres —dijo resentido.

—Oh, sí, míster Morganthal —repuso miss Scheele, sonriendo levemente—. Está casada con un inglés relacionado

13

con el Museo Británico. Tienen que operarle de algo grave y quiere que esté a su lado. Me gustaría poder ir.

En otras palabras, Otto Morganthal pudo comprender que estaba decidida a marcharse.

—Está bien... está bien —rezongó—. Vuelva tan pronto como pueda. Nunca vi el mercado tan alterado. Esos malditos comunistas... La guerra puede estallar de un momento a otro. A veces creo que es la única solución. Todo el país está plagado... plagado. Y ahora el presidente se ha decidido a ir a esa estúpida Conferencia de Bagdad. Para mí que ha sido todo preparado. Quieren atraparle. ¡Bagdad! ¡Como si no hubiera otro sitio!

—Oh, estoy segura de que estará bien protegido —dijo miss Scheele, conciliadora.

—¿No agarraron al Sha de Persia el año pasado? Y a Bernadotte en Palestina. Es una locura... eso es lo que es... una locura.

Miss Scheele calló.

—Pero entonces —agregó míster Morganthal—, todo el mundo está loco.

CAPÍTULO II

Victoria Jones, muy pensativa, estaba sentada en un banco de los jardines Fitz James. Se había entregado de lleno a sus reflexiones... casi podríamos decir moralistas... sobre las desventajas inherentes al empleo de los talentos particulares de cada uno fuera del momento oportuno.

Victoria, como la mayoría de nosotros, era una muchacha con sus defectos y sus cualidades. Era generosa, de buen corazón y valiente. Su tendencia natural hacia la aventura puede considerarse como meritoria, o también todo lo contrario, en esta época moderna que sitúa muy alto el valor de la seguridad. Su principal defecto era una asombrosa facilidad para decir mentiras oportunas o inoportunas. La ficción era irresistible para Victoria. Mentía con fluidez, tranquilidad y ardor artístico. Si llegaba tarde a una cita (que era bastante a menudo), no le bastaba con murmurar una excusa, por ejemplo, que se le había parado el reloj (cosa que actualmente acostumbra a ser verdad en la mayoría de los casos), o que se había retrasado el autobús. Victoria prefería entregarse al relato minucioso de haber sido detenida por un elefante atravesado en la carretera o de haber participado en una emocionante persecución en la que ella ayudó a la policía. A Victoria le parecía un mundo ideal el que estuviese lleno de tigres e infestado de bandidos peligrosos.

Era una joven esbelta, de figura agradable y unas piernas de primera clase. Sus facciones podían calificarse de sencillas, pequeñas y delicadas, pero había una picardía en ella cuando su «carita de goma de borrar» —como la llamaba uno de sus admiradores— gesticulaba, que sorprendía a cualquiera.

Era este último de sus talentos lo que la condujo a los razonamientos presentes. Estaba empleada como mecanógrafa en Greenholtz, de Greenholtz Simmons & Lederbetter, de la calle Grayholme, W. C. 2. Había sido despedida por entretener a las otras mecanógrafas y al botones con una imitación perfecta de la esposa de míster Greenholtz cuando iba a visitar a su esposo a la oficina. Victoria se confió, segura de que el jefe había ido a ver a sus agentes.

—¿Por qué dices que no vamos a comprar ese sofá, queridito? —preguntó con voz afectada—. Mistress Dievtakis tiene uno tapizado de raso azul eléctrico. ¿Dices que es por el dinero? Pero cuando llevas a esa rubia a comer y a bailar... ¡Ah!, ¿crees que no lo sé...? Pues si tú sales con esa rubia... yo bien puedo tener ese diván con almohadones dorados. Y cuando me dices que vas a una cena de negocios... qué tonto eres, sí... y luego vuelves con lápiz de labios en la camisa. Así que tendré el sofá y una capa de piel muy bonita... como de visón, pero sin ser de visón... es muy barata y es un buen negocio...

De pronto su auditorio volvió a su trabajo con asombrosa rapidez, lo que la hizo volverse y dar la vuelta para encontrarse ante míster Greenholtz, que la estaba observando desde la puerta.

Victoria, incapaz de decir o pensar nada mejor, dijo simplemente:

—¡Oh!

Quitándose el abrigo con un gruñido, míster Greenholtz entró en su despacho dando un portazo. Casi inmediatamente sonó el dictáfono. Dos timbres largos y uno corto. Era la llamada para Victoria.

—Es para ti, Jones —observó una compañera con los ojos brillantes de satisfacción ante el placer que proporcionaba la desventura de otro. Y las otras participaron del mismo sentimiento diciendo: «Anda, Jones, y, vaya apuro, Jones». El botones, un chiquillo mal criado, se contentó con pasarse un dedo por el cuello produciendo un ruido siniestro.

Victoria tomó su libreta de notas y su lápiz y entró en el despacho de míster Greenholtz con tanta seguridad como pudo fingir.

—¿Me necesita, míster Greenholtz? —murmuró mirándole con inocencia.

Míster Greenholtz estaba contando tres billetes de una

libra y rebuscaba en sus bolsillos las monedas que faltaban.

—Conque está usted ahí. Ya he soportado bastante, jovencita. ¿Ve usted alguna razón particular por la que no pueda pagarle el sueldo de una semana y despedirla ahora mismo?

Victoria, que era huérfana, iba a abrir la boca para explicar que su madre había sufrido una grave operación, la cual le había desmoralizado tanto que perdió la cabeza, y que su reducido sueldo era todo lo que tenían para vivir ella y su madre, cuando al ver la expresión de míster Greenholtz cerró la boca y cambió de opinión.

—No podía estar más de acuerdo con usted —asintió con placer—. Creo que tiene toda la razón, si sabe lo que quiero decir.

Míster Greenholtz fue tomado por sorpresa. No estaba acostumbrado a que sus empleados aceptaran el despido con tanta complacencia. Para dominar su desconcierto contó un montón de monedas que había ante él. Luego volvió a buscar en su bolsillo.

—Me faltan nueve peniques —murmuró.

—No importa —repuso Victoria, muy amable—. Puede gastárselos en el cine o en caramelos.

—Me parece que tampoco tengo sellos.

—No importa. No escribo cartas.

—Se los mandaré —dijo míster Greenholtz sin gran convicción.

—No se moleste. ¿Qué le parece si me da una carta con buenas referencias?

La cólera de míster Greenholtz reapareció.

—¿Por qué diablos habría de dársela?

Míster Greenholtz puso una hoja de papel ante él y trazó unas cuantas líneas. Luego se lo enseñó.

—¿Le basta?

Miss Jones ha estado trabajando dos meses en mi casa como taquimecanógrafa. Su taquigrafía no es muy buena y no la sabe descifrar. La despido por perder el tiempo durante las horas de trabajo.

Victoria hizo una mueca.
—Valiente recomendación —observó.
—No tenía intención de que lo fuera.
—Creo —cortó Victoria— que por lo menos debía decir que soy honrada, seria y respetable. Y lo soy, usted lo sabe. Y tal vez debiera añadir que también soy discreta.
—¿Discreta? —rugió míster Greenholtz.
—Discreta —repitió mirándole con sus ojos inocentemente cándidos.

Al recordar algunas cartas que le había dictado, míster Greenholtz decidió que más valía ser prudente que rencoroso.

Rompió el papel y escribió en otra hoja en blanco.

Miss Jones ha trabajado durante dos meses en mi casa como taquimecanógrafa. Se marcha debido al exceso de trabajo.

—¿Qué le parece esto?
—Podía ser mejor —repuso Victoria—, pero me bastará.

Así fue como, con el sueldo de una semana (menos nueve peniques) en su bolso, Victoria entregábase a sus reflexiones, sentada en un banco de los jardines Fitz James, que son una plantación de arbustos bastante raquíticos en forma de triángulo, situados junto a una iglesia y un gran almacén.

Victoria tenía la costumbre, cuando no llovía, de comprar un sandwich de queso y otro de tomate y lechuga y comérselos en aquel lugar.

Aquel día, mientras mascaba pensativa, decíase, y no por primera vez, que hay tiempo y lugar para todo... y que la oficina no es precisamente el sitio más adecuado para imitar a la esposa del jefe. En adelante, debía refrenar su impulso de alegrar las aburridas horas de trabajo. Entretanto, estaba libre de Greenholtz, Simmons & Lederbetter, y la perspectiva de obtener una colocación en cualquier otra parte le llenaba de una deliciosa expectación. A Victoria siempre le encantaba tener que buscar un nuevo empleo. No se sabe nunca lo que puede suceder.

Acababa de distribuir las últimas migas de pan entre tres gorriones, que se pelearon por ellas, cuando se dio cuenta de que en el mismo banco se había sentado un muchacho joven. Desde hacía rato la observaba, pero ella, absorta en sus proyectos y resoluciones para el porvenir, no se fijó hasta aquel momento. Y lo que vio (por el rabillo del ojo) le gustó mucho. Era un joven de buen aspecto, rubio como un querubín, pero con una barbilla enérgica y unos ojos muy azules que la miraban con admiración.

Victoria no tenía reparos en hacer amistades en lugares públicos. Se consideraba una excelente psicóloga y capaz de frenar cualquier manifestación de insolencia por parte de los desconocidos.

Le dirigió una franca sonrisa, a la que el joven correspondió como una marioneta a la que hubieran tirado de la cuerda.

—¡Hola! —soltó el muchacho—. Es bonito este sitio. ¿Viene muy a menudo?

—Casi cada día.

—¡Qué lástima no haber venido antes! ¿Era su almuerzo lo que estaba comiendo?

—Sí.

—No creo que haya comido lo suficiente. Me desmayaría si sólo tomase un par de sandwiches. ¿Qué le parece si fuéramos a la cervecería de la calle Tottenham Court a comer unas salchichas?

—No, gracias. Tengo bastante. No podría comer nada más ahora.

Ella esperó que dijera: «Pues otro día», pero no lo dijo. Se limitó a suspirar... luego continuó:

—Me llamo Edward, ¿y usted?

—Victoria.

—¿Por qué razones le han puesto el nombre de una estación?

—Victoria no es sólo una estación de ferrocarril —observó miss Jones—. También hubo una reina Victoria.

—Ummm, sí. ¿Cuál es su apellido?

—Jones.

—Victoria Jones. —Meneó la cabeza—. No pega.

—Tiene razón —repuso Victoria—. Si me llamara Jenny estaría mejor... Jenny Jones. Pero Victoria necesita algo de más importancia. Por ejemplo, como la escritora, Victoria

Sackville-West. Es la clase de apellido que me conviene. Algo que se pueda paladear.

—Puede anteponer algo al Jones —dijo Edward con simpatía y con interés.

—Belford Jones.

—Carisbrooke Jones.

—Saint Clair Jones.

—Lonsdale Jones.

El agradable juego fue interrumpido por una exclamación del joven, que acababa de mirar su reloj.

—Debo volver a mi trabajo... he... ¿y usted?

—No tengo trabajo. Me han despedido esta mañana.

—¡Oh!, sí que lo siento —repuso Edward con sincero pesar.

—Bueno, no me compadezca, porque yo no lo siento en absoluto. Por una parte, pronto conseguiré otro empleo, y por otra, ha sido bastante divertido.

Y retrasando aún más la vuelta de Edward a su trabajo, le hizo un resumen de la escena de la mañana, repitiendo la imitación de mistress Greenholtz ante el regocijo del muchacho.

—Es usted maravillosa, Victoria. Debiera trabajar en el teatro.

Victoria aceptó el cumplido con una sonrisa agradecida y le dijo que debía marcharse corriendo si no quería que también le despidiesen.

—Sí... y yo no encontraría otro empleo con tanta facilidad como usted. Debe ser maravilloso ser una buena taquimeca —dijo Edward con envidia.

—Bueno, actualmente no soy muy buena —admitió con franqueza—, pero por fortuna hasta la peor de las taquimecas puede encontrar trabajo hoy en día... por lo menos en centros de educación o de caridad... no pueden pagar mucho y por eso tienen que emplear personas como yo. Prefiero un empleo importante. Los nombres y términos científicos son tan difíciles que si no se saben escribir correctamente no es ninguna vergüenza, puesto que casi nadie los sabe. ¿En qué trabaja? Supongo que debe de estar licenciado. ¿Estuvo en la RAF?

—Buena adivina.

—¿Piloto de guerra?
—Acertó otra vez. Se preocupan mucho por nosotros, nos buscan empleo y demás, pero el caso es que no somos demasiado inteligentes. Quiero decir que no se necesita ser una lumbrera para servir en la RAF. Me colocaron en una oficina con un montón de fichas y cifras y algo donde ocupar mi cerebro y fracasé. De todas formas no veía para qué iba a servir todo aquello. Pero ahí tiene. Se desmoraliza uno un poco al ver que no se es demasiado bueno.

Victoria asintió con simpatía... y Edward continuó amargamente:

—Me desmoralizó bastante —dijo Edward—; me refiero al saber que no era un portento. Bueno... será mejor que me dé prisa... digo... no le importaría... no me creería demasiado cara dura... si... le pidiera...

Y mientras Victoria abría los ojos sorprendida, tartamudeando y enrojeciendo, Edward sacó una pequeña máquina de retratar.

—Me gustaría tanto tener una fotografía suya... ¿Sabe?, mañana me marcho a Bagdad.

—¿A Bagdad? —exclamó Victoria con vivo desencanto.

—Sí. No quisiera tener que ir... ahora. Esta mañana temprano estaba entusiasmado con la idea...; es por lo que acepté este empleo en realidad... para salir de este país.

—¿Qué clase de empleo?

—Pues bastante desagradable. Cultura..., poesía, todas esas cosas. Mi jefe es el doctor Rathbone. Le mira a uno a través de sus gafas. Las lleva sujetas sobre la nariz. Es terriblemente listo. Se dedica a abrir tiendas de libros en sitios lejanos..., comenzando por Bagdad. Y hace que las obras de Shakespeare y Milton sean traducidas al persa y al árabe. Es una tontería, puesto que el Consejo Británico está haciendo lo mismo por todas partes. En fin, ahí tiene. Me da trabajo y no debiera quejarme.

—¿Pero qué es lo que usted *hace* en realidad? —quiso saber Victoria.

—Bueno, la verdad es que se reduce a ser el perrito faldero del doctor Rathbone y contestar siempre «sí, señor». Comprar los billetes, encargar las habitaciones, llenar los impresos para los pasaportes, vigilar el embalaje de todos esos terribles manuales poéticos, correr de un lado a otro y estar en todas partes. —Su tono se hizo más y más melancólico—. Francamente, es bastante espantoso, ¿no le parece?

Victoria no supo qué decir para consolarle.

—Así que ya ve —continuó Edward—. Si no le molesta demasiado... una de perfil y otra mirándome... ¡Oh!, es maravilloso...

Disparó dos veces la máquina y Victoria demostró la gatuna complacencia de toda mujer que sabe que acaba de causar impresión a un miembro atractivo del sexo opuesto.

—Es bastante desagradable tener que marcharse ahora que acabo de encontrarla... pero supongo que no puedo hacerlo en el último momento... después de lo que cuesta conseguir los visados y todos esos papeles. No estaría muy bien, ¿verdad?

—No será tan malo como cree —dijo Victoria para consolarle.

—¡Noo! —repuso Edward no muy convencido—. Lo raro del caso es que tengo la impresión de que hay algo extraño en todo esto.

—¿Extraño?

—Sí. Falso. No me pregunte el porqué. No tengo ninguna razón para pensar así. Es una especie de presentimiento que se tiene algunas veces. Empieza uno a preocuparse por algo y al final es seguro que encuentra alguna pieza que no funciona bien.

Victoria no lo comprendió del todo bien, pero captó la idea.

—¿Usted cree que es falso... Rathbone?

—No sé cómo podría serlo. Quiero decir que es respetable y erudito, pertenece a todas esas sociedades... y tiene amistad con toda clase de arzobispos y directores. No, sólo es un *presentimiento*; bueno, el tiempo lo dirá. Adiós. Quisiera que usted me acompañara.

—Yo también —repuso Victoria.

—¿Qué es lo que va a hacer ahora?

—Ir a la agencia de Saint Guildric, de la calle Glower, y pedir otro empleo —dijo la joven tristemente.

—Adiós, Victoria. *Partir, est mourir un peu* —agregó Edward—. Esos franceses saben lo que dicen. Los ingleses decimos sólo que partir es una dulce melancolía... todo tonterías.

—Adiós, Edward, y buena suerte.

—No creo que vuelvas a acordarte de mí.

—Sí que me acordaré.

—Eres completamente distinta de todas las chicas que he conocido hasta ahora...; quisiera... —Un reloj dio el cuarto y Edward dijo—: ¡Diablos..., debo irme volando!

A los pocos instantes había sido tragado por el enorme buche de Londres. Victoria, recostándose contra el respaldo del banco, volvió a absorberse en sus meditaciones, aunque esta vez eran de dos clases distintas.

Unas giraban alrededor del tema Romeo y Julieta:

Partir es una dulce melancolía, le parecía también como a Edward, poco expresivo: ella y Edward hallábanse en el mismo caso de la infeliz pareja, aunque tal vez Romeo y Julieta expresasen sus sentimientos en un lenguaje más académico. Pero su posición era la misma. Su encuentro, atracción instantánea... todo frustrado... dos corazones que deben separarse. El recuerdo de un verso que recitaba con frecuencia su niñera le vino a la memoria:

Jumbo le dijo a Alicia te quiero,
Alicia le dijo a Jumbo no te creo.
Si de verdad me quisieras como dices tú,
No te irías a América dejándome en el Zoo.

¡Sólo había que sustituir América por Bagdad!

Victoria se levantó al fin sacudiendo las migas de su falda, y se dirigió, tras atravesar los jardines de Fitz James, a la calle Glower. Había tomado dos decisiones: la primera, que (como Julieta) estaba enamorada de aquel muchacho y quería conquistarle.

La segunda, que puesto que Edward estaba en Bagdad, lo único que le cabía hacer era ir también a Bagdad. Y lo que ahora estaba pensando era cómo poder realizarlo. Victoria estaba segura de que, de una forma u otra, lo conseguiría. Era una joven de carácter enérgico y optimista.

—Sea como sea —se dijo—, tengo que ir a Bagdad.

CAPÍTULO III

I

El hotel Savoy dio la bienvenida a miss Anna Scheele con la solicitud debida a un cliente antiguo y considerado. Se interesaron por la salud de míster Morganthal, y le aseguraron que si las habitaciones no eran de su agrado, sólo tenía que decirlo, porque Anna Scheele representaba muchos dólares.

Miss Scheele, una vez se hubo bañado y vestido, telefoneó a su número de Kensington, luego bajó en el ascensor, salió a la calle por la puerta giratoria y pidió un taxi, al que dio la dirección del joyero Cartier's de Bond Street.

Mientras el coche de alquiler se alejaba del Savoy, un hombrecillo que estaba contemplando un escaparate miró su reloj de pulsera y llamó a un taxi que pasaba, y que unos momentos antes había permanecido ciego a las llamadas de una señora cargada de paquetes.

Este vehículo siguió al primer taxi. Ambos tuvieron que detenerse ante las luces del tráfico en la plaza Trafalgar. El hombrecillo hizo una señal con la mano por la ventanilla. Un coche particular que se hallaba estacionado junto al Arco del Almirantazgo se puso en marcha y se mezcló entre el tráfico detrás del segundo taxi.

Se volvió a circular. Mientras el automóvil de Anna Scheele seguía hacia Pall Mall, el taxi en que viajaba el hombrecillo desvióse hacia la derecha para dar la vuelta a la plaza de Trafalgar. El coche particular, un Standard color gris, estaba ahora tras el taxi de Anna Scheele. En él iban dos pasajeros, un joven de mirada ambigua sentado ante el volante, y una mujer muy elegante. El Standard siguió a Anna Scheele por Piccadilly y Bond Street, donde se detuvo junto a la acera. La mujer se apeó, diciendo en tono alegre y convencional:

—Muchas gracias.

El coche siguió adelante. La mujer avanzó por la acera deteniéndose ante los escaparates. Hubo un atasco en el tráfico. Pasó junto al Standard gris y el taxi de Anna Scheele. Llegó a Cartier's y entró.

Anna Scheele pagó al taxista y entró en la joyería. Se entretuvo un buen rato mirando algunas joyas. Al fin escogió una sortija de zafiros y brillantes. Extendió un cheque a cobrar en un banco de Londres. Al ver el nombre, el empleado demostró una amabilidad extraordinaria.

—Celebro volver a verla en Londres, miss Scheele. ¿Ha venido también míster Morganthal?

—No.

—Lo decía porque tenemos un zafiro maravilloso, y sé que él está interesado por los zafiros. ¿Le gustaría verlo?

Miss Scheele expresó su conformidad, lo admiró sinceramente prometiendo decírselo a míster Morganthal.

Volvió a salir a la calle y la joven que había estado escogiendo pendientes dijo que no se decidía por ninguno y salió a su vez.

El Standard color gris había doblado a la izquierda y tomando por la calle Grafton y por Piccadilly y volvía a aparecer en aquel momento en la calle Bond. La mujer no dio muestras de reconocerlo.

Anna Scheele había entrado en una floristería. Encargó tres docenas de rosas de tallo largo, un jarrón lleno de violetas, doce ramos de lilas y mimosas para que fueran enviadas a cierta dirección.

—Son doce libras y ocho chelines, señora.

Anna Scheele pagó y se fue. Una mujer joven acababa de entrar para preguntar el precio de un ramo de primaveras, pero no las compró.

Anna Scheele cruzó Bond Street, bajó por Burllington y tomó por Saville Row, en donde vivía un sastre de esos que, a pesar de trabajar exclusivamente para los caballeros, de vez en cuando se avienen a cortar un traje a ciertos miembros privilegiados del sexo femenino.

Míster Bolford la recibió como a una buena clienta, y pasaron a discutir sobre la tela del vestido.

—Afortunadamente puedo servirle los mejores materiales del país. ¿Cuándo regresa a Nueva York, miss Scheele?
—El día veintitrés.
—Podré tenérselo. ¿En el clipper, supongo?
—Sí.
—¿Cómo andan las cosas por América? Aquí da pena... vaya si da pena. —Míster Bolford meneó la cabeza como un doctor habla de un paciente—. No se pone el *corazón* en las cosas, ¿me comprende? No hay nadie que tome empeño en su trabajo. ¿Sabe quién va a cortar su traje, miss Scheele? Míster Lantwick... tiene sesenta y dos años, y es el único a quien puedo confiar mis mejores clientes. Todos los demás...

Míster Bolford los barrió con un ademán.

—¡Calidad! —siguió diciendo—; eso es lo que dio fama a este país. ¡Calidad! Cuando intentamos la producción en masa no tenemos éxito, ésa es la verdad. Ésa es la especialidad de su *patria*, miss Scheele. Lo que *nosotros* debemos procurar, lo repito, es *calidad*. Emplear el tiempo necesario y consagrarse a producir un artículo como en ninguna otra parte del mundo. ¿Qué día le parece bien para la primera prueba? ¿En ocho días? ¿A las doce y media? Muchísimas gracias.

Después de abrirse paso entre los montones de piezas de tela logró volver a salir a la luz del sol. Tomó un taxi para regresar al Savoy. Un coche de alquiler que estaba parado enfrente, ocupado por un hombrecillo vestido de color oscuro, emprendió el mismo camino, pero sin volver al Savoy. Dio la vuelta para recoger a una mujerzuela baja y regordeta que acababa de salir por la puerta de servicio del hotel.

—¿Qué hay Louise? ¿Registraste su habitación?
—Sí. Nada.

Anna Scheele comió en el restaurante donde le habían reservado una mesa junto a la vidriera. El maître se interesó por la salud de Otto Morganthal.

Una vez concluida la comida, recogió su llave y se fue a su habitación. Habían hecho la cama y puesto toallas limpias en el cuarto de baño. Anna se dirigió hacia donde estaban sus maletas (muy ligeras, para avión) y que constituían su equipaje. Una estaba abierta y la otra cerrada. Echó un vistazo al contenido de la primera, y tras sacar las llaves de su bolso, se dispuso a abrir la otra. Todo estaba en orden, bien doblado, aparentemente nada había sido tocado. Encima de todo veíase un maletín de cuero y a un lado una Leica y dos rollos de película cerrados y sellados. Sonrió complacida. El cabello rubio apenas perceptible que puso como señal había desaparecido. Espolvoreó la superficie del maletín soplando luego. El cuero continuó limpio y brillante. No había huellas digitales. Sin embargo, aquella mañana después de peinarse con brillantina, lo había tocado. *Debiera* haberlas. Las suyas.

Volvió a sonreír.

—Buen trabajo —díjose—. Pero no del todo...

Con habilidad preparó una maletita con lo necesario para la noche y volvió a bajar. Hizo pedir un taxi y dijo al conductor que la llevase al número 17 de los jardines Elmsleigh.

Era un lugar tranquilo, bastante cercano a la plaza Kensington. Anna despidió al taxi y subió los escalones de una casa. Hizo sonar el timbre. Momentos después abría la puerta una mujer vieja y recelosa que inmediatamente cambió de expresión por otra de bienvenida.

—¡Lo que se alegrará de verla miss Elsie! Está en el estudio, en la parte de atrás. Lo único que la mantiene animada es el pensar que iba usted a venir.

Anna cruzó rápidamente el vestíbulo para abrir la puerta que había en el otro extremo. Era una habitación cómoda, con grandes sillones de cuero. Una mujer que se hallaba sentada en uno de ellos se levantó de un salto al verla.

—¡Anna, querida!

—¡Elsie!

Las dos mujeres se besaron con afecto.

—Está todo arreglado —dijo Elsie—. Ingreso esta noche. Espero...

—Anímate —repuso Anna—. Todo saldrá bien.

II

El hombre vestido de oscuro entró en la cabina de un teléfono público de la estación Kensington de Hight Street y marcó un número.

—¿La compañía de gramófonos Valhalla?

—Sí.
—Aquí Sanders.
—¿Sanders del Río? ¿Qué río?
—Del río Tigris. Informe sobre A. S. Ha llegado esta mañana de Nueva Zelanda. Fue a Cartier's. Compró un anillo de zafiros y brillantes de ciento veinte libras. Luego a una floristería, la de Jane Kent, doce libras con dieciocho chelines de flores para enviarlas a una clínica de Portland Place. Encargó un traje chaqueta en Bolford. Ninguna de estas firmas parece tener contactos sospechosos, pero de ahora en adelante se las vigilará más estrechamente. La habitación de A. S. en el Savoy ha sido registrada. No se ha encontrado nada sospechoso. En el maletín había unos papeles relacionados con Paper Merger y Wolfensteins. Todo claro. Una máquina de retratar y dos rollos aparentemente sin usar. Por si se tratara de clisés interesantes, los sustituimos por otros, pero resultaron ser películas vírgenes. A. S. hizo una maleta con poca ropa y fue a casa de su hermana en los jardines Elmsleigh, número 17, que ingresa esta noche en una clínica de Portland Place para someterse a una operación quirúrgica. Lo hemos comprobado llamando a la clínica y consultando la agenda del cirujano. La visita de A. S. parece perfectamente justificada. No demostró inquietud ni recelo cuando la seguimos. Tengo entendido que pasará la noche en la clínica. No ha dejado sus habitaciones del hotel Savoy. Tiene billete de vuelta a Nueva York para el clipper del día veintitrés.

El hombre que dijo llamarse Sanders del Río hizo una pausa y agregó este comentario:

—¡Y si quieres saber qué pienso de todo esto, te diré que es el parto de los montes! Lo que *está* haciendo es tirar el dinero. ¡Doce libras y dieciocho chelines en flores! ¿Qué te parece?

CAPÍTULO IV

I

Dice mucho en favor del temperamento de Victoria el que ni por un momento se le ocurriera la posibilidad de no alcanzar su objetivo. Era verdaderamente una desgracia que cuando acababa de enamorarse sinceramente de un muchacho atractivo, ese muchacho estuviese a punto de salir en dirección a un lugar situado a casi cinco mil kilómetros de distancia. Con lo fácil que hubiera sido de haberse tratado de Aberdeen, Bruselas o siquiera Birmingham.

¡Pero tuvo que ser Bagdad, pensó Victoria, era su destino! Sin embargo, a pesar de todas las dificultades que pudiera encontrar intentaría ir a Bagdad de un modo u otro. Caminaba por Tottenham Court pensando la manera y los medios. Bagdad. ¿Por qué se interesaban por Bagdad? Según Edward, por la cultura. ¿Tenía ella alguna cultura, sea cual fuese? ¿Y la Unesco? La Unesco siempre estaba mandando gente de un lado a otro, a veces a los lugares más deliciosos. Pero para eso había que ser una mujer superior con un título universitario.

Victoria, decidiendo que lo primero es lo primero, dirigió sus pasos a una agencia de viajes para hacer sus averiguaciones. Al parecer, no existía ninguna dificultad para ir a Bagdad. Podía ir en avión, por mar hasta Basrah, en tren hasta Marsella, y en barco hasta Beirut, y luego atravesar el desierto en automóvil. Y también por Egipto, y si quería hacer todo el viaje en tren no había inconveniente, sólo que los visados costaban de obtener y además llegaban con tanto retraso que se exponía a que hubiesen caducado al recibirlos. Bagdad se hallaba en el área de las libras esterlinas, por lo que el dinero no representaba ninguna dificultad, es decir, en el sentido que aludía el empleado. Todo lo cual venía a resumirse en una carencia de obstáculos para ir a Bagdad, mientras se tuviese de sesenta a cien libras.

Y Victoria tenía en aquel momento tres libras y diez chelines (menos nueve peniques) y otros doce chelines y cinco libras en la Caja de Ahorros, así que los medios sencillos y corrientes estaban fuera de su alcance.

Hizo algunas preguntas sobre cómo encontrar un empleo de azafata en un avión, o de camarera en un barco, pero esos puestos estaban muy solicitados, y había una larga lista de aspirantes.

La visita siguiente de Victoria fue a la agencia de Saint Guildric, donde miss Spencer, sentada tras el mostrador, le dio la bienvenida como a todo el que estaba destinado a pasar muy a menudo por aquella oficina.

—¡Dios mío, miss Jones, *otra vez* sin trabajo! Esperaba que esta vez...

—Imposible —repuso Victoria con firmeza—. No sé cómo explicarle todo lo que he tenido que soportar.

Un leve rubor coloreó las pálidas mejillas de miss Spencer.

—No... —comenzó—. No esperaba que... No parecía de esa clase de hombres... claro que *tiene* bromas de mal gusto... Espero...

—No se alarme —dijo Victoria sonriendo con valentía—. Sé cuidarme bien.

—Oh, naturalmente, pero siempre es *desagradable*.

—Sí —repuso Victoria—. Es desagradable. Sin embargo... —y volvió a sonreír.

La señorita consultó sus libros.

—La Sociedad de San Leonardo de Ayuda a la Madre precisa una mecanógrafa —le dijo miss Spencer—. Claro que no pagan mucho.

—¿Hay alguna posibilidad de encontrar un empleo en Bagdad? —preguntó de pronto Victoria.

—¿En Bagdad? —repitió miss Spencer, tan asombrada como si le hubiera dicho Kamchatka o bien el Polo Sur.

—Me gustaría mucho poder ir a Bagdad —explicó Victoria.

—No creo... ¿Como secretaria?

—De cualquier manera —repuso la muchacha—. Como niñera o cocinera, o cuidando a un maniático. Cualquier cosa.
—Me temo no poder ayudarla —cortó miss Spencer meneando la cabeza—. Ayer vino una señora con dos niñas que ofrecía un pasaje para Australia.
Victoria se puso en pie.
—Si supiera algo... Aunque sólo pagaran los gastos del viaje... es todo lo que necesito —al ver la curiosidad reflejada en los ojos de su interlocutora, aclaró—: Tengo unos parientes allí. Y me han dicho que hay muchos empleos que pagan muy bien; pero claro, primero hay que estar allí.
«Sí —decíase Victoria al salir de la agencia Saint Guildric—. Primero hay que estar allí.»
Se sumó a las contrariedades de Victoria el hecho de que, como de costumbre, cuando uno tiene la atención fija en un punto, todo parecía conspirar para atraer su atención hasta Bagdad.
Un breve párrafo del diario de la noche que compró anunció que el doctor Pauncefoot Jones, el conocido arqueólogo, había comenzado sus excavaciones en la antigua ciudad de Murik, situada a unos ciento ochenta kilómetros de Bagdad. Un anuncio mencionaba las líneas de comunicación con Basrah (y desde allí en tren hasta Bagdad, Mosul, etc.). En un diario que cubría el fondo del cajón donde guardaba las medias se hablaba de los estudiantes de Bagdad. *El ladrón de Bagdad* era la película que daban en el cine del barrio, y en un escaparate de una librería vio la nueva biografía de Harun al Rashid, califa de Bagdad.
Parecía como si todo el mundo se hubiese dado cuenta ahora de la existencia de Bagdad. Y hasta aquella tarde, a la una cuarenta y cinco aproximadamente, nunca había oído hablar de Bagdad, ni pensado que existiera.
Las perspectivas de llegar allí eran poco prometedoras, pero Victoria no tenía intención de ceder. Era poseedora de un cerebro fértil y optimista. Pensaba que cuando se quiere una cosa siempre hay un medio de conseguirla.
Pasó la tarde haciendo una lista de posibles acercamientos:
¿Poner un anuncio?
¿Probar en el Ministerio de Asuntos Exteriores?

¿En la delegación de Irak?
¿En las compañías navieras?
¿En el consulado inglés?
¿En la oficina de información de Selfridge?
¿En el departamento del Consejo al Ciudadano?

Y ninguno, tenía que admitirlo forzosamente, parecía muy prometedor. Y agregó a la lista:

De una manera u otra conseguir cien libras.

II

Los intensos esfuerzos mentales de concentración de Victoria, y posiblemente la subconsciente satisfacción de no tener que asistir con puntualidad a la oficina, hicieron que durmiera más de lo corriente.

Despertóse a las diez y cinco minutos, saltó de la cama y se dispuso a vestirse. Acababa de pasarse el peine por última vez cuando sonó el timbre del teléfono.

Al otro lado de la línea miss Spencer le decía muy agitada:

—¡Cuánto celebro haberla encontrado! ¡Ha ocurrido una coincidencia extraordinaria!

—¿Sí? —exclamó Victoria.

—Como lo digo, una coincidencia extraordinaria. Una tal mistress Hamilton Clipp... que se marcha a Bagdad dentro de tres días... se ha roto el brazo... y necesita a alguien que la acompañe durante el viaje... Por eso la he llamado en seguida. Claro que no sé si habrá ido a otras agencias...

—Iré en seguida —repuso Victoria—. ¿Dónde vive?

—En el Savoy.

—¿Y cómo dice que se llama? ¿Tripp?

—Clipp, querida. Como un clip para prender papeles, pero con dos pes... No sé por qué... pero es estadounidense —concluyó miss Spencer como si eso lo explicara todo.

—Mistress Clipp del Savoy.

—Míster y mistress Hamilton Clipp. Fue su esposo quien telefoneó.

—Es usted un ángel —le dijo la muchacha—. Adiós.

Apresuradamente cepilló su vestido, deseando que estuviera menos rozado y más de acuerdo con su cometido de ángel de la guarda y experta viajera. Luego tomó la recomendación que le hiciera míster Greenholtz, pero meneó la cabeza.

«Debiera ser algo mejor», pensó Victoria.

En el autobús número 19 llegó a Green Park, entró en el hotel Ritz. Una rápida ojeada sobre el hombro de lo que estaba leyendo una pasajera del autobús había tenido su recompensa. Se dirigió al salón escritorio y una vez allí escribió unas líneas de alabanza a lady Cynthia Bradbury, que acababa de abandonar Inglaterra para dirigirse al este de África dirigidas a ella misma... *excelente ayuda durante la enfermedad, y muy capaz en todos los sentidos...*

Al salir del Ritz cruzó la calle y fue andando hasta la calle Albermarle. En el hotel Balderton, reconocido como el más concurrido por altas dignidades eclesiásticas, escribió, con letra más cuidada y procurando que las eses fuesen bien pequeñas, una recomendación del obispo de Llangow.

Con estas armas, tomó el autobús número 9, y esta vez fue directamente al Savoy.

En el mostrador preguntó por mistress Hamilton Clipp, y dijo que venía de parte de la agencia Saint Guildric. El empleado que iba a levantar el teléfono se detuvo y le dijo:

—Ahí viene míster Hamilton Clipp.

Míster Hamilton Clipp era altísimo y delgado, de cabellos grises. Un estadounidense de aspecto amable y hablar reposado.

Victoria le dijo su nombre y el de la agencia.

—Pues bien, miss Jones; será mejor que suba a ver a mistress Clipp. Todavía está en sus habitaciones. Me parece que estaba hablando con otra señorita, pero debe haberse marchado ya.

El pánico invadió el corazón de Victoria.

¿Estaría tan cerca y tan lejos al mismo tiempo?

Subieron en el ascensor hasta el tercer piso.

Mientras caminaban por el largo corredor alfombrado, de una de las habitaciones salió una joven que se cruzó con ellos. Victoria tuvo la sensación de que era ella misma la que se aproximaba. Tal vez porque el traje chaqueta que llevaba era tan exacto al que hubiese deseado tener. «Y me hubiera quedado muy bien. Soy de su misma talla. Cómo me hubiera gustado arrancárselo», pensó Victoria en un arranque de furor femenino.

Llevaba un sombrerito de terciopelo inclinado sobre un lado de sus cabellos rubios que cubrían parte de su rostro, pero a pesar de ello, míster Hamilton Clipp se volvió sorprendido.

—¡Quién lo hubiera dicho! —dijo para sí—. ¡Es Anna Scheele!

Y agregó a modo de explicación:

—Perdóneme, miss Jones. Me ha sorprendido ver a una joven que estaba en Nueva York hará menos de una semana, y que es secretaria de uno de nuestros bancos internacionales más importantes...

Se detuvo ante una de las puertas. La llave pendía de la cerradura, y tras una ligera llamada con los nudillos, míster Hamilton Clipp se hizo a un lado para dejar paso a Victoria.

Mistress Hamilton estaba sentada junto a la ventana en un sillón de alto respaldo, del que se levantó al verles entrar. Era una mujer bajita de ojos de pájaro. Llevaba el brazo derecho enyesado.

Su esposo le presentó a Victoria.

—¡Fíjese qué desgracia! —exclamó mistress Clipp—. Aquí estábamos con el itinerario hecho, disfrutando de Londres y con los pasajes pagados. Voy a ver a mi hija casada que vive en Irak, miss Jones. Hace casi dos años que no la veo. Y entonces me caí... en la abadía de Westminster... rodé unos cuantos escalones... y ahí tiene. Me llevaron al hospital y me enyesaron el brazo. No es muy agradable, pero ¡qué le voy a hacer...! Necesito ayuda, y no sé cómo voy a arreglármelas para viajar. George está muy ocupado con sus negocios y no puede ausentarse por tres semanas, por lo menos. Me indicó que podía tomar una enfermera que me acompañara, pero después de salir del hospital ya no necesito una enfermera que no me deje en paz. Sadie puede hacer todo lo necesario... pero tenía que pagarle también el viaje de vuelta. Entonces se me ocurrió llamar a la agencia por si podían encontrar a alguien que quisiera acompañarme pagándole sólo el viaje de ida.

—Yo no soy *precisamente* una enfermera —dijo Victoria, preguntándose cómo definirse—. Pero tengo bastante experiencia —y le tendió el primer certificado—. Estuve un año con lady Cynthia Bradbury. Y si desea que despache su correspondencia, o que haga algún trabajo de secretaria... fui secretaria de mi tío algunos meses. Mi tío —dijo Victoria con modestia— es el obispo de Llangow.

—¡Su tío es obispo! ¡Dios mío, qué interesante!

Los dos Hamilton Clipp quedaron muy impresionados, al parecer. (Y así debía ser después del trabajo que se había tomado.)

Mistress Hamilton tendió los papeles a su esposo.

—Es realmente providencial —exclamó—. ¡Qué maravilla! Es la respuesta a una plegaria.

Y eso era precisamente, pensó Victoria.

—¿Va a tomar posesión de algún empleo? ¿O tal vez a reunirse con algún pariente? —preguntó mistress Hamilton Clipp.

En su afán por fabricar los certificados había olvidado que debería explicar las razones que la llevaban a Bagdad. Tomada por sorpresa, tuvo que improvisar con rapidez. El párrafo que leyera en el autobús le vino a la memoria.

—Voy a reunirme con mi tío. El doctor Pauncefoot Jones —explicó.

—¿Sí? ¿El arqueólogo?

—Sí. —Por un momento Victoria pensó que tal vez se estuviera extralimitando al crear tantos tíos distinguidos—. Estoy muy interesada por sus trabajos; pero, claro, no tengo ninguna calificación especial y por eso la expedición no me paga el viaje. No andan muy bien de fondos. Pero si puedo llegar por mis medios, me reuniré con ellos y creo hacerme útil de alguna manera.

—Debe de ser un trabajo muy interesante —dijo mistress Hamilton Clipp—, y Mesopotamia es ciertamente un gran campo para la arqueología.

—Me temo —dijo Victoria dirigiéndose a mistress Clipp— que mi tío el obispo se halle en Escocia en estos momentos, pero puedo darle el teléfono de su secretaria que está en Londres. Pimlico 873693... La encontrarán a partir de —Victoria echó un vistazo al reloj que había sobre la chimenea— las doce y media, si quieren llamarla y preguntarle por mí.

35

—Bueno, estoy segura —comenzó a decir mistress Clipp, pero su esposo la interrumpió.

—Ya sabes que el tiempo apremia. El avión sale pasado mañana. ¿Tiene pasaporte, miss Jones?

—Sí. —Victoria dio gracias al viajecito que había hecho a Francia durante sus vacaciones, y por el que ahora tenía su pasaporte en regla—. Lo traje por si acaso —añadió.

—Eso es lo que yo llamo espíritu de negocios —dijo mistress Clipp aprobadoramente. Si había alguna otra candidatura era evidente que quedaba descartada. Victoria, con sus buenas referencias, sus tíos y su pasaporte a punto había ganado la partida.

—Necesitará los visados —le dijo míster Clipp agarrando el pasaporte—. Se lo llevaré a nuestro amigo míster Burgeos de la American Express y se lo arreglará. Será conveniente que esta tarde se pase por aquí para firmar lo necesario.

Victoria se avino a ello.

Cuando la puerta del departamento se cerraba tras ella, mistress Hamilton Clipp le decía a míster Hamilton Clipp:

—¡Qué muchacha tan *sincera*! Realmente hemos tenido suerte.

Victoria tuvo la delicadeza de enrojecer.

Corrió hacia su piso en espera de que sonara el teléfono, preparada para asumir la personalidad de una secretaria de obispo, en el caso de que mistress Clipp quisiera confirmar su capacidad. Pero mistress Clipp había sido gratamente impresionada por la *sincera* personalidad de Victoria y no quiso molestarse con tales requisitos. Después de todo, el compromiso era sólo para unos pocos días.

A su debido tiempo fueron firmados los papeles, y obtenidos los visados necesarios. Victoria pasó la última noche en el Savoy para ayudar a mistress Clipp y acompañarla al aeropuerto a la mañana siguiente.

CAPÍTULO V

El bote que dos días antes abandonara las marismas se deslizaba ahora suavemente por las aguas de Chatt el Arab. La corriente era rápida y el viejo remero apenas necesitaba esforzarse. Sus movimientos eran lentos y rítmicos. Con los ojos semicerrados, y como para sus adentros, entonaba muy bajito un triste canto árabe:

Asri bi lel ya yamali
Hadhi alek ya ibn Ali.

Así como en muchísimas otras ocasiones, Abdul Suleiman había llegado a Basrah por el río. Iba también otro hombre en el bote, una figura muy corriente estos días con una patética mezcla del este y oeste en su atuendo. Sobre su larga túnica de algodón a rayas llevaba una cazadora caqui, vieja, manchada y rota. Una bufanda de punto, que había sido roja, asomaba por el cuello de la chaqueta. Su cabeza exhibía la dignidad del vestido árabe, el inevitable *keffiyah* blanco y negro sujeto por el *agal* de seda negra. Sus ojos estáticos contemplaban el río. Comenzó a canturrear en el mismo tono. Su estampa era similar a la de otros miles en el paisaje de Mesopotamia. Nada indicaba que fuese un inglés portador de un secreto que todos los hombres influyentes de casi la mayoría de los países hubiesen deseado interceptar y destruir junto con el hombre que lo llevaba.

Su mente repasaba los sucesos de las últimas semanas. La emboscada en las montañas. El frío de la nieve al atravesar el desfiladero. La caravana de camellos. Los cuatro días pasados caminando descalzo por el desierto en compañía de dos hombres que llevaban un «cine» portátil. El acampar en la tienda negra y su viaje con la tribu de los aneizeh, viejos amigos suyos. Dificultades, innumerables peligros..., escurriéndose una vez y otra a través del cordón tendido para atraparle e impedirle el paso.

«Henry Carmichael. Agente británico. Edad, unos cuarenta años. Cabello castaño, ojos oscuros. Habla el árabe, el persa, el armenio, el indostánico, el turco y muchos dialectos montañeses. Amigo de los indígenas. *Peligroso.*»

Carmichael había nacido en Kashgar donde su padre era oficial del Gobierno. Su lengua infantil asimiló varios dialectos y jergas...; sus niñeras, y más tarde sus instructores, fueron nativos de muy distintas razas. En casi todos los lugares del Oriente Medio tenía amigos.

Sólo le fallaba este contacto en las ciudades y poblaciones. Ahora, al aproximarse a Basrah, sabía que había llegado el momento crítico de su misión. Más pronto o más tarde tendría que entrar en zona civilizada. Aunque Bagdad era su último destino, era mejor no abordarlo directamente. En cada ciudad de Irak le aguardaban toda clase de facilidades, preparadas con sumo cuidado muchos meses atrás. Habían dejado a su albedrío el lugar en donde debía, por así decir, desembarcar. No les dijo ni una palabra a sus superiores, ni por los medios indirectos de que pudo valerse. Era más seguro así. El plan más fácil, el avión que debía aguardarle en el lugar convenido, había fallado, como supuso. Ese lugar fue conocido por sus enemigos. ¡Filtraciones! ¡Siempre esas terribles e incomprensibles filtraciones!

Y por eso sus recelos se acrecentaron. Allí en Basrah, a la vista de la meta, sentía instintivamente que el peligro habría de ser mayor que durante todas las peripecias de su viaje. Y el fracasar en la última etapa... era una idea difícil de soportar.

Moviendo rítmicamente los remos, el viejo árabe murmuró sin volver la cabeza:

—El momento se acerca, hijo mío. Que Alá te proteja.

—No te detengas mucho tiempo en la ciudad, padre. Regresa a las marismas. No quisiera que te pasara nada malo.

—Sea lo que Alá disponga. Lo dejo en sus manos.

—En manos de Alá —respondió el otro.

Por un momento deseó con toda su alma ser un hombre de Oriente, sin tener que preocuparse por las probabilidades de éxito o de fracaso, ni calcular una y otra vez los azares, y si lo había planeado todo cuidadosamente, y dejar todas las responsabilidades en manos del Todopoderoso. ¡Por Alá, tengo que triunfar!

A pesar de sus palabras, sentía todo el fatalismo y la calma de aquel país. Dentro de breves instantes tendría que abandonar la tranquilidad del bote, caminar por las calles de la ciudad, sufrir el escrutinio de miradas astutas. Sólo *sintiendo* como un árabe, y pareciendo un árabe, podía triunfar.

El bote viró hacia el canalón que formaba ángulo recto con el río. Allí veíanse atracadas toda clase de embarcaciones y otros botes iban y venían a su alrededor. Era una escena encantadora, casi veneciana, la de los esquifes de altas y curvadas proas y suaves colores, que atados uno junto a otro sumaban varios cientos.

El viejo preguntó en voz baja:

—El momento ha llegado. ¿Estás preparado?

—Sí, lo tengo todo planeado. Ha llegado la hora de partir.

—Que el Señor te sea propicio y que Él bendiga tu vida durante largos años.

Carmichael recogió sus largas faldas para subir los resbaladizos escalones de piedra.

A su alrededor podían contemplar las acostumbradas figuras que frecuentan el desembarcadero. Chicuelos vendiendo naranjas iban de un lado a otro con sus bandejas, pregonando su mercancía. Otros vendían trozos de pastel y frutas confitadas, lazos para los zapatos y peines baratos y elásticos. Vagabundos contemplativos, escupiendo de vez en cuando, deambulaban haciendo tintinear sus sartas de cuentas. En el otro lado de la calle, donde estaban las tiendas y los bancos, jóvenes *effendis* pasaban rápidos, vestidos de colores claros y a la europea. También había europeos, ingleses y extranjeros. Y nadie demostró interés ni curiosidad porque un árabe entre cincuenta o más acabase de llegar en un bote.

Carmichael caminaba tranquilamente observando la escena con el placer de un chiquillo. De vez en cuando carraspeaba y escupía, no con demasiada violencia, sólo para estar en carácter. Por dos veces se sonó con los dedos.

Y de este modo llegó a la ciudad. Una vez en el puente del extremo del canal, lo cruzó para entrar en el zoco.

Allí todo era bulla y movimiento. Indígenas vigorosos caminaban apartando a otros de su camino... mulos cargados seguían su itinerario mientras sus amigos gritaban con voz ronca: *Balek, balek!* Niños que se peleaban a grito pelado y corrían tras los europeos diciendo: *Baksheesh*, señora, *Baksheesh. Meskin-meskin.*

Allí se vendían juntos los productos de Oriente y Occidente. Cacerolas de aluminio, tazas, platos, teteras, objetos de cobre batido, trabajos en plata de Amara, relojes baratos, cubiletes esmaltados, bordados y alfombras de Persia de alegres colores. Arcas de metal de Kowelt, pantalones y chaquetas de segunda mano y jerseys de lana para niño. Cubrecamas acolchados, lámparas de cristal decorado, rimeros de jarras y vasijas de barro. Todas las mercancías baratas de la civilización junto a los productos del país.

Todo normal y como de costumbre. Después de su largo viaje por los espacios desiertos, aquel bullicio y confusión le parecían extraños; pero era como debía ser. Carmichael no pudo captar ni una nota discordante, el menor signo de interés por su persona. Y, sin embargo, con el instinto de quien durante años ha sabido lo que es verse perseguido, sentía una creciente inquietud, una vaga sensación de amenaza. No es que notase algo anormal. Nadie le había mirado, ni nadie (estaba casi seguro) le seguía o le observaba. Y a pesar de ello tenía indefinible certeza del peligro.

Dobló una esquina oscura, luego siguió hacia la derecha, y más tarde hacia la izquierda. Allí, entre los tenderetes del mercado, llegó a la entrada de una posada, atravesó la puerta y entró en el patio. Veíanse varias tiendas alrededor. Carmichael dirigióse a una de ellas en la que colgaban *ferwash*, chaquetas de badanas del norte, y las estuvo contemplando. El dueño del establecimiento estaba ofreciendo café a un cliente, un hombre alto y barbudo de buen aspecto, que llevaba un turbante verde que indicaba que era un Hajji que había ido a La Meca.

Carmichael siguió palpando el *ferwash*.

—*Ben hadha?* —preguntó.

—Siete dinares.

—Es demasiado.

—¿Le enviará las alfombras a mi khan? —dijo el Hajji.

—Sin falta —repuso el comerciante—. ¿Se marcha mañana?
—Al alborear saldré para Kerbela.
—Kerbela es mi ciudad —repuso Carmichael—. Hace quince años que vi la tumba del Hussein.
—Es una ciudad sagrada —refirió el Hajji.
El comerciante le dijo a Carmichael por encima del hombro:
—Tengo otros *ferwash* más baratos ahí dentro.
—Lo que necesito es un *ferwash* del norte de color blanco.
—Tengo uno en el cuarto interior.
Y le indicó una puerta.
El ritual había sido llevado a cabo según una clave... una conversación como aquélla podía oírse cualquier día en cualquier zoco..., pero las palabras fueron exactas... la contraseña había sido: Kerbela... y un *ferwash* blanco.

Y mientras Carmichael entraba por la puerta alzó los ojos hasta el rostro del mercader... y supo en aquel instante que no era el que esperaba ver. Aunque había visto sólo una vez al hombre en cuestión, su memoria no le engañaba. Tenía cierta semejanza, una gran semejanza, pero no era el mismo hombre. Se detuvo y dijo en tono sorprendido:
—¿Dónde está entonces Salah Hassan?
—Era mi hermano. Murió hace tres días. Sus asuntos están en mis manos.

Sí. Probablemente sería su hermano. El parecido era notable. Y también era posible que estuviese empleado por el Departamento. Las respuestas habían sido correctas. Y no obstante, Carmichael entró en la trastienda con creciente recelo. Allí también veíanse las mercancías amontonadas en los estantes: cafeteras y azucareros de bronce y cobre batido, plata antigua de Persia, bordados, bandejas esmaltadas de Damasco y juegos de café.

Un *ferwash* blanco estaba doblado cuidadosamente sobre una mesita. Carmichael acercóse a él y lo levantó. Debajo hizo su aparición un traje europeo, usado y algo llamativo. La cartera, que contenía dinero y credenciales, seguía en el bolsillo interior. Un árabe desconocido había entrado en la tienda y saldría convertido en míster Walter Williams, de

Cros y Cía., Importadores y Consignatarios de Buques, para acudir a varias citas preparadas de antemano. Naturalmente, existía el verdadero Walter Williams, estaba bien planeado, un hombre con un respetable pasado en el mundo de los negocios. Todo de acuerdo con el plan. Con un suspiro de alivio, Carmichael comenzó a desabrochar su raída cazadora. Todo iba bien.

Si hubiesen utilizado un revólver como arma, la misión de Carmichael hubiese concluido en aquel mismo momento. Pero un cuchillo tiene más ventajas..., se nota menos y no hace ruido.

En un estante frente a Carmichael había una gran cafetera de cobre que acababa de ser abrillantada por orden de un turista estadounidense que iba a pasar a recogerla. El brillo de la hoja se reflejó en su superficie bruñida... y la imagen deformada, pero real, apareció en ella: el hombre que se deslizó por los cortinajes a espaldas de Carmichael y el largo cuchillo que acababa de sacar de entre sus vestiduras. Un momento más y el arma hubiese penetrado en su espalda.

Carmichael giró en redondo con la rapidez de un relámpago. Con un golpe bajo le derribó al suelo. El cuchillo fue a caer al otro lado de la habitación. Carmichael se desasió, saltó sobre el caído y corrió hasta la entrada ante la sorpresa maligna del mercader y la plácida risa del obeso Hajji. Una vez en el exterior, salió de la posada mezclándose entre la multitud del zoco, volviéndose ora a un lado ora a otro, pero sin dar signos de apresuramiento, pues en aquel país el correr es cosa que llama la atención.

Y caminando de este modo, casi a la ventura, parándose a examinar unas baratijas, a palpar un tejido, su mente no dejaba de desplegar una gran velocidad. ¡La maquinaria se había roto! Una vez más se hallaba solo en un país hostil. Y dábase perfecta cuenta del significado de lo que acababa de suceder.

No eran sólo sus perseguidores a los que tenía que temer. Ni tampoco los que vigilaban las entradas a la civilización: se hallaban dentro de la organización. La contraseña había sido descubierta, ya que las respuestas fueron exactas. El ataque había sido preparado para el momento en que se creyera seguro. Tal vez no fuera tan sorprendente que hubiera traidores entre ellos. Siempre ha sido un arma del enemigo el introducir uno o más miembros en el campo contrario. O sobornar al hombre preciso. Comprar a un hombre es mucho más fácil de lo que parece..., se puede comprar con muchas otras cosas aparte del dinero.

Bueno, no importaba cómo, pero era un hecho. Y estaba otra vez entregado a sus propios recursos. Sin dinero, sin la ayuda de una nueva personalidad, y con la suya conocida. Tal vez en aquellos mismos momentos le estuvieran siguiendo.

No volvió la cabeza. ¿De qué le hubiera servido? Quienes le seguían no eran novatos en el juego.

Despacio, sin rumbo, continuó andando. Tras sus ademanes indiferentes iba considerando varias posibilidades. Al fin, salió del zoco y cruzó el puente sobre el canal. Siguió adelante hasta ver un letrero sobre una puerta que rezaba así: Consulado inglés.

Miró a ambos lados de la calle. Nadie parecía prestarle la menor atención. Nada más fácil, al parecer, que entrar en el Consulado. Por unos momentos pensó en una ratonera..., una ratonera con la puerta abierta y un tentador trozo de queso. Eso también era fácil para el ratón...

Bien, tenía que arriesgarse. ¿Qué otra cosa podía hacer...? Y entró.

CAPÍTULO VI

Richard Baker, sentado en la sala de espera del Consulado inglés, aguardaba ser recibido por el cónsul.

Había desembarcado del *Indian Queen* aquella mañana y visto cómo su equipaje pasaba la Aduana. Éste consistía casi enteramente en libros, entre los que estaban esparcidos algunas camisas y pijamas, como si se hubiera acordado de ellos a última hora.

El *Indian Queen* había llegado con rara puntualidad, y Richard, que había dejado dos días de margen, puesto que los barcos pequeños de carga como el *Indian Queen* solían sufrir frecuentes retrasos, tenía dos días de tiempo antes de proseguir su viaje a Bagdad, hasta su último destino, las excavaciones de Asward, lugar donde estuvo la antigua ciudad de Murik.

Ya había trazado sus planes sobre cómo emplear aquellos dos días. Hacía tiempo que excitaba su curiosidad un montículo que gozaba fama de contener antiguas ruinas, cerca de la playa de Kuwait. Le dijeron que al día siguiente salía un avión a las diez de la mañana y que podría regresar al otro día. Lo demás era coser y cantar. Claro que ciertas formalidades eran inevitables: los visados de salida y de entrada de Kuwait, pero podían conseguirse con el Consulado británico. Richard conoció en Persia, años atrás, a míster Clayton, cónsul general en Basrah. Sería agradable, pensó, volverle a saludar.

El Consulado tenía varias entradas. La de la verja grande para los coches. Otra pequeña que desde el jardín llegaba a la carretera paralela a Chatt el Arab. La entrada de negocios del Consulado hallábase en la calle principal. Richard hizo entrega de su tarjeta al ordenanza, quien le dijo que el cónsul general estaba ocupado en aquellos momentos, pero que no tardaría en recibirle, y le acompañó a una salita reducida que había a la izquierda del pasillo que iba desde la entrada al jardín posterior.

En la sala había ya varias personas. Richard apenas se fijó en ellas. Le interesaban muy poco los miembros de la raza humana. Un pedazo de cerámica antigua era mucho más atractivo para él que un simple mortal nacido en el siglo XX después de Jesucristo.

Dejó que sus pensamientos vagaran en torno a varios aspectos y movimientos de las tribus de los benjamitas en el año 1750 a. C.

Sería difícil de explicar qué fue lo que le hizo volver al presente y a sentir la presencia de sus compañeros de espera. Era, en primer lugar, una inquietud, cierta tensión... La percibía, aunque no estaba seguro del todo, a través del olfato. No era algo que pudiese explicar en términos concretos, pero allí estaba, evidente, haciéndole volver a los días de la última guerra. En particular, a una ocasión en que él y dos hombres más acababan de arrojarse en paracaídas desde un avión y aguardaban bajo el frío del alba el momento de cumplir su cometido. Momentos en que la moral estaba baja, en que percibían claramente todos los peligros de la empresa, cuando les invadía el temor de que alguien fallase, y temblaban. Era el mismo pálpito acre, casi imperceptible, el que flotaba en el ambiente.

Olor a *miedo*...

Durante unos momentos lo registró sólo su subconsciente. Parte de su mente seguía obstinada en el año 1750 a. C. Pero la atracción del presente era demasiado fuerte.

Alguien en la reducida habitación era presa de un miedo cerval...

Miró a su alrededor: un árabe con una cazadora raída de color caqui pasaba entre sus dedos una sarta de cuentas de ámbar. Un inglés robusto de bigotes grises, el tipo de viajante de comercio, anotaba cantidades en un librito de notas en actitud absorta. Un hombre de aspecto cansado, muy moreno, hallábase recostado en un asiento con el rostro plácido e indiferente. Un escribano. Un anciano persa de albas vestiduras... ¿Qué relación podía haber entre ellos?

El tintineo de las cuentas ahora tenía cierto ritmo, que le

era familiar. Richard esforzóse en fijar su atención. Pues casi se había dormido. Corto largo, largo corto... era Morse... señales de Morse. Él se había familiarizado con este sistema de transmisión durante la guerra. Ahora podía leerlo con facilidad. MOCHUELO. F-L-O-R-E-A-T-E-T-O-N-A. ¡Qué diablos! Sí, era eso. Repetía Floreat Etona, Hola. ¿Qué era lo que decía ahora el árabe? Mochuelo. Eton. Mochuelo.

Su propio mote. El que le pusieron en Eton por llevar siempre unos lentes enormes.

Dirigió su vista hacia el lugar donde estaba sentado el árabe. En su aspecto no había nada de particular... la túnica rayada... la vieja chaqueta caqui... la raída bufanda roja estaba llena de puntos escapados. Un personaje de los que se veían a cientos en aquella orilla. Sus ojos se encontraron sin dar signo de recomendación, pero las cuentas siguientes continuaron tintineando.

Fakir está aquí. Ayúdame. Corro peligro.

¿Fakir? ¿Fakir? ¡Claro! ¡Fakir Carmichael! Un muchacho que había nacido o vivido en algún lugar remoto... ¿Turquestán? ¿Afganistán?

Richard sacó su pipa. Miró la cazoleta y se puso a hurgar en el interior. Luego dio varios golpecitos sobre un cenicero cercano: *Mensaje recibido.*

Después, los hechos se sucedieron con rapidez. Richard se arrepintió más tarde de haberlos provocado.

El árabe de la chaqueta raída se levantó y cruzó la estancia en dirección a la puerta. Al pasar junto a Richard tropezó, y se apoyó en él para no caer. Después de disculparse, continuó su camino.

Fue tan de improviso y tan rápido que le pareció más que un hecho real, una escena de película. El robusto viajante de comercio dejó su librito de notas y buscó algo en su bolsillo. A causa de su gordura y de lo ajustado del traje, tardó un par de segundos en sacarlo, y fue en ese tiempo cuando actuó Richard. Cuando logró extraer el revólver, Richard pudo desviarle la mano. Disparó, pero la bala fue a incrustarse en el suelo.

El árabe había ya cruzado la puerta y caminaba en dirección al despacho del cónsul, pero se detuvo, y dando media vuelta salió por donde había entrado, perdiéndose entre el bullicio de la calle.

El ordenanza corrió al lado de Richard, que seguía sujetando el brazo del obeso comerciante. En cuanto a los otros ocupantes de la sala... el escribano danzaba excitadísimo, y el de piel morena contemplaba al anciano persa, que seguía inmóvil con la mirada perdida en el vacío.

—¿Qué diablos hace usted blandiendo un revólver? —dijo Richard.

Hubo un momento de silencio, y al fin repuso con acento londinense:

—Lo siento. Ha sido un accidente. Fue una torpeza.

—¡Una torpeza! Usted iba a disparar contra ese árabe que acaba de salir.

—No, no; no quise matarle. Sólo darle un susto. Le reconocí, porque me hizo víctima de un timo. Quería divertirme un poco.

Richard Baker era un sujeto que odiaba la publicidad fuera cual fuese. Su instinto le aconsejaba aceptar su explicación como buena. Después de todo, ¿qué podía probar? ¿Y le iba a agradecer el Fakir Carmichael que armase mucha bulla en aquel asunto? Era de presumir que no, si andaba metido en algún negocio oculto y peligroso.

Richard aflojó la presión de su mano, notando que aquel hombre sudaba.

El ordenanza hablaba excitado. Era una gran equivocación, decía, ir con armas de fuego al Consulado británico. Estaba prohibido. El cónsul se disgustaría.

—Le ruego me disculpe —repuso el comerciante—. Ha sido un pequeño accidente... eso es todo —y depositó unas monedas en la mano del ujier, que la retiró en el acto, indignado.

—Será mejor que me marche —dijo el hombre robusto—. No quiero esperar para ver al cónsul. —Le dio una tarjeta a Richard—. Estoy en el hotel del Aeropuerto por si hay alguna complicación, aunque ha sido un simple accidente. Una broma, ya me entiende.

De mala gana, Richard le vio salir de la estancia en dirección a la calle.

Confiaba haber hecho bien, pero era difícil saberlo estando a oscuras como estaba.

—Míster Clayton está ahora libre —dijo el ordenanza.

Richard le siguió por el corredor. El despacho del cónsul estaba a la derecha y al otro extremo del pasillo.

Míster Clayton hallábase sentado tras su mesa de despacho. Era un hombre de cabellos grises y rostro pensativo.

—No sé si me recordará —dijo Richard—. Hace dos años que nos conocimos en Teherán.

—Pues claro. Usted estaba con el doctor Pauncefoot Jones, ¿no es cierto? ¿Va usted a reunirse con él también este año?

—Sí. Ya estoy en camino, pero tengo un par de días libres y me gustaría poder ir a Kuwait. Supongo que no habrá dificultad.

—¡Oh, no! Mañana por la mañana sale un avión. Se tarda sólo una hora y media, o cosa así. Telegrafiaré a Archie Gaunt..., es el gobernador. Él le hospedará. Y nosotros podemos tenerle en casa esta noche.

Richard protestó por mero cumplido.

—La verdad..., no quisiera molestarles. Puedo ir al hotel.

—El hotel del Aeropuerto está llenísimo. Estaremos encantados de tenerle aquí. Sé que mi esposa se alegrará de volver a verle. Veamos. De momento tenemos a un tal Crosbie, de una Compañía de petróleos, y un joven ayudante del doctor Rathbone, que está aquí vigilando unas maletas llenas de libros que están en la Aduana. Suba conmigo y saludará a Rosa.

Se puso en pie para acompañar a Richard hasta el jardín bañado por la luz del sol. Un tramo de escalones conducía a las viviendas del Consulado.

Gerald Clayton empujó la puerta e introdujo a su huésped en un amplio vestíbulo con preciosas alfombras y muebles exquisitos.

Clayton llamó:

—¡Rosa! ¡Rosa! —Y mistress Clayton, a quien Richard recordaba como mujer de carácter alegre y vivaz, hizo entrada en el vestíbulo—. ¿Recuerdas a Richard Baker, querida? Vino a vernos con el doctor Pauncefoot Jones en Teherán.

—Pues claro —dijo mistress Clayton estrechándole la mano—. Fuimos juntos a los bazares y compró unas alfombras preciosas.

Constituía una delicia para mistress Clayton, cuando no compraba nada para ella, el hacer que sus amigos y conocidos adquiriesen gangas en los bazares de la localidad. Tenía mucha experiencia sobre el valor de cada cosa y era una excelente compradora.

—Fue una de las mejores compras de mi vida —repuso Richard—. Y en honor a la verdad, se lo debo a sus buenos consejos.

—Baker quiere ir a Kuwait mañana —explicó Gerald Clayton—. Le he dicho que podría quedarse aquí esta noche.

—Pero si no les doy mucha molestia... —comentó Richard.

—Desde luego que no —dijo mistress Clayton—. No podemos darle la mejor habitación porque la tiene el capitán Crosbie, pero procuraremos que esté cómodo. ¿No le gustaría comprar un baúl de Kuwait? Ahora hay algunos preciosos en el mercado. Gerald no me deja comprar ninguno más, aunque me iría muy bien para guardar las mantas.

—Pero si ya tienes tres, querida —dijo Clayton—. Ahora me perdonará, Baker. Debo volver a mi despacho. Parece que ha habido cierto alboroto en la sala de espera. Creo que alguien disparó un revólver.

—Supongo que sería algún jeque de Basrah —dijo mistress Clayton—. Son tan excitables y les gustan tanto las armas de fuego.

—Al contrario —repuso Richard—. Fue un inglés. Parece ser que tenía la intención de disparar contra un árabe. —Y agregó—: Yo desvié el arma.

—Así que usted lo presenció —dijo Clayton—. No comprendo. —Sacó una tarjeta de su bolsillo—. Roberto Hall, Talleres Aquiles. Enfield, dice llamarse así. Ignoro para qué quería verme. ¿Estaba bebido?

—Dijo que se trataba de una broma —repuso Richard secamente—. Y que la pistola se le disparó por accidente.

—Los viajantes de comercio no acostumbran a llevar pistolas cargadas en el bolsillo —dijo Clayton enarcando las cejas.

Clayton, pensó Richard, no era tonto.
—Tal vez debí impedir que se marchase.
—Es difícil saber qué se debe hacer cuando ocurren estas cosas. ¿Hirió al árabe?
—No.
—Entonces probablemente era mejor dejar que se fuese.
—Quisiera saber qué hay detrás de todo esto.
—Sí... sí... Yo también.
Clayton parecía un tanto abstraído.
—Bueno, debo irme —dijo apresuradamente.
Mistress Clayton llevó a Richard al salón, una gran estancia interior, con cortinajes y almohadones de color verde, y le preguntó qué prefería: café o cerveza. Optó por la cerveza, que estaba deliciosamente helada.
Quiso saber a qué iba a Kuwait, y él se lo dijo.
—¿Por qué no se ha casado todavía?
Richard repuso que no tenía madera de casado y mistress Clayton contestó en el acto:
—¡Qué tontería! Los arqueólogos son magníficos maridos... ¿Va a venir alguna joven esta temporada a las excavaciones?
—Una o dos, y, naturalmente, mistress Pauncefoot Jones.
Mistress Clayton preguntó muy interesada si eran bonitas y Richard dijo que no lo sabía, puesto que todavía no las había visto. Pero sí que eran poco expertas.
Por alguna razón, estas palabras hicieron reír a mistress Clayton.
En aquel momento hizo su aparición un hombre rechoncho de ademanes bruscos que le fue presentado como el capitán Crosbie. Mistress Clayton explicó que míster Baker era un arqueólogo que buscaba objetos interesantes de miles de años de antigüedad. El capitán Crosbie expuso que nunca pudo entender cómo los arqueólogos podían precisar la edad de esas cosas; siempre les creyó unos solemnes embusteros, ja, ja. Richard le miró de una forma extraña.
—No se enfade, pero ¿cómo sabe cuántos años tiene un objeto? —Richard contestó que le llevaría mucho tiempo el explicárselo, y mistress Clayton apresuróse a acompañarle a su habitación.

—Es muy amable —dijo la esposa del cónsul—, pero no del todo, ¿sabe? No tiene la menor *idea* de lo que es cultura.

Richard encontró su habitación sumamente confortable y eso mejoró aún más la opinión que le merecía mistress Clayton como ama de casa.

Al meter la mano en el bolsillo encontró un pedazo de papel muy sucio, doblado varias veces. Lo miró con sorpresa, pues tenía plena seguridad de que aquella mañana no estaba allí.

Recordó el tropiezo del árabe y de cómo se sujetó a él. Un hombre de dedos ágiles pudo deslizarlo en su bolsillo sin que él se diera cuenta.

Lo desdobló. Estaba sucio y parecía haber sido doblado infinidad de veces.

En seis líneas de escritura bastante desigual, el mayor John Wilberforce recomendaba a cierto Ahmed Mojamed como un trabajador voluntarioso y diligente, capaz de conducir un camión y hacer reparaciones sencillas, muy honrado... Era, en suma, un «chit», el tipo corriente de recomendación utilizado en Oriente. Estaba fechado dieciocho meses atrás, lo cual no es raro, pues sus poseedores los guardaban celosamente.

Con el ceño fruncido, Richard repasó los sucesos de la mañana.

El Fakir Carmichael, ahora estaba bien seguro, había estado en peligro de perder la vida. Era un hombre perseguido y se refugió en el Consulado. ¿Por qué? ¿Para buscar seguridad? Y en vez de eso había encontrado una amenaza esperando. Aquel comerciante debía de haber recibido unas órdenes muy severas para arriesgarse a disparar contra Carmichael en el Consulado, y en presencia de testigos. Debió ser muy urgente. Carmichael quiso recurrir a su antiguo compañero de colegio en busca de ayuda, y procuró pasarle aquel documento en apariencia inofensivo. Por lo tanto, debía de ser muy importante, y si los enemigos de Carmichael lograban atraparle y vieran que ya no lo tenía en su poder, sin duda habrían de atar cabos y buscar a otra persona que tuvo contacto con él.

¿Qué es lo que debía hacer?

Podía dárselo a Clayton, como representante de Su Majestad Británica.

O conservarlo hasta que Carmichael lo reclamara.

Tras unos minutos de reflexión, decidióse por esto último.

Pero primero tomó ciertas precauciones.

Cortó un pedazo de papel de una carta vieja y se sentó a copiar el texto en los mismos términos, pero con distintas palabras..., por si el mensaje era una clave... aunque era posible que lo hubieran escrito con tinta invisible.

Luego lo ensució con la tierra pegada a sus zapatos..., lo frotó un rato entre las manos, doblándolo y desdoblándolo... hasta darle una apariencia de vejez y suciedad.

Luego lo metió en el bolsillo. Contempló el original durante algún tiempo como si considerase varias posibilidades.

Al fin, con una ligera sonrisa, lo dobló varias veces hasta formar un cuadrilongo muy reducido. Sacó una barra de arcilla para modelar (sin la que nunca viajaba) de su maleta, primero envolvió el papel en un pedazo de materia impermeable que cortó de la funda de su esponja, y después lo incrustó en la barra de arcilla, alisándola hasta conseguir una superficie uniforme. Sobre ella estampó un sello cilíndrico que llevaba consigo.

Estudió el resultado con severidad.

Aparecía claramente la imagen en relieve del Dios del Sol Shamash armado con la Espada de la Justicia.

—Esperemos que sea un buen augurio —díjose.

Aquella noche, cuando miró en el bolsillo de la americana que vistiera por la mañana, el papel había desaparecido.

CAPÍTULO VII

Aquello era vida! ¡Vida al fin!, pensó Victoria, sentada en la sala de la Compañía Aérea cuando llegó el momento mágico en que los altavoces anunciaron: «Pasajeros para El Cairo, Bagdad y Teherán, sírvanse ocupar sus puestos en el autocar».

Mágicos nombres y mágicas palabras sin ningún atractivo para mistress Hamilton Clipp, quien, por lo que Victoria sabía, había pasado gran parte de su vida saltando de barcos a aeroplanos y de éstos a los trenes tras breves intervalos pasados en hoteles de primera categoría. Mas para Victoria era un cambio maravilloso, en vez de las tan oídas frases: «Escriba, miss Jones. Esta carta está llena de errores. Tendrá que hacerla de nuevo, miss Jones». «La tetera está hirviendo, ¿quiere hacer el té, por favor?» «Sé de un sitio donde hacen unas permanentes preciosas.» ¡Triviales sucesos cotidianos! Y ahora: El Cairo, Bagdad, Teherán..., toda la novela del maravilloso Oriente (y al final Edward).

Victoria regresó de las nubes al oír a su señora, a quien ya había catalogado como conversadora incansable, concluir una serie de observaciones.

—... y no hay nada que esté limpio. Siempre tengo mucho cuidado con lo que como. No puede figurarse la porquería que hay en las calles y en los bazares. Y los trajes tan antihigiénicos que usan. Y algunas de las *toilettes*... ¡no pueden llamarse así de ninguna manera!

Victoria escuchó escépticamente aquellas deprimentes manifestaciones, pero su propio sentido del encanto permaneció incólume. La suciedad y los microbios no significaban nada en su vida joven.

Llegaron al aeropuerto y Victoria ayudó a mistress Clipp

a descender del autocar. Tenía a su cargo el cuidado de los pasaportes, billetes, divisas, etc.

—Es una gran ayuda para mí tenerla a mi lado, miss Jones —dijo mistress Clipp—. No sé lo que hubiera hecho de tener que viajar sola.

El avión, pensó Victoria, era bastante parecido a un colegio. Maestras amables, pero enérgicas, le reprendían a uno a cada momento. Las azafatas con sus uniformes impecables y con la autoridad de una institutriz que tratase con niños poco inteligentes les explicaba con toda delicadeza lo que tenían que hacer. Victoria casi esperaba que comenzaran sus discursos con un: «Ahora, niños...».

Jóvenes empleados de rostro cansado extendían sus manos sobre el mostrador para revisar los pasaportes, y preguntar por el dinero y las joyas que llevaban, de modo que el interesado parecía sentirse culpable. Victoria, sugestionable por naturaleza, sintió unos deseos locos de describir su broche insignificante, como una tiara de diamantes valorada en diez mil libras, sólo para ver la cara que ponían. El pensar en Edward la contuvo.

Una vez cumplidos los trámites necesarios, volvieron a sentarse para esperar, en una gran sala que daba directamente a la pista. En el exterior se oía el roncar del motor de un aparato como apropiada música de fondo. Mistress Hamilton Clipp se divertía haciendo comentarios sobre sus compañeros de viaje.

—¿Verdad que esos niños son monísimos? Pero qué molesto debe ser viajar sola con un par de criaturas. Me imagino que deben ser ingleses. ¡Qué traje tan bien hecho lleva la madre! Parece un poco cansada. Ése es un hombre muy atractivo... diría, de aspecto latino. Ese otro qué mal gusto tiene para vestir..., me figuro que será un hombre de negocios. Aquél es un alemán, iba delante de nosotras al pasar el control. Esa familia debe ser turca o persa. No parecen estadounidenses. ¿No cree que esos tres hombres que están hablando deben ser de una Compañía de petróleo? Me encanta contemplar a la gente e imaginar lo que son. Mi esposo dice que tengo verdadera intuición para analizar a los seres humanos. A mí me parece natural interesarme por ellos. ¿No diría usted que ese abrigo de visón cuesta unos tres mil dólares?

Mistress Clipp exhaló un suspiro. Después de haber hablado de todos los viajeros se impacientaba.

—Me gustaría saber qué es lo que estamos esperando. Ese avión ha puesto el motor en marcha unas cuatro veces. Estamos todos aquí. ¿Por qué no nos vamos?

—¿No le gustaría tomar una taza de café, mistress Clipp? Veo un bar al final de la sala.

—No, muchas gracias, miss Jones. Ya me he tomado uno antes de salir y mi estómago no admite nada más. ¿Qué es lo que esperamos? Me gustaría saberlo.

Su pregunta obtuvo respuesta inmediata.

La puerta que conducía a la Aduana y al Departamento de Pasaportes se abrió de pronto dando paso a un hombre alto. Los oficiales de la Compañía le rodearon, y otro oficial llegó con dos sacos de lona de gran tamaño.

—Sin duda debe ser un pez gordo —observó mistress Clipp.

«Y lo sabe», pensó Victoria.

En la personalidad del último viajero había algo de calculado sensacionalismo. Llevaba una capa de viaje gris oscuro con una capucha colgando sobre la espalda, y en la cabeza un sombrero ancho de color gris más claro. Sus cabellos eran grises y rizados, bastante largos. Las puntas de su plateado bigote estaban retorcidas hacia arriba. El efecto era el de un bandolero de película. Victoria, a quien desagradaban los hombres de aspecto teatral, le miró con desaprobación.

Todos los oficiales le asediaban, observó con disgusto.

—Sí, sir Rupert. Desde luego, sir Rupert. El avión saldrá inmediatamente, sir Rupert.

Entre un revuelo de su amplia capa, sir Rupert atravesó la puerta en dirección a la pista. La puerta se cerró a sus espaldas.

—Sir Rupert —murmuró mistress Clipp—. ¿Quién debe ser?

Victoria meneó la cabeza, aunque tenía la vaga impresión de que aquel rostro y aquel personaje no le eran del todo desconocidos.

—Algún personaje importante de nuestro Gobierno —sugirió mistress Clipp.

—No lo creo —repuso Victoria.

Los pocos miembros del Gobierno que había visto le dieron la impresión de estar pidiendo perdón por el hecho de estar vivos. Sólo sobre una plataforma cambiaban su timidez por pomposidad y elocuencia.

—Por favor —decía la elegante azafata—. Ahora ocupen sus sitios en el avión. Por aquí. Lo más rápidamente posible.

Su actitud era la que un aya hubiera empleado con un grupo de niños que la hubieran hecho esperar.

Todo el mundo salió a la pista.

El gran aeroplano aguardaba, y su motor runruneaba como un león satisfecho.

Victoria y un empleado acomodaron a mistress Clipp en su asiento, y la joven sentóse a su lado. Hasta que mistress Clipp estuvo cómodamente instalada y Victoria le hubo abrochado el cinturón de seguridad, no tuvo ésta ocasión de observar que ante ellas habíase sentado el hombre importante.

Se cerraron las puertas, y pocos segundos después el avión comenzó a moverse lentamente por la pista.

—Nos vamos de verdad —pensó Victoria, extasiada—. Oh, ¿no es emocionante? ¿Y si no llega a levantarse del suelo? ¡La verdad, no comprendo cómo *puede*!

Durante unos momentos que le parecieron una eternidad, el aparato rodó por el aeropuerto; luego, tras girar lentamente, se detuvo. Los motores hacían un ruido ensordecedor. Repartieron gomas de mascar, azúcar y algodón en rama.

El ruido de los motores fue creciendo, creciendo, al fin, una vez más avanzó primero despacio, luego de prisa... más de prisa... corrían sobre el campo.

«No se levantará —pensó Victoria—. Nos mataremos.»

Más de prisa todavía sin sacudidas, ni baches... se fueron alejando del suelo, pasaron sobre el aparcamiento de coches, y la carretera principal, más arriba..., un tren como de juguete por los caminos... Más arriba aún y de pronto la tierra perdió todo interés y no era más que un gran mapa lleno de líneas, círculos y puntos.

En el interior del avión se soltaron los cinturones de seguridad; Victoria hallábase en un mundo nuevo... un mundo de unos cuantos metros de largo y muy pocos de ancho, habitado por veinte o treinta personas. No existía nada más.

Volvió a mirar por la ventanilla. Bajo el avión extendíase una densa capa de nubes. El aparato volaba a pleno sol, y bajo las nubes quedaba el mundo que conociera hasta entonces.

Victoria procuró volver a la realidad. Mistress Hamilton Clipp estaba hablando. La joven se quitó los algodones de los oídos.

En el asiento de enfrente, sir Rupert, tras dejar su sombrero en la red, alzó su capucha y se recostó para descansar.

«¡Asno presuntuoso!», pensó Victoria, mal predispuesta sin saber por qué.

Mistress Clipp estaba mirando una revista, y de vez en cuando sonreía a la muchacha que le ayudaba a volver la página.

Victoria miró a su alrededor, pensando que el viajar en avión resulta bastante aburrido. Abrió una revista y tropezó con un anuncio que decía: ¿Quiere usted mejorar sus conocimientos como taquimecanógrafa? Cerró la revista, se recostó en el asiento y se dispuso a pensar en Edward.

Llegaron al aeropuerto de Castel Benito bajo un intenso aguacero. Victoria sentíase algo mareada y tuvo que hacer acopio de todas sus energías para llevar a cabo su cometido. Fueron conducidos al albergue bajo la espesa cortina de agua. Sir Rupert, según pudo observar, fue recibido por un oficial que vestía uniforme con cordones rojos, y salió apresuradamente en un automóvil oficial a alguna mansión de Tripolitania.

Se repartieron las habitaciones. Victoria ayudó a mistress Clipp y la dejó descansando en la cama hasta la hora de la cena. La joven retiróse a la suya, se tumbó con los ojos cerrados, feliz de volver a pisar tierra firme.

Se despertó una hora más tarde, muy repuesta y de buen humor, y salió en ayuda de mistress Clipp. Una azafata anunció que los autocares estaban dispuestos para llevarlas a cenar. Una vez concluida la cena, mistress Clipp trabó conversación con algunos compañeros de viaje. El hombre del abrigo de mal gusto pareció haberse prendado de Victoria, y le estuvo explicando con todo detalle lo referente a la fabricación de tapices.

—No hemos visto gran cosa de Tripolitania, ¿no le parece? —dijo Victoria con bastante tristeza—. ¿Es siempre igual el viaje en avión?

—Pues sí. Es de una maldad refinada el modo con que nos hacen levantar por la mañana. Después, a menudo esperamos una o dos horas en el aeródromo. En Roma recuerdo que nos llamaron a las tres y media. Desayunamos a las cuatro, y una vez en el aeropuerto no salimos hasta las ocho. Sin embargo, lo bueno que tiene es que te llevan a tu destino sin hacer demasiados altos por el camino.

Victoria suspiró. A ella le hubiera gustado que hubiese muchos. Quería conocer mundo.

—¿Y no sabe, querida? —continuó mistress Clipp muy excitada—. ¿Sabe quién es ese hombre tan interesante? El inglés. Ese que ha armado tanto revuelo. Ya he averiguado quién es. Es sir Rupert Crofton Lee, el gran viajero. Habrá oído hablar de él, claro.

Sí. Ahora lo recordaba. Había visto fotografías suyas en los periódicos seis meses atrás. Sir Rupert era una autoridad notable en el interior de China, y una de las únicas personas que había estado en el Tíbet y visitado Lhasa. Viajó por las partes no exploradas del Kurdistán y Asia Menor. Sus libros tenían gran aceptación porque estaban escritos en forma paciente e ingeniosa. Si sir Rupert era engreído, no le faltaban razones. No alardeaba de nada que no estuviera plenamente justificado. Ahora recordaba también que la capucha y el sombrero de ala ancha era una moda elegida por él.

—¿Verdad que es emocionante? —preguntó mistress Clipp con el entusiasmo de un cazador de leones, mientras Victoria ajustaba las ropas de la cama sobre sus robustas formas.

Victoria convino en que lo era, pero díjose para sí que prefería los libros de sir Rupert a su personalidad. Era, según su opinión, lo que los niños llaman un fachendoso.

A la mañana siguiente la salida se verificó con todo orden. El tiempo había mejorado y brillaba el sol. Victoria sentíase decepcionada por haber visto tan poco de Tripolitania. No obstante, el avión debía llegar a El Cairo a la hora de comer, y la salida para Bagdad no tendría lugar hasta la mañana siguiente; así que al menos podría ver algo de Egipto por la tarde.

Volaban sobre el mar, pero las nubes pronto taparon sus azules aguas y Victoria apoyó la cabeza en el respaldo con un bostezo. Ante ella, sir Rupert hallábase completamente dormido. La capucha había resbalado de su cabeza, que colgaba hacia delante a cada cabezada. Victoria observó con maligna satisfacción que le estaba saliendo un divieso en el cuello. No sabía a punto fijo por qué le satisfacía tanto ese detalle..., tal vez porque le hacía parecer más humano y vulnerable. Después de todo, era un hombre como los demás..., propenso a estas pequeñas molestias cutáneas. Debo hacer constar que sir Rupert conservó su postura olímpica ignorando al resto de los viajeros.

—¿Quién se ha creído que es? Quisiera saberlo —pensó Victoria. La respuesta era evidente. Era sir Rupert Crofton Lee, una celebridad, y ella, Victoria Jones, una taquimecanógrafa sin importancia.

Al llegar a El Cairo, Victoria y mistress Hamilton Clipp comieron juntas. Esta última anunció que iba a dormir la siesta hasta las seis y le propuso a Victoria que fuese a ver las pirámides.

—Le he alquilado un coche, miss Jones, porque me figuro que debido al reglamento del Ministerio de Hacienda, no le está permitido sacar ninguna cantidad de dinero del banco.

—Se lo agradezco muchísimo —dijo Victoria.

—Vaya, si no tiene importancia. Ha sido usted tan amable conmigo, y el viajar con dólares nos resulta muy barato. Mistress Kitchin, la de los dos niños tan monos, también deseaba ir; así que le sugerí que fueran juntas, ¿le parece bien?

Con tal de poder ver mundo todo le parecía bien a Victoria.

—Muy bien, entonces será mejor que se marche en seguida.

La tarde en las pirámides resultó bastante aburrida. Victoria, a pesar de que le gustaban mucho los niños, hubiera disfrutado más sin los retoños de mistress Kitchin. Cuando los pequeños se han cansado de ver una cosa se ponen muy pesados. El más chiquitín estaba tan insoportable que ambas mujeres regresaron de la excursión mucho antes de lo previsto.

Victoria se dejó caer sobre la cama con un bostezo. Le

hubiera gustado tanto poder pasar una semana en El Cairo... y subir por el Nilo... «¿Dónde ibas a encontrar dinero, dime?», se preguntó. Era casi un milagro que la llevasen a Bagdad de balde.

—¿Y qué es lo que vas a hacer, una vez en Bagdad, con sólo unas libras en tu bolsillo? —preguntó una voz interior.

Victoria no quiso pensar en esta cuestión. Edward le buscaría un empleo. Y en caso de que fallara, podía encontrarlo ella. ¿Por qué atormentarse?

Sus ojos, fatigados por la fuerte luz solar, se cerraron lentamente.

Le pareció que llamaban a la puerta. Preguntó: «¿Quién es?» Y al no obtener respuesta, se levantó de la cama para abrir.

Mas la llamada no fue en su puerta, sino en la habitación contigua. Otra de las inevitables azafatas, morena y muy elegante, estaba llamando a la puerta de sir Rupert Crofton Lee. Él abría en aquel momento.

—¿Qué es lo que pasa ahora?

Parecía contrariado y somnoliento.

—Siento molestarle, sir Rupert, pero ¿le importaría pasar un momento por la oficina de la BOAC? Está en este mismo pasillo tres puertas más abajo. Sólo es para un pequeño detalle sobre el vuelo de mañana para Bagdad.

—¡Oh!, muy bien.

Victoria volvió a entrar en su habitación. Ahora ya no tenía tanto sueño. Miró su reloj. Sólo eran las cuatro y media. Faltaba todavía una hora y media para las seis. Decidió salir a dar un paseo por Heliópolis. Al menos, el andar no cuesta dinero.

Se empolvó la nariz y se puso los zapatos, que le ajustaron más de lo debido. La visita a las pirámides había resultado un tanto agobiadora.

Salió de su cuarto y caminó por el corredor. Tres puertas más abajo pasó ante la oficina de la BOAC. Así lo anunciaba un cartelito. En aquel preciso momento se abría la puerta dando paso a sir Rupert. Caminaba muy aprisa y la adelantó con un par de zancadas, mientras su capa ondeaba a su alrededor. Victoria tuvo la impresión de que estaba preocupado por algo.

Mistress Clipp estaba algo malhumorada cuando Victoria fue a ayudarle a la hora convenida.

—Estoy preocupada por el exceso de equipaje, miss Jones. He pagado la diferencia, pero me parece que sólo hasta El Cairo. Mañana continuaremos el viaje con la Compañía Aérea de Irak. Mi billete está pagado hasta el final, pero no el exceso de equipaje. Tal vez pudiera ir usted a enterarse si es así. Porque quizá tenga que encargar otro cheque de viajero.

Victoria se avino a hacer las oportunas averiguaciones. Al principio no pudo encontrar la oficina de la BOAC, pero al fin la localizó en un pasillo, al otro lado del vestíbulo. La otra era de suponer que la hubiesen utilizado durante la hora de la siesta. Los temores de mistress Clipp con respecto al exceso de equipaje eran justificados, lo que la contrarió en gran manera.

CAPÍTULO VIII

En el quinto piso de un bloque de oficinas de la ciudad de Londres se hallan instaladas las de la Compañía de Gramófonos Valhalla. Un hombre sentado tras el escritorio del despacho leía un libro sobre economía política cuando sonó el timbre del teléfono. Descolgó el receptor y dijo con voz tranquila e indiferente:

—Aquí la Compañía Valhalla de Gramófonos.
—Sanders al habla.
—¿Sanders del Río? ¿Qué Río?
—Río Tigris. Informando sobre A. S. La hemos perdido.

Hubo unos instantes de silencio. Luego la voz indiferente volvió a hablar:

—¿He oído bien?
—*Hemos perdido a Anna Scheele.*
—No menciones nombres. Es un grave error por tu parte. ¿Cómo ha sido?
—Fue a esa clínica. Ya te dije antes. Su hermana.
—¿Y bien?
—La operación salió bien. Esperamos que A. S. regresara al Savoy. Había conservado sus habitaciones, pero no volvió. Habíamos vigilado la clínica y estábamos seguros de que no había salido. Supusimos que seguía allí todavía.
—¿Y ya no está?
—Acabamos de descubrirlo. Salió *en una ambulancia* al día siguiente de la operación.
—¿Os dio esquinazo acaso?
—Eso parece. Yo juraría que ignoraba que la seguíamos. Tomamos toda clase de precauciones. Éramos tres y aun así...
—Déjate de excusas ahora. ¿Dónde la llevó la ambulancia?
—Al hospital del Colegio Universitario.

—¿Qué os dijeron allí?
—Que había llegado un paciente en compañía de una enfermera del hospital, que bien pudiera ser Anna Scheele. No tienen idea de adónde fue después.
—¿Y el paciente?
—No sabe nada. Está bajo los efectos de la morfina.
—Así que Anna Scheele salió del hospital del Colegio Universitario vestida de enfermera y puede estar en cualquier parte en estos momentos.
—Sí. Si vuelve al Savoy...
El otro le interrumpió:
—No volverá al Savoy.
—Buscaremos en los demás hoteles.
—Sí; pero dudo que consigáis algo. Eso es lo que ella espera que hagamos.
—Entonces, ¿cuáles son las instrucciones?
—Vigilad los puertos... Dover, Folkestone, etc., y los aeropuertos. Y en especial todos los billetes que hayan sacado para Bagdad en avión para los próximos quince días. Seguramente no lo habrá encargado a su nombre. Buscad a todas las pasajeras de una edad aproximada.
—Su equipaje continúa en el Savoy. Tal vez lo reclame.
—No hará nada de eso. *Tú* puedes ser tonto..., pero ella no lo es. ¿Sabe algo la hermana?
—Estamos en contacto con la enfermera que la cuida en su casa. Parece ser que cree que su hermana A. S. está en París por asuntos de negocios con Morganthal y que se hospeda en el Hotel Ritz. Cree que regresará a su casa el día veintitrés.
—En otras palabras: A. S. no le ha dicho nada. Busca bien entre los pasajeros de avión. Es la única esperanza. Tiene que ir a Bagdad y el avión es el único medio para llegar a tiempo, y... Sanders...
—Dime.
—*No más fallos.* Ésta es tu última oportunidad.

CAPÍTULO IX

El joven Shrivenham, de la Embajada británica, contemplaba las evoluciones del avión que iba a aterrizar en el aeródromo de Bagdad. Se estaba formando una tormenta de arena. Las palmeras, las casas e incluso las personas veíanse rodeadas de una niebla pardusca.

Lionel Shrivenham observó en tono de profunda contrariedad:

—Apuesto diez contra uno a que no podrán aterrizar aquí.

—¿Y qué van a hacer? —le preguntó su amigo Harold.

—Seguir hasta Basrah, me imagino. He oído decir que allí está despejado.

—Esperas a una personalidad, ¿no?

—Es mi sino —repuso el joven Shrivenham con un gruñido—. El nuevo embajador se ha retrasado; Landsdowne, el cónsul, está en Inglaterra. Rice, el cónsul oriental, está en cama con una infección intestinal peligrosa, que le da temperaturas muy altas. Best se fue a Teherán, y aquí estoy yo solito. Es uno de esos viajeros que dan la vuelta al mundo, y que siempre andan por lugares inaccesibles montados sobre un camello. No comprendo por qué es tan importante, pero yo tengo que satisfacer sus menores deseos. Si tiene que ir hasta Basrah se pondrá furioso. No sé qué sería mejor en este caso. ¿Tomar el tren de la noche, o llamar a la RAF para que lo traigan mañana?

Míster Shrivenham volvió a suspirar y su sentido de la responsabilidad se intensificó. Desde su llegada a Bagdad, tres meses atrás, había sido muy desafortunado. Una contrariedad más podría ser el fin de lo que pudo ser una carrera brillante.

El avión volaba nuevamente sobre sus cabezas.

—Es evidente que ve la imposibilidad de aterrizar —dijo Shrivenham, y agregó muy excitado—: ¡Hola!..., me parece que ya baja.

Pocos momentos después el avión había tomado tierra y él se preparaba para recibir al personaje.

Su mirada no oficial se fijó en una «chica bastante mona», pero tuvo que adelantarse para saludar a la figura de filibustero envuelta en la capa ondulante.

«¡Qué anacrónico!», pensó para sí, agregando en voz alta:

—¿Sir Rupert Crofton Lee? Soy Shrivenham, de la Embajada.

Sir Rupert tenía unos modales algo bruscos, pensó, tal vez comprensibles después de la incertidumbre de poder efectuar el aterrizaje.

—¡Qué tiempo más desagradable! —continuó diciendo Shrivenham—. Este año lo ha sido bastante. Ah, ha traído los sacos. Entonces, si tiene la bondad de seguirme, todo está preparado...

Al alejarse del aeropuerto en el coche, Shrivenham le dijo:

—Por un momento pensé que tendrían que dirigirse a otro aeropuerto, sir. No parecía que el piloto consiguiera aterrizar. Vino tan de repente esta tormenta...

—Eso hubiera sido desastroso..., desastroso. Si mis notas llegan a correr peligro, joven, puedo asegurarle que los resultados hubieran sido graves y de mucho alcance.

«¡Qué presuntuoso! —pensó Shrivenham despectivamente—. Éste se cree que sus asuntos son los que hacen girar el mundo.» —Y en voz alta agregó—: Me lo figuro, señor.

—¿Tiene usted alguna idea de cuándo llegará a Bagdad el embajador?

—Todavía no hay nada definitivo, señor.

—Sentiré no verle. No le he visto desde..., deje que piense, sí, desde 1938 en la India en uno de mis viajes.

Shrivenham guardó respetuoso silencio.

—Dígame, Rice está aquí, ¿no?

—Sí, señor, es el cónsul oriental.

—Una persona muy capaz. Sabe muchas cosas. Celebraré volver a verle.

—A decir verdad, señor, Rice está dado de baja por enfermedad. Le han llevado al hospital para someterlo a observación. Sufre una gastroenteritis bastante grave. Parece ser que se trata de algo más que la infección intestinal corriente en Bagdad.

—¿Cómo? —Sir Rupert volvió la cabeza interesado—. Gastroenteritis maligna..., hum... Le vino muy de repente, ¿no le parece?

—Hace un par de días, señor.

Sir Rupert había fruncido el ceño. Su afectada grandilocuencia había desaparecido. Era un hombre sencillo... y preocupado.

—Quisiera saber —dijo—. Sí, quisiera saber...

Shrivenham le miraba interrogador.

—Me pregunto —explicó sir Rupert— si no pudiera ser un caso de *Scheele Green*...

Desconcertado, Shrivenham permanecía en silencio.

Se aproximaron al puente Feisal, y el automóvil viró hacia la izquierda en dirección a la Embajada británica.

De pronto, sir Rupert inclinóse hacia delante.

—Pare un momento, ¿quiere? Sí, a mano derecha. Donde están todos esos cacharros.

El coche se arrimó a la acera para detenerse ante una tiendecita en la que se amontonaban vasijas de arcilla clara y jarros de agua.

Mientras se acercaban, un europeo bajo y rechoncho que había estado hablando con el propietario salió en dirección al puente. Shrivenham pensó si sería Crosbie, a quien viera sólo un par de veces.

Sir Rupert apeóse del automóvil y se encaminó a la tienda. Agarrando uno de los cacharros entabló conversación en árabe con el dueño. Sus palabras eran tan rápidas que Shrivenham, cuyo árabe era muy lento y de vocabulario muy limitado, no pudo entenderles.

El propietario gesticulaba y extendiendo ambas manos le daba grandes explicaciones. Sir Rupert inspeccionó diversos objetos haciendo varias preguntas, al parecer, sobre ellos. Al fin eligió un jarro de cuello estrecho, y tras entregar unas monedas al hombre, volvió a subir al coche.

—Es una técnica interesante —dijo sir Rupert—. Se vienen haciendo desde hace miles de años. La misma forma exacta que en los distritos de las colinas de Armenia.

Deslizó su dedo índice por la estrecha abertura, haciéndolo girar varias veces.

—Es de fabricación muy tosca —dijo Shrivenham.

—¡Oh, no tiene mérito artístico! Pero sí interés histórico. ¿Ve esas indicaciones en las asas? Se pueden sacar muchas consecuencias históricas observando los objetos sencillos de uso cotidiano. Tengo una buena colección de éstos.

El automóvil cruzó la verja de la Embajada inglesa.

Sir Rupert pidió que le condujeran directamente a sus habitaciones. A Shrivenham le divirtió el observar que, una vez terminado su discurso sobre el ánfora, la abandonó en un rincón del coche. Shrivenham ocupóse de recogerla, la subió y la dejó sobre la mesilla de noche de sir Rupert.

—Su ánfora, señor.

—¿Eh? ¡Oh, gracias, muchacho!

Sir Rupert parecía distraído. Shrivenham le dejó después de repetirle que la comida estaría pronto lista y que tuviera a bien escoger los vinos.

Cuando el joven hubo abandonado la habitación, sir Rupert acercóse a la ventana y desdobló un pedazo de papel que estaba escondido en el cuello del ánfora. Había dos líneas escritas en él. Las leyó cuidadosamente, y luego le prendió fuego con una cerilla.

Hizo venir a un criado.

—Diga, señor. ¿Deshago su equipaje?

—Todavía no. Quiero ver a míster Shrivenham aquí.

Shrivenham llegó con expresión un tanto aprensiva.

—¿Puedo ayudarle en algo? ¿Ha encontrado alguna cosa mal?

—Míster Shrivenham, mis planes han sufrido un cambio radical. Puedo contar con su discreción, ¿no es así?

—Oh, desde luego, señor.

—Hace mucho tiempo estuve aquí, en Bagdad; actualmente no había vuelto desde la guerra. Los hoteles están en la otra orilla del río, ¿verdad?

—Sí, señor, en la calle Rashid.

—¿Al otro lado del Tigris?

—Sí. El Babilonia Palace es el mayor de todos. Es más o menos el hotel oficial.

—¿Qué sabe de un hotel llamado Tio?

—Oh, mucha gente va allí. La comida es bastante buena, y lo explota un hombre con un carácter terrible llamado Marcus Tio. Es una verdadera institución en Bagdad.

—Quiero que me busque una habitación en ese hotel, míster Shrivenham.

—¿Quiere decir... que no va a quedarse en la Embajada? —Shrivenham se puso muy nervioso—. Pero..., pero..., si está todo preparado, señor.

—Lo que esté preparado puede retirarse —rugió sir Rupert.

—Oh, claro, señor. No quise decir...

Shrivenham se interrumpió con el presentimiento de que en el futuro alguien iba a maldecirle.

—Tengo que llevar a cabo ciertas negociaciones muy delicadas. Sé que no pueden hacerse en la Embajada. Quiero que me busque habitación en el Tio y abandonar la Embajada de un modo discreto y razonable. Lo cual quiere decir que no voy a ir al Tio en el coche oficial. También necesito un pasaje para el avión que sale pasado mañana para El Cairo.

—Pero yo tenía entendido que iba a permanecer cinco días aquí...

—Eso ya no interesa. Es necesario que llegue a El Cairo tan pronto como termine mis negocios aquí. Sería peligroso quedarme más tiempo.

—¿Peligroso?

La mueca de una sonrisa transformó el rostro de sir Rupert.

—Convengo en que nunca me ha preocupado el peligro —dijo—. Pero en este caso no es sólo mi integridad personal lo que hay que tener en cuenta... Mi seguridad incluye la de muchas otras personas. Así que haga esos encargos. Si le es difícil conseguir el billete para el avión apele a su influencia. Hasta que salga de aquí, mañana por la noche, permaneceré en mi habitación. —Y agregó al ver la sorpresa de Shrivenham—: Oficialmente, estoy enfermo. Un ataque de malaria.

—El joven asintió—. Así que no necesitaré comer.

—Pero podemos enviarle...

—Veinticuatro horas de ayuno no significan nada para mí. He pasado mucha más hambre en algunos de mis viajes. Haga lo que le digo.

Una vez abajo, Shrivenham fue saludado por sus colegas, cuyas preguntas contestó con un gruñido.

—Mucha facha de caballero de capa y espada —les dijo—. No sé si su elocuencia es natural o afectada con esa capa y ese sombrero de bandolero. Un individuo que ha leído sus libros me dijo que, aunque es un tanto pedante, ha *hecho* todas esas cosas y estado en estos lugares..., pero no sé. Eso me recuerda... ¿qué es Scheele Green?

—¿Scheele Green? —repuso su amigo frunciendo el entrecejo—. Algo referente al papel de empapelar salones, ¿no? Es venenoso. Me parece que es una especie de arsénico.

—¡Cáscaras! —exclamó Shrivenham sorprendido—. Creí que era una enfermedad. Algo así como la disentería.

—Oh, no; es algún producto químico. Con lo que las mujeres matan a sus maridos, o viceversa.

Shrivenham quedó sumido en un silencio revelador. Ciertos hechos desagradables iban cobrando forma. Crofton Lee había sugerido, en efecto, que Tomás Rice, cónsul oriental de la Embajada, sufría no una gastroenteritis, sino un envenenamiento producido por arsénico. Agreguemos a esto que sir Rupert sospechaba que su propia vida corría peligro y su decisión de no probar la comida ni las bebidas preparadas en la Embajada estremecieron hasta lo más hondo el espíritu honrado de Shrivenham. No podía imaginar lo que ocurría.

CAPÍTULO X

Victoria, respirando una atmósfera agobiadora y polvorienta, recibió una impresión muy poco favorable de Bagdad. En el trayecto desde el aeropuerto hasta el hotel Tio, el ruido era ensordecedor. Las bocinas de los coches sonaban con enloquecedora persistencia; se oían gritos, silbidos, y terribles zumbidos de motores. A los ruidos incesantes de la calle se sumaba la charla incansable de mistress Hamilton Clipp.

Victoria llegó al hotel Tio algo mareada.

Una callejuela estrecha unía la estrepitosa calle Rashid con el Tigris. Subieron unos escalones y ante la entrada del hotel fueron recibidas por un hombre joven y robusto, cuya sonrisa, al menos metafóricamente, les acogía de todo corazón. Victoria supuso que se trataba de Marcus..., o mejor dicho de míster Tio, el propietario del hotel.

Sus palabras de bienvenida fueron interrumpidas por otras dirigidas a varios subordinados, dando las órdenes oportunas para que subieran los equipajes.

—Bueno, ya está aquí otra vez, mistress Clipp... Pero, ¿y su brazo...?, ¿qué le ha pasado...? (¡Idiotas, no lo levantéis así! ¡Imbéciles, no arrastréis así ese abrigo!) Pero, querida..., qué día para llegar... Pensé que el avión no aterrizaba nunca. Estuvo dando vueltas y más vueltas. Marcus, me dije..., no serás tú quien viaje en avión... Tanta prisa, ¿para qué?... Y ha traído a esta señorita... Siempre es agradable ver a una joven nueva en Bagdad... ¿Por qué no ha venido míster Harrison para encontrarse con usted...? Le esperaba ayer... Pero, querida, deben beber algo en seguida.

Victoria, un tanto aturdida por los efectos de un whisky doble que le obligó a tomar Marcus, se hallaba de pie ante una amplia habitación, en la que había una gran cama de metal, un tocador de diseño francés muy moderno, un armario de la época de la reina Victoria y dos sillas tapizadas de felpa chillona. Su modesto equipaje descansaba a sus pies. Un viejecillo de rostro amarillento le había sonreído mientras colocaba las toallas en el cuarto de baño, y preguntaba si deseaba que le preparasen un baño caliente.

—¿Cuánto tardarán?
—Unos veinte minutos o media hora. Iré a prepararlo en seguida.

Y salió tras dirigirle una sonrisa paternal. Victoria sentóse sobre la cama y se pasó la mano por sus cabellos. Estaban cubiertos de polvo, y su rostro marchito y sucio. Se miró en el espejo. El polvo había cambiado el color negro de su pelo por un castaño rojizo. Alzó una esquina del visillo del amplio balcón que daba al río. No se veía más que una niebla amarillenta. Como expresión de su estado de ánimo díjose para sí: ¡Qué lugar tan odioso!

Luego fue a llamar a la puerta de la habitación de mistress Clipp. Tenía mucho que hacer antes de poder dedicarse a su propio aseo y arreglo.

Después de tomar un baño, haber comido y gozado de una siesta prolongada, Victoria salió al balcón y contempló aprobadoramente el paisaje. La tormenta había cesado, y en vez de la niebla pardusca, iba apareciendo una claridad tenue. Más allá del río se recortaba el delicado perfil de las palmeras y las casas colocadas caprichosamente.

Desde abajo llegó hasta ella un rumor de voces y se inclinó sobre la baranda para mirar.

Mistress Hamilton Clipp, la infatigable conversadora de carácter abierto, había trabado amistad con una inglesa..., una de esas inglesas apergaminadas de edad indefinible que se encuentran en cualquier ciudad extranjera.

—... y la verdad es que no sé qué hubiera hecho sin ella —decía mistress Clipp—. Es la persona más agradable que pueda usted imaginar. Y está bien relacionada. Es sobrina del obispo de Llangow.

—¿Obispo de dónde?
—Pues Llangow, creo que dijo.

—¡Pamplinas! No existe tal obispado —repuso la otra.

Victoria frunció el ceño. Reconocía al tipo de inglesa que no se deja impresionar por el nombre de un falso obispo.

—Bueno, tal vez no comprendí bien el nombre —dijo mistress Clipp dudosa—. Pero —resumió— es una muchacha encantadora y muy competente.

—Ya —repuso la inglesa sin gran convencimiento.

Victoria resolvió mantenerse lo más apartada posible de aquella dama. Algo le decía que el inventar historias para compadecerla no habría de ser tarea fácil.

Victoria volvió a entrar en su habitación, sentóse sobre la cama y se dispuso a considerar con detenimiento su situación presente.

Se hallaba en el hotel Tio, que no era precisamente barato, de eso estaba segura. Todo su capital se reducía a cuatro libras y diecisiete peniques. Había despachado una suculenta comida que aún no había pagado, y cuyo importe mistress Clipp no tenía por qué satisfacer. Sólo se ofreció a pagarle el pasaje y el trato estaba cumplido. Victoria estaba ya en Bagdad. Mistress Clipp había recibido las amables atenciones de la sobrina del obispo, una ex enfermera y competente secretaria. Todo había concluido con gran satisfacción por ambas partes. Mistress Hamilton Clipp saldría para Kirkuk en el tren de la noche..., y eso era todo. Victoria acarició esperanzadora la idea de que mistress Clipp le diese como regalo de despedida algún dinero, pero la abandonó por absurda e improbable. Mistress Clipp ignoraba sus dificultades pecuniarias.

¿Qué podría hacer entonces? La respuesta inmediata fue buscar a Edward, claro.

Contrariada tuvo que reconocer que desconocía por completo el apellido de Edward... Edward... Bagdad. Victoria recordó a la doncella sarracena que llegó a Inglaterra conociendo tan sólo el nombre de su amado Gilberto e Inglaterra. Una historia muy romántica... pero con muchos inconvenientes. Verdad que en Inglaterra, durante la época de las Cruzadas, nadie, según Victoria, tenía apellido. Por otra parte, Inglaterra era más grande que Bagdad, pero, en cambio, entonces estaba menos poblada.

Victoria dejó a un lado estas interesantes especulaciones

para volver a los hechos. Debía encontrar a Edward inmediatamente, y él encontrarle un empleo, también inmediatamente.

Ignoraba cuál era su apellido, pero fue a Bagdad como secretario de un tal doctor Rathbone y era de presumir que tal doctor fuese un hombre importante.

Se empolvó la nariz y se ahuecó el cabello antes de bajar la escalera en busca de la información.

El aparatoso Marcus cruzó el vestíbulo para salir a su encuentro con gran placer.

—¡Ah!, si es miss Jones. ¿Quiere venir conmigo a beber algo, querida? Me encantan las señoritas inglesas. Todas las inglesas que hay en Bagdad son amigas mías. Todo el mundo es feliz en mi hotel. Venga.

Victoria aceptó encantada.

Una vez instalada sobre el taburete y ante su cóctel comenzó sus pesquisas.

—¿Conoce al doctor Rathbone, que acaba de llegar a Bagdad? —le preguntó.

—Conozco a todo Bagdad —repuso Marcus Tio alegremente—. Y todo el mundo conoce a Marcus. Es verdad lo que le digo. ¡Oh!, tengo muchos, muchos amigos.

—Estoy segura de que debe tenerlos. ¿Conoce al doctor Rathbone? —dijo Victoria.

—La semana pasada estuvo aquí, de paso, el comandante del Aire Marsall, y me dijo: «Marcus, pícaro, no te he visto desde 1946. No has envejecido nada». Oh, es un hombre muy amable. Le aprecio mucho.

—¿Y qué sabe del doctor Rathbone? ¿Es un hombre amable?

—¿Sabe? A mí me agradan las personas que saben divertirse. Aborrezco las caras tristes. Me gustan las personas alegres, jóvenes y encantadoras, como usted. Y me dijo..., Marshall, el comandante del Aire: «Marcus, te gustan demasiado las mujeres». Y yo le contesté: «No. Mi desgracia es que me gusta demasiado Marcus...». —Marcus se interrumpió ahogado por la risa y de pronto gritó—: ¡Jesús!... ¡Jesús!

Victoria quedó muy sorprendida, pero Jesús resultó ser el nombre del barman. Victoria volvió a pensar que Oriente era un lugar muy extraño.

—Otra ginebra con naranja y un whisky —ordenó Marcus.

—No creo que deba...

—Sí, sí, claro que sí... Son muy flojos.

—¿Y el doctor Rathbone? —insistió Victoria.

—Esa mistress Clipp... ¡qué nombre tan raro!..., que llegó con usted, ¿es estadounidense... no? También me gustan los estadounidenses, pero prefiero los ingleses. Los estadounidenses siempre están preocupados, pero algunas veces son buenos humoristas. Míster Summers... ¿Le conoce? Bebe tanto cuando viene a Bagdad que duerme tres días de un tirón. Es demasiado. Algún día habrá de lamentarlo.

—Por favor, ayúdeme —dijo la muchacha.

Marcus pareció sorprenderse.

—Pues claro que la ayudaré. Siempre ayudo a mis amistades. Dígame lo que sea... y al momento lo tendrá. Asado especial... o pavo asado con arroz y hierbas... o pollitos tiernos...

—No quiero pollitos tiernos —repuso Victoria—. Al menos por ahora —agregó con prudencia—. Quiero encontrar al doctor Rathbone. Doctor *Rathbone*. Acaba de llegar a Bagdad con un secretario.

—No sé —dijo Marcus—. No se hospeda en el Tio.

Lo cual implicaba naturalmente que quien no se hospedaba en el hotel Tio para Marcus era como si no existiese.

—Pero hay otros hoteles —continuó la muchacha—. O tal vez tenga una casa.

—Oh, sí, hay otros hoteles. El Babilonia Palace, el Sennacherib, el Zobeide. Son buenos, sí, pero no como el Tio.

—Desde luego. Pero ¿no sabe si el doctor Rathbone está en alguno de ellos? Dirige una especie de sociedad... algo referente a la cultura... y libros.

Marcus se puso muy serio al oír hablar de cultura.

—Eso es lo que necesitamos. Tiene que haber mucha cultura. El arte y la música son deliciosos. Me encantan las sonatas para violín, si no son demasiado largas.

Aunque estaba plenamente de acuerdo con él, sobre todo acerca del final de su discurso, Victoria tuvo que reconocer que no iba acercándose mucho a su propósito. Conversar con Marcus era muy entretenido, y Marcus era una persona encantadora con aquel entusiasmo casi infantil, pero su charla le recordaba a *Alicia en el País de las Maravillas* cuando busca en vano un camino que lleve a la colina. Todos los tópicos volvían al mismo punto de partida... ¡Marcus!

Rehusó beber nada más y se puso en pie sin gran seguridad. Los cócteles no fueron flojos precisamente. Se alejó del bar en dirección a la terraza, desde donde contempló el río, hasta que alguien habló a sus espaldas.

—Perdóneme, pero sería conveniente que se pusiera un abrigo. Viniendo de Inglaterra esto parece verano, pero por las tardes refresca.

Era la inglesa que antes hablara con mistress Clipp. Tenía una de esas voces acostumbradas a mandar y llamar a perritos falderos. Llevaba un abrigo de pieles y bebía whisky con soda.

—¡Oh, gracias! —dijo Victoria, dispuesta a escapar apresuradamente, pero fracasó en su empeño.

—Debo presentarme. Soy mistress Cardew Trench (lo cual implicaba ser de los Cardew Trench, por supuesto). Tengo entendido que ha llegado usted con mistress... ¿cuál es su nombre?..., Hamilton Clipp.

—Sí —repuso Victoria.

—Me dijo que era usted sobrina del obispo de Llangow, ¿no es así?

—¿De veras? —preguntó fingiendo cierto regocijo.

—Supongo que lo entendí mal.

Victoria sonrió.

—Los estadounidenses acostumbran a equivocar algunos de nuestros nombres. Se parece bastante a Llangow. Mi tío —prosiguió Victoria, improvisando rápidamente— es el obispo de Llanguao.

—¿Llanguao?

—Sí, está en el archipiélago del Pacífico. Es obispo de las Colonias, claro.

—¡Oh, un obispo de las Colonias! —exclamó mistress Cardew Trench, y su voz bajó por lo menos tres semitonos.

Como Victoria había bien supuesto, mistress Cardew Trench no estaba muy al corriente de los obispos de las Colonias.

—Eso lo explica todo.

Victoria pensó con orgullo que lo explicaba todo muy bien en los momentos de apuro.

—¿Y qué está usted haciendo aquí? —preguntó la inglesa con la genialidad producida por un carácter curioso por naturaleza.

«Pues buscar a un joven con el que he hablado sólo unos momentos en una plaza de Londres.» Era la única respuesta que podía dar. Pero recordando el párrafo del periódico que leyera y sus declaraciones a mistress Clipp, dijo:

—Voy a reunirme con mi tío, el doctor Pauncefoot Jones.

—¡Oh, ha venido a eso! —dijo mistress Cardew Trench contenta de haber «localizado» a Victoria—. Es un hombre encantador, aunque un poquito distraído..., supongo que es natural. Le oí dar una conferencia en Londres el año pasado... Excelente lección... A pesar de que no entendí ni una palabra. Sí, pasó por Bagdad hará cosa de unos quince días. Creo que habló de unas jóvenes que iban a llegar más adelante.

Habiendo ya establecido su posición, Victoria se atrevió a preguntar:

—¿Sabe usted si está aquí el doctor Rathbone?

—Acaba de llegar. Creo que dará una conferencia en el Instituto el jueves que viene sobre «Relaciones sociales en el mundo» y «Hermandad»... o algo parecido. Si quiere que le diga, pamplinas. Cuanto más se quiere unir a las personas, más recelan unas de otras. Tanta poesía y música, y tanto traducir a Shakespeare y Wordsworth al árabe, chino e indostánico. «Una amapola en la orilla del río», etc..., ¿qué le puede importar eso a quien no ha visto nunca una amapola?

—¿Sabe dónde se hospeda?

—Me parece que en el Babilonia Palace, pero su cuartel general lo tiene establecido cerca del Museo. Se llama La Rama de Olivo... ¡Qué nombre tan ridículo! Está lleno de jovencitas con el cuello sucio que visten pantalones y llevan gafas de sol.

—Conozco algo a su secretario —dijo Victoria.

—¡Oh, sí! ¿Cómo se llama?... Edward Nosecuántos..., un muchacho simpático..., demasiado bueno para este cargo... Se portó muy bien durante la guerra, eso oí decir. Es muy atractivo... Me imagino que esas jovencitas deben volverse locas por él.

El tormento de los celos hizo presa en Victoria.

—La Rama de Olivo —repitió—. ¿Dónde dice que está?

—Una vez pasado el segundo puente. En una vuelta de la calle Rashid, bastante escondido. Cerca del bazar de objetos de cobre. ¿Y cómo sigue mistress Pauncefoot Jones? —continuó mistress Cardew Trench—. ¿Vendrá pronto? Oí decir que no estaba muy bien de salud.

Victoria ya había obtenido la información deseada y no quiso arriesgarse con más invenciones. Miró su reloj de pulsera y soltó una exclamación:

—¡Oh, Dios mío! Prometí a mistress Clipp que la despertaría a las seis y media para vestirla para el viaje. Debo darme prisa.

La excusa era bastante cierta, aunque Victoria había dicho las seis y media en vez de las siete. Corrió escaleras arriba muy excitada. Mañana se pondría en contacto con Edward en La Rama de Olivo. ¡Vaya con las chicas con el cuello sucio! ¡Qué poco atractivo...! Sin embargo, reflexionó intranquila que los hombres no critican tanto a una mujer con el cuello sucio como una inglesa de mediana edad, especialmente si su poseedora tiene los ojos grandes y le dedican miradas de adoración.

La tarde pasó muy de prisa. Victoria cenó prontito en el comedor en compañía de mistress Clipp, quien no cesaba de hablar sobre todos los temas habidos y por haber. Le dijo que fuera a verla... y Victoria apuntó la dirección, porque uno nunca sabe lo que puede ocurrir. La acompañó hasta la estación del Norte, donde le fue presentada una amiga suya que también iba a Kirkuk y que ayudaría a mistress Clipp durante el viaje.

La locomotora lanzaba silbidos melancólicos, como un alma en pena. Mistress Clipp puso un sobre abultado en manos de la muchacha diciendo:

—Sólo un pequeño recuerdo mío, miss Jones, por su agradable compañía. Espero que lo acepte con mis *más* expresivas gracias.

—Es demasiado amable, mistress Clipp —repuso Victoria, encantada. Y tras un último lamento, el tren fue alejándose de la estación.

Victoria tomó un taxi para volver al hotel, ya que no tenía la más remota idea de adónde ir, ni a quién preguntar.

Una vez en Tio, corrió a su habitación para abrir el sobre. Contenía dos pares de medias de nailon.

En cualquier otro momento le hubieran entusiasmado..., pues las medias de nailon estaban, por lo general, más allá de su alcance. Había esperado una cantidad en metálico. Sin embargo, mistress Clipp había sido demasiado delicada para pensar en ofrecerle dinero. Victoria deseó de corazón que no hubiese sido tan delicada.

No obstante, al día siguiente vería a Edward. Se desnudó para acostarse, y a los cinco minutos dormía y soñaba estar en un aeropuerto esperando a Edward, pero que antes de reunirse con ella, una muchacha con gafas negras le echaba los brazos al cuello y el avión volvía a emprender el vuelo lentamente.

CAPÍTULO XI

A la mañana siguiente lucía un sol radiante. Victoria, una vez vestida, salió al amplio balcón de su habitación. En el de al lado había un hombre sentado de espaldas a ella. Sus largos cabellos, grises y rizados, cubrían parte de su cuello moreno y musculoso. Cuando volvió la cabeza pudo comprobar con sorpresa que se trataba de sir Rupert Crofton Lee. No podía explicar el *porqué* de su asombro. Tal vez supuso, como cosa lógica, que un personaje como sir Rupert debiera hospedarse en la Embajada y no en un hotel. Sin embargo, allí estaba contemplando el Tigris con gran interés. A su lado, sobre el brazo del sillón, vio unos prismáticos. Victoria pensó que a lo mejor se dedicaba a estudiar la vida de los pájaros.

Un joven amigo suyo, que en otra época juzgara atractivo, era un gran entusiasta de las aves, y Victoria le acompañó varios fines de semana para tender las trampas y permanecer durante lo que a ella le parecían horas interminables, inmóviles en bosques húmedos y con un viento helado, para que al fin la dejase mirar con los prismáticos algún pajarillo posado en una rama lejana, y que comparado con un petirrojo o un pinzón salía perdiendo, según opinión de Victoria.

La muchacha bajó a la planta baja, y encontró a Marcus Tio en la terraza situada entre las dos alas del hotel.

—Veo que está aquí sir Rupert Crofton Lee —le dijo Victoria.

—¡Oh, sí! —repuso Marcus con una sonrisa radiante—. Es un hombre muy agradable... muy agradable.

—¿Le conoce bien?

—No, es la primera vez que le veo. Míster Shrivenham también es muy agradable. *Le conozco muy bien.*

Mientras desayunaba, Victoria se preguntó si existía alguna persona que Marcus no considerara *muy agradable*. Por lo visto era muy caritativo.

Después de desayunar, Victoria salió en busca de La Rama de Olivo.

Hasta que comenzó su búsqueda no pudo imaginar las dificultades que reúne el encontrar un lugar preciso en una ciudad como Bagdad.

Al salir volvió a tropezarse con Marcus, y quiso que le indicara el camino para ir al Museo.

—Es un museo muy bonito —explicó Marcus sonriendo—. Sí. Lleno de cosas interesantes, y muy antiguas. No es que haya ido, pero tengo amigos, amigos arqueólogos, que se hospedan aquí siempre que pasan por Bagdad. Míster Baker... Richard Baker... ¿Le conoce? ¿Y el profesor Kalzman? El doctor Pauncefoot Jones... y míster y mistress McIntyre..., todos vienen al Tío. Son amigos míos y me cuentan lo que hay en el Museo. Muy, muy interesante.

—¿Dónde está y cómo puedo llegar allí?

—Siga derecho por la calle Rashid..., bastante trozo, pase el puente Feisal y la calle Bank... ¿Conoce la calle Bank?

—No sé nada de nada —repuso Victoria.

—Y luego viene otra calle... que también da a un puente, y entonces tiene que doblar a la derecha. Pregunte por míster Betoun Evans, es un guía inglés..., un hombre muy agradable. Y su esposa también; vino aquí durante la guerra como sargento de transportes. Oh, es una mujer muy, muy agradable.

—La verdad es que no voy a ir al Museo —dijo Victoria—. Quisiera encontrar un sitio..., una Sociedad..., una especie de Club llamado La Rama de Olivo.

—Si desea comer aceitunas, tengo de las mejores..., de muy buena clase. Me las traen especialmente... para mí... para el hotel Tío. Ya verá, le haré servir algunas en su mesa esta misma noche.

—Es usted muy agradable —repuso Victoria, y escapó hacia la calle Rashid.

—A la izquierda —le gritó Marcus—, no hacia la derecha. Pero está muy lejos el Museo. Será mejor que tome un taxi.

—¿Y el taxista sabrá dónde está La Rama de Olivo?

—No. ¡Nunca saben *nada*! Tiene uno que decirles: a la

izquierda, a la derecha, pare, todo derecho..., es decir, por donde quiera ir.

—En ese caso puedo ir andando.

Al llegar a la calle Rashid torció a la izquierda.

Bagdad era completamente distinto a como lo había imaginado. La vía principal estaba atestada de gente, los cláxones de los coches sonaban incesantemente; gritos, productos europeos en los escaparates de las tiendas, y hombres escupiendo a su alrededor, después de expectorar sus gargantas con ruidosos carraspeos. Ninguna figura misteriosa y oriental. La mayoría vestían trajes europeos raídos y cazadoras usadas del ejército. Las pocas mujeres cubiertas con un velo desaparecían entre los múltiples estilos de atuendos a la europea. Los mendigos se acercaban a ella..., mujeres con chiquillos sucios en brazos. El pavimento estaba lleno de hoyos.

Siguió su camino, sintiéndose de pronto extraña y perdida, y muy lejos de su casa. Allí no había encanto alguno, sino confusión.

Al fin llegó al puente Feisal, lo cruzó y siguió adelante. A pesar suyo le interesaba la curiosa mezcla de cosas en los escaparates de las tiendas. Zapatitos de niños, pasta dentífrica, cosméticos, linternas eléctricas, tazas de porcelana de China..., todo junto. Poco a poco fue apoderándose de Victoria una especie de fascinación, la fascinación de las variadas mercancías llegadas de todo el mundo para satisfacer los gustos de una población tan heterogénea.

Encontró el Museo, pero no La Rama de Olivo. Acostumbrada a dar siempre con cualquier dirección en Londres, le parecía increíble no poder preguntar a nadie. No sabía árabe, y los vendedores que al pasar le hablaban en inglés, ofreciéndole sus mercancías, expresaban su asombro cuando les preguntaba por La Rama de Olivo.

Si pudiera preguntar a un policía..., pero al verle mover los brazos sin descanso, tocando un silbato, comprendió que no había solución.

Entró en una librería que exhibía libros ingleses en sus escaparates, pero su pregunta sólo obtuvo un encogimiento de hombros y un movimiento negativo de cabeza. El amable librero no tenía la menor idea.

Y entonces, mientras caminaba por la calle, llegó hasta

ella el golpeteo de innumerables martillos con sonido metálico, y siguiendo por una calle oscura recordó que mistress Cardew Trench le había dicho que La Rama de Olivo estaba cerca del bazar de objetos de cobre. Al fin, había dado con el bazar.

Durante los tres cuartos de hora siguientes olvidó por completo La Rama de Olivo. El bazar le había fascinado. Las lámparas para soplar el metal derretido, todo el proceso de fabricación fue una revelación para la pequeña londinense, acostumbrada sólo a la producción en serie. Vagó al azar por el sur, cuando salió del bazar del cobre, viendo las alegres mantas de colores y los cubrecamas de algodón acolchado. Aquí las mercancías europeas tenían un aspecto totalmente distinto; y en los oscuros soportales la exótica cualidad de lo llegado de ultramar, rara y atrayente. Las madejas de algodón de diferentes colores eran un regalo para la vista.

De cuando en cuando, al grito de *Balek! Balek!* pasaba un mulo o un asno cargado, hombres con grandes paquetes sobre sus hombros, y chiquillos que corrían a su alrededor con las bandejas colgadas de sus cuellos.

—Mire, señora, goma, *buena* goma, goma inglesa. Peines, peines ingleses.

Y acercaban sus mercancías a su nariz, con vehementes deseos de vender. Victoria caminaba como en un sueño. Ahora sí que estaba viendo mundo. En cada recodo, bajo los arcos de las frías callejuelas aparecía algo totalmente inesperado... una calle llena de sastres sentados cosiendo, y con figurines elegantes de trajes europeos... otra hilera de relojería y bisutería barata. Piezas de terciopelo y brocados ricamente bordados en oro..., una vuelta más y uno se encontraba ante una serie de tiendas de trajes de segunda mano, blusas y largas túnicas.

De cuando en cuando algunos patios dejaban contemplar el cielo.

Vio a hombres que vestían amplios calzones, sentados con las piernas entrecruzadas y la dignidad del mercader en medio de sus cuchitriles.

—*Balek!*

Un mulo muy cargado que pasó junto a Victoria la hizo meterse en una callejuela que serpenteaba entre altos edificios. Y caminando por ella encontró, por casualidad, el objeto de su búsqueda. Llegó a un patio cuadrado, en uno de cuyos lados y en un cartel muy grande se leía La Rama de Olivo y como símbolo, sobre la entrada había una paloma de yeso con una rama en el pico.

Muy contenta, Victoria dirigióse a la entrada. Entró en una estancia llena de mesas con libros y revistas y otros muchos en los estantes de las paredes. Se parecía bastante a una librería, con la diferencia de que había varios grupitos de sillas, y estaba poco iluminada.

De la penumbra salió una joven que le preguntó en inglés:

—¿En qué puedo servirla?

Vestía un pantalón negro, una camisa de franela color naranja y llevaba su pelo negro muy cortito y rizado en forma de borla. Tenía un rostro melancólico, con grandes ojos oscuros y tristes y una gran nariz.

—¿Está... está... el doctor Rathbone?

¡Era enloquecedor no saber el apellido de Edward! Ni siquiera se lo dijo mistress Cardew Trench.

—Sí, el doctor Rathbone. Esto es La Rama de Olivo. ¿Desea unirse a nosotros? ¿Sí? Será un placer.

—Pues... tal vez. ¿Podría ver al doctor Rathbone, por favor?

La joven sonrió.

—Nunca le molestamos. Le daré un impreso. Ya se lo explicaré todo, luego usted firma. Son dos dinares.

—No estoy segura todavía —repuso Victoria alarmada ante la mención de los dos dinares—. Quisiera ver al doctor Rathbone... o a su secretario... es lo mismo.

—Yo se lo explicaré. Se lo explicaré todo. Aquí todos somos amigos, amigos ahora y amigos para el futuro..., leemos libros educativos... y nos recitamos poesías unos a otros.

—El secretario del doctor Rathbone —dijo Victoria en voz alta y clara— me aconsejó que preguntara por él.

El rostro de la muchacha denotó obstinación.

—Hoy no es posible. Yo le explicaré.

—¿Por qué hoy no? ¿Es que no está aquí? ¿No está aquí el doctor Rathbone?

—Sí, el doctor Rathbone está arriba. Pero no queremos molestarle.

Victoria sintió que la consideraba una extranjera. A pesar de los deseos de La Rama de Olivo de crear amistades internacionales, en ella producía efectos contrarios.

—Acabo de llegar de Inglaterra —explicó con un acento digno de mistress Cardew Trench— y traigo un mensaje muy importante para el doctor Rathbone que debo transmitirle personalmente. ¡Por favor, he de verle *en seguida!* Siento molestarle, pero tengo que verle... *¡En seguida!* —agregó para zanjar el asunto.

Ante una británica enérgica que quiere abrirse camino se desmoronan casi todas las barreras. La joven la condujo en el acto a la parte posterior de la estancia y de allí por una escalera, hasta una galería que daba al patio. Se detuvo ante una puerta para llamar. Una voz varonil dijo: «Adelante».

La joven abrió, dejando paso a Victoria.

—Es una señorita de Inglaterra que desea verle.

Victoria entró.

Tras un escritorio cubierto de papeles se puso en pie un hombre para saludarla.

Su aspecto era respetable. Tendría unos sesenta años, la frente amplia y el cabello blanco. Las cualidades más destacadas de su personalidad eran, en apariencia, amabilidad, gentileza y simpatía. Un director de teatro le hubiera dado sin duda el papel de gran filántropo.

Saludó a Victoria con una cálida sonrisa y la mano extendida.

—¿Así que acaba de llegar de Inglaterra? Es la primera vez que viene a Oriente, ¿no?

—Sí.

—Quisiera saber qué le parece todo esto... Tiene que contármelo algún día. Ahora déjeme pensar... ¿La he visto antes? Soy tan corto de vista... y como no me ha dicho su nombre...

—No, no me conoce —repuso Victoria—, pero soy amiga de Edward.

—Una amiga de Edward —dijo el doctor Rathbone—. Vaya, eso es magnífico. ¿Sabe Edward que está usted en Bagdad?

—Todavía no —repuso Victoria.

—Se llevará una sorpresa muy agradable cuando regrese.

—¿Está fuera Edward? —preguntó un tanto contrariada Victoria.

—Sí, actualmente está en Basrah. Tuve que enviarle para recoger unos cestos de libros que nos han enviado. Han estado mucho tiempo detenidos en la Aduana... no hemos podido sacarlos. La única solución es hacerlo personalmente, y Edward es muy hábil para estas cosas. Sabe cuándo hay que hacerse simpático y cuándo hay que imponerse y no descansará hasta que esté todo arreglado. Es muy tenaz. Buena cualidad para un joven. Le aprecio mucho. —Parpadeó—. Pero supongo que no necesito ponderarle sus cualidades, jovencita.

—¿Cuándo... cuándo volverá de Basrah? —preguntó Victoria con un hilo de voz.

—Pues... ahora no puedo decirlo con exactitud. No volverá hasta que haya concluido su trabajo... y en este país no se puede ir muy de prisa. Dígame dónde se hospeda y creo se pondrá en contacto con usted en cuanto regrese.

—Estaba pensando... —Victoria habló desesperada, consciente de su situación pecuniaria—. Estaba pensando si... si podría encontrar algún empleo aquí...

—Sí, claro que sí —repuso el doctor Rathbone amablemente—. Necesitamos muchos trabajadores, y toda la ayuda que podamos conseguir. Nuestra tarea es espléndida... muy espléndida... pero todavía puede hacerse muchísimo más. Sin embargo, la gente es muy interesada. Tengo treinta ayudas voluntarias... *treinta*... todos deseosos de colaborar. Si de verdad tiene ganas de trabajar, puede ser una ayuda valiosa.

La palabra *voluntaria* hizo poner en guardia a Victoria.

—La verdad es que busco un empleo retribuido.

—¡Oh, Dios mío! —El rostro del doctor Rathbone perdió su entusiasmo—. Es bastante más difícil. Nuestros sueldos son muy escasos... y de momento, con la ayuda voluntaria, no precisamos más empleados.

—No puedo permitirme el lujo de no trabajar —explicó la muchacha—. Soy taquimecanógrafa, y muy competente —agregó sin enrojecer.

—Estoy seguro de que lo es, mi querida señorita; usted irradia competencia por así decir. Pero lo nuestro es cuestión de libras, chelines y peniques. Pero aunque encuentre trabajo en otro sitio, espero que nos ayudará en sus ratos libres. La mayoría de nuestros empleados trabajan. Estoy seguro de que lo encontrará muy inspirador. Debemos poner fin al salvajismo del mundo, las guerras, los malentendidos y los recelos. Lo que necesitamos es un lugar común. Drama, arte, poesía... las grandes cosas del espíritu... no dejar sitio para envidias y odios.

—Sí... —repuso Victoria vacilando. Recordaba a algunas amigas suyas actrices y artistas, que parecían obsesionadas por los celos más triviales y por odios intensos y virulentos.

—Tengo *El sueño de una noche de verano* traducido a cuarenta idiomas distintos —dijo el doctor Rathbone—. Cuarenta escenarios diferentes de gente joven representando la misma obra maestra de literatura. *Gente joven...* he aquí el secreto. No utilizo más que a jóvenes. Cuando el cuerpo y el espíritu están encallecidos, ya es demasiado tarde. No. Es a los jóvenes a quien hay que reunir; Catherine, esa muchacha que la ha acompañado hasta aquí, es de Damasco. Usted y ella son probablemente de la misma edad. No tienen nada en común, y en circunstancias normales nunca se hubieran encontrado. Pero en La Rama de Olivo, ella, usted y muchas otras, rusas, judías, iranesas, turcas, armenias, egipcias, persas, todas se reúnen, simpatizan, leen los mismos libros, discuten sobre pintura y música; tenemos conferencias muy sugestivas y encuentran muy interesante hallar un nuevo punto de vista... lo que el mundo debiera ser.

Victoria no pudo por menos de pensar que el doctor era muy optimista al suponer que todos aquellos elementos tan distintos fuesen a simpatizar necesariamente. Catherine por ejemplo no le había gustado y sospechaba que cuanto más se vieran crecería su mutua antipatía.

—¡Edward es estupendo! —decía el doctor Rathbone—. Se lleva bien con todo el mundo. Tal vez más con las muchachas que con los jóvenes. Los estudiantes aquí son bastante difíciles al principio... recelosos... casi hostiles. Pero las chicas le adoran y harían cualquier cosa por él. Él y Catherine simpatizan mucho.

—¿De veras? —preguntó Victoria con retintín. Su aversión hacia Catherine se hizo más intensa.

—Bien —dijo Rathbone sonriendo—, venga a ayudarnos si puede.

Era una despedida. Tras estrecharle la mano con calor, Victoria salió de la habitación y bajó la escalera. Catherine estaba junto a la puerta hablando con una muchacha que acababa de entrar con una maletita. Era una morenita muy guapa, y por un momento le pareció haberla visto en alguna otra parte, mas la joven la miró sin dar muestras de reconocerla. Las dos mujeres hablaban un lenguaje desconocido para Victoria. Al verla se la quedaron mirando en silencio. Ella se vio obligada a decir adiós amablemente al pasar junto a Catherine.

Supo encontrar el camino por la zigzagueante callejuela hasta la calle Rashid, y desde allí emprendió el regreso al hotel, caminando muy despacio y sin ver las multitudes que circulaban a su alrededor. Trató de no pensar en su situación (en Bagdad y sin un penique), concentrando su mente en el doctor Rathbone y la organización de La Rama de Olivo. Edward le dijo en Londres que había algo «extraño» en su trabajo. ¿Qué sería lo extraño? ¿El doctor Rathbone o La Rama de Olivo?

Victoria no quiso creer que hubiera nada sospechoso en el doctor Rathbone. Le parecía uno de esos entusiastas equivocados que insisten en ver el mundo según sus propios ideales, pese a la realidad.

¿Qué quiso decir Edward? Fue muy ambiguo. Tal vez ni él mismo lo supiera.

¿Sería posible que el doctor Rathbone fuese una especie de timador en gran escala?

Victoria, impresionada por su simpatía, meneó la cabeza. Es cierto que había cambiado su expresión ligeramente ante la idea de tener que pagarle un jornal. Era evidente que prefería que la gente trabajase por amor al arte.

«Pero eso —pensó Victoria— es una muestra de sentido común.»

Míster Greenholtz, por ejemplo, hubiera pensado lo mismo.

CAPÍTULO XII

Victoria, a su llegada al hotel Tío con los pies maltrechos, fue recibida entusiásticamente por Marcus, que sentado en la terraza, charlaba con un hombre de mediana edad, delgado y bastante mal vestido.

—Venga a beber algo con nosotros, miss Jones. ¿Un Martini...? Éste es míster Dakin. Miss Jones de Inglaterra. Ahora, díganos, querida, ¿qué va a tomar?

Victoria aceptó el Martini y «algunas nueces de ésas tan sabrosas», recordando que son muy nutritivas.

—Le gustan las nueces, ¡Jesús! —Dio una orden en árabe y míster Dakin dijo en voz triste que tomaría una limonada.

—¡Oh! —exclamó Marcus—, pero eso es ridículo. Ah, aquí viene mistress Cardew Trench, ¿conoce a míster Dakin? ¿Qué desea tomar?

—Ginebra con soda —repuso mistress Cardew Trench saludando a Dakin sólo con una inclinación de cabeza—. Está muy acalorada —agregó dirigiéndose a Victoria.

—He estado paseando para ver la ciudad.

Cuando trajeron las bebidas, Victoria se comió un gran plato de nueces y algunas patatas fritas.

En aquellos momentos subía los escalones de la terraza un hombre de corta estatura, bastante grueso, y el hospitalario Marcus le invitó a que se uniera a ellos. Fue presentado como capitán Crosbie, y por el modo que la miraron sus ojos saltones, Victoria adivinó que era bastante susceptible a los encantos femeninos.

—¿Recién llegada? —le preguntó.
—Llegué ayer.
—No la había visto por aquí.
—Es muy agradable y bonita, ¿verdad? —dijo Marcus

contento—. Oh, sí. Es un placer tenerla entre nosotros. Voy a dar una fiesta en su honor... Será una reunión encantadora.

—¿Con pollitos tiernos? —preguntó Victoria esperanzada.

—Sí... sí... y foie gras... foie gras de Estrasburgo... y tal vez caviar... y luego un plato de pescado... riquísimo... un pescado del Tigris, pero todos con salsa y setas. Después un pavo relleno como lo hacemos en casa... con arroz, pasas y especias... y guisado así. Oh, es bonísimo... pero tiene que comer mucho y no sólo una cucharadita. O si prefiere puede tomar carne asada... y *tierna*... Desde luego. Será una comida que durará horas y horas. Ya verá cómo resulta bien. Yo no como... sólo bebo.

—Será estupendo —repuso Victoria con voz desfallecida. Las descripciones de las viandas le hacían sentirse débil y hambrienta. Preguntábase si Marcus pensaría en serio dar esa reunión y cuándo.

—Creí que se había marchado a Basrah —dijo mistress Cardew Trench a Crosbie.

Éste alzó la cabeza hacia los balcones.

—¿Quién es ese bandolero? —preguntó—. Ese individuo disfrazado que lleva ese sombrero.

—Es sir Rupert Crofton Lee —dijo Marcus—. Míster Shrivenham le trajo de la Embajada ayer por la noche. Es un hombre muy agradable y un viajero distinguido. Cruza el Sahara en camello y escala montañas. Esa clase de vida es muy incómoda y peligrosa. No me gustaría para mí, desde luego.

—¡Oh, es el famoso viajero! —exclamó Crosbie—. He leído su libro.

—Yo vine en el mismo avión —intervino Victoria.

Los dos hombres la miraron con interés.

—Está muy engreído y satisfecho de sí mismo —prosiguió Victoria con desprecio.

—Conocí a su tía en Simla —dijo mistress Cardew Trench—. Toda la familia es así. Son muy listos, pero no pueden prescindir de alardear de ello.

—Ha pasado toda la mañana sentado ahí sin hacer nada —Victoria hablaba desaprobadoramente.

—Es su estómago —explicó Marcus—. Hoy no ha podido comer. Está triste.

—No puedo comprender por qué tiene usted ese tamaño, Marcus —dijo mistress Cardew Trench—. Nunca come.

—Es la bebida —repuso él con un suspiro—. Bebo demasiado. Esta noche vendrán mi hermana y su marido: beberé hasta casi el amanecer. —Volvió a suspirar antes de lanzar su grito de costumbre—: ¡Jesús! ¡Jesús! Trae lo mismo.

—Para mí, no —dijo Victoria; míster Dakin rehusó a su vez, y tras concluir su limonada se dispuso a marchar mientras Crosbie subía a su habitación.

Mistress Cardew Trench golpeó el vaso de Dakin.

—¿Limonada como de costumbre? Mala señal es ésta.

Victoria quiso saber por qué era una mala señal.

—Es por lo que bebe cuando está solo.

—Sí, querida —dijo Marcus—. Eso es.

—¿Entonces *sí bebe*? —preguntó Victoria.

—Por eso nunca prospera —repuso mistress Cardew Trench—. Procura conservar su empleo, pero nada más.

—Pero es un hombre muy agradable —dijo Marcus.

—Bah —exclamó mistress Cardew Trench—. Es un pez mojado. Sólo sabe andar por ahí perdiendo el tiempo... no tiene fibra ni apego a la vida.

Después de dar las gracias a Marcus por su invitación y de volver a rehusar otra ronda, Victoria subió a su habitación, quitóse los zapatos y echada sobre la cama entregóse a la tarea de pensar seriamente. Las tres libras a que ascendía su capital se las debía ya —era de suponer— a Marcus por el hospedaje y manutención. Contando con su generosidad y con poder subsistir con alguna bebida alcohólica y nueces, aceitunas y patatas fritas, tenía resuelto el problema alimenticio durante unos días. ¿Cuánto tiempo tardaría en presentarle la cuenta, y cuánto podía retardar el pago? No tenía ni la menor idea. Marcus no era un despreocupado en cuestiones de negocios. Debió buscar, claro está, un sitio más barato donde vivir. ¿Pero cómo encontrarlo? Y también un empleo... en seguida. ¿Pero dónde se buscaba trabajo? ¿Y qué clase de empleo? ¿A quién acudir para que se lo buscase? ¡Cuántas dificultades representaba el hallarse en una ciudad extraña prácticamente sin un penique y desconociendo las costumbres! Con tan sólo un ligero conocimiento del terreno estaba segura (como siempre) de que hubiese salido adelante. ¿Cuándo volvería Edward de Basrah? Tal vez, ¡horror!, la hubiese olvidado por completo. ¿Por qué diablos había ido a Bagdad en aquellas circunstancias suicidas? ¿Quién y qué era Edward después de todo? Un hombre joven con una sonrisa atrayente y un modo agradable de decir las cosas. ¿Y cuál... cuál... *cuál* era su apellido? De saberlo, podría telegrafiarle... tampoco... ni siquiera sabía dónde se hospedaba. No sabía nada de nada... eso era lo malo... eso era lo que la sacaba de quicio.

Y, ¿a quién iba a pedir consejo? No a Marcus, que era muy amable, pero nunca la escuchaba. Tampoco a mistress Cardew Trench, que había sospechado de ella desde el principio. Ni a mistress Hamilton Clipp, que se había marchado a Kirkuk, ni al doctor Rathbone.

Tenía que conseguir algún dinero... o encontrar trabajo, *cualquier* trabajo. Cuidar de los niños, pegar sellos en una oficina, servir en un restaurante... O de otro modo la enviarían al Consulado para ser repatriada a Inglaterra y no volver a ver a Edward.

Al llegar a este punto, cansada de tantas emociones, se quedó dormida.

Despertóse algunas horas después y pensando que: «perdida por mil, perdida por mil y quinientos», bajó al comedor y se dispuso a despachar un menú completo... y espléndido. Una vez hubo concluido sintióse mucho más animada.

—¿De qué me sirve inquietarme más? —pensó Victoria—. Lo dejaré para mañana. Puede que salga algo, o que se me ocurra algo o que regrese Edward.

Antes de acostarse salió a la terraza situada junto al río. Puesto que para los habitantes de Bagdad la temperatura era de pleno invierno, no había nadie a excepción de un camarero, que inclinado sobre la barandilla contemplaba el agua y que cuando vio a Victoria desapareció como un culpable sorprendido *in fraganti* por la puerta de servicio.

Para ella que llegaba de Inglaterra, la noche era primaveral con un ligero frescor en la atmósfera, y le encantó la vista del Tigris bañado por la luna y el misterio de su orilla opuesta festoneada de palmeras.

—Bueno, de todos modos, ya estoy aquí —dijo Victoria

consolándose un tanto—. Y ya me las arreglaré como sea. Ya saldrá alguna cosa que remedie la situación.

Y con estos pensamientos fue a acostarse, y el camarero volvió a salir cautelosamente para continuar su tarea de atar una cuerda a la baranda de modo que colgara sobre el río.

A poco otra figura salió de entre las sombras para reunirse con él. Míster Dakin dijo en voz baja:

—¿Todo a punto?

—Sí, señor, ningún indicio sospechoso.

Una vez cumplido su cometido a satisfacción, míster Dakin volvió a esfumarse en la penumbra, cambió su chaqueta de camarero por su traje azul ligeramente rayado, y atravesó la terraza hasta llegar a los escalones que daban a la calle y donde su silueta se recortó sobre la corriente del río.

—Refresca mucho por las noches —dijo Crosbie, que saliendo del bar reunióse con él—. Supongo que usted no lo notará mucho viniendo de Teherán.

Durante unos instantes permanecieron fumando en silencio. A menos que alzasen la voz nadie podía oírles. Crosbie habló tranquilamente.

—¿Quién es esa joven?

—Aparentemente la sobrina del arqueólogo Pauncefoot Jones.

—Oh, bien... eso puede que sea cierto, pero al venir en el mismo avión que Crofton Lee...

—No tiene nada de particular —repuso Dakin—. No hay que dar las cosas por hechas.

Ambos hombres permanecieron en silencio durante unos momentos.

—¿De verdad cree conveniente trasladar aquí lo de la Embajada?

—Sí.

—¿A pesar de que estaba todo preparado hasta el menor detalle?

—También estaba todo preparado hasta el menor detalle en Basrah... y salió mal.

—Oh, ya sé. Salah Hassan fue envenenado.

—Sí. ¿Ha habido señales de aproximación en el Consulado?

—Sospecho que puede haberlas. Hubo algo de jaleo. Un

individuo sacó el revólver —hizo una pausa y agregó—: Richard Baker le desarmó.

—Richard Baker —repitió Dakin pensativo.

—¿Le conoce? Es...

—Sí, sé quién es.

Hubo una pausa al final de la cual dijo Dakin:

—Improvisación. En eso confío. Si lo tenemos todo preparado, como usted dijo... y nuestros planes llegan a ser conocidos, les será mucho más fácil desbaratarlos. Dudo mucho que Carmichael pudiera llegar tan cerca de la Embajada... e incluso que consiguiese llegar allí —meneó la cabeza.

—Aquí, sólo usted, yo y Crofton Lee sabemos lo que se prepara.

—Oh, por supuesto. Era inevitable. Pero, ¿no ve usted, Crosbie, que cualquier cosa que hagan para contrarrestar nuestra improvisación, ha de ser también improvisada? Debe ser ideado rápidamente y rápidamente puesto en práctica. Tiene que venir, por así decir, del exterior. No es posible que haya estado alguien hospedado en el Tio desde hace seis meses esperando. El Tio no ha entrado en escena hasta ahora. Nunca se había pensado en utilizarlo como lugar de reunión.

Dakin miró su reloj.

—Iré a ver a Crofton Lee.

No precisó llamar a la puerta de su habitación. Ésta se abrió silenciosamente para darle paso.

El viajero tenía una lamparita encendida, y había colocado su butaca junto a ella. Al volver a ocuparla, dejó un revólver sobre la mesa al alcance de su mano.

—¿Qué hay, Dakin? —preguntó—. ¿Cree que vendrá?

—Creo que sí, sir Rupert. ¿No le ha visto nunca, eh?

—No. Estoy deseando verle. Ese hombre, Dakin, debe tener mucho valor.

—Oh, sí —repuso míster Dakin con voz hueca—. Es muy valiente.

—No me refiero solamente al arrojo —dijo el otro—. Durante la guerra ha habido ejemplos magníficos. Me refiero...

—¿A su imaginación? —insinuó Dakin.

—Sí. Ha de tener el valor de creer en algo que no sea probable ni remotamente. Arriesgar la vida para demostrar que una historia no es lo absurda que parece. Para eso se necesita algo que no es corriente en la juventud moderna. Espero que vendrá.

—Yo lo creo así —repuso Dakin.

—¿Lo ha dejado todo preparado? —Sir Rupert miróle con fijeza.

—Crosbie está en la terraza y yo estaré vigilando la escalera. Cuando Carmichael llegue, golpee la pared.

Crofton Lee asintió con la cabeza.

Dakin abandonó la estancia en dirección a la terraza, que cruzó hasta el otro extremo. Allí también una cuerda pendía hasta el suelo, sombreada por un eucalipto y algunos arbustos.

Dakin volvió a pasar ante la habitación de Crofton Lee para dirigirse a la suya. Su cuarto tenía una segunda puerta que daba al pasillo de la parte de atrás de las habitaciones y se hallaba situado a poca distancia del rellano de la escalera. Dejándola ligeramente entreabierta comenzó su vigilancia.

Cuatro horas más tarde, una *gufa*, embarcación primitiva del Tigris, bajó lentamente por sus aguas y vino a detenerse debajo mismo del hotel Tio. Pocos momentos después, una figura delgada trepó por la cuerda escondida entre los arbustos.

CAPÍTULO XIII

Victoria tenía la intención de meterse en la cama, dormir y dejar todos sus problemas para la mañana siguiente, mas, habiendo dormido casi toda la tarde encontrábase completamente espabilada.

Al fin, encendió la luz, terminó una historia de una revista que comenzara en el avión, zurció sus medias, probóse las nuevas de nailon, se puso a escribir varios anuncios distintos solicitando empleo (al día siguiente preguntaría dónde insertarlos), y otras varias cartas a mistress Hamilton Clipp a cuál más ingeniosa, relatando las circunstancias imprevistas por las que se había quedado *desamparada* en Bagdad, y unos telegramas pidiendo ayuda a su único pariente, un caballero anciano, brusco y desagradable que vivía en el norte de Inglaterra, y que no había ayudado a nadie en su vida. Probó un nuevo peinado, y al fin con un bostezo, decidió que ya había acumulado el sueño suficiente para poder acostarse y descansar.

En aquel mismo momento, y sin previo aviso, abrióse la puerta de su habitación y entró un hombre que hizo girar la llave de la cerradura, diciendo luego con apremio:

—Por el amor de Dios, escóndame en algún sitio... de prisa...

Las reacciones de Victoria nunca fueron lentas. En un abrir y cerrar de ojos se hizo cargo de la respiración entrecortada de aquel hombre, su voz débil y la fuerza con que sujetaba contra su pecho una bufanda vieja de color rojo tejida a mano, y se puso en pie en el acto respondiendo a la aventura.

La estancia no presentaba muchos lugares a propósito para esconderse. Un guardarropa, una consola, una mesa y el tocador. La cama era grande... casi de matrimonio y reaccionó rápidamente.

—De prisa —dijo. Quitó las almohadas, y alzó la sábana y la manta. El hombre se tumbó en la cabecera. Victoria volvió a poner las sábanas, colocó luego las almohadas encima y se sentó sobre el borde de la cama.

Casi en el acto llamaron a la puerta con insistencia.

Victoria, con voz débil y asustada, preguntó:

—¿Quién es?

—Abra, por favor —dijo una voz masculina—. Es la policía.

Victoria cruzó la distancia que la separaba de la puerta poniéndose la bata. Al ver la bufanda de color que se le había caído al fugitivo, la levantó del suelo y la metió en un cajón. Luego, tras dar la vuelta a la llave, abrió un poco la puerta, mirando al exterior con expresión de alarma.

Un joven moreno, con un traje rayado, estaba delante de un policía vestido de uniforme.

—¿Qué sucede? —preguntó Victoria, con voz temblorosa.

El joven, sonriendo ampliamente, le habló en un inglés bastante aceptable.

—No sabe cuánto siento tener que molestarla a estas horas, señorita, pero perseguimos a un criminal. Ha entrado en este hotel y debemos registrar todas las habitaciones. Es un hombre muy peligroso.

—¡Oh, Dios mío! —Victoria echóse hacia atrás para abrirles la puerta—. *Entren*, por favor, y busquen bien. ¡Qué miedo! Miren en el cuarto de baño, por favor. ¡Oh! Y en el armario... y, ¿*les importaría* mirar *debajo* de la cama? Puede haber estado ahí toda la noche.

El registro fue rápido.

—No, no está aquí.

—¿Seguro que no está debajo de la cama? No. ¡Qué tonta soy! No puede estar aquí. Cerré la puerta cuando me acosté.

—Gracias, señorita, y buenas noches.

El joven se inclinó a modo de saludo y salió en compañía del agente uniformado.

Victoria les siguió hasta la puerta, diciendo:

—Será mejor que cierre otra vez, ¿no les parece? Para estar más segura.
—Sí, será mejor, desde luego. Gracias.
Victoria volvió a cerrar la puerta, permaneciendo por unos momentos con la espalda apoyada contra ella. Oyó cómo el policía llamaba a la puerta de al lado, y la voz indignada de mistress Cardew Trench. Luego las pisadas se fueron alejando por el pasillo. La llamada siguiente fue mucho más lejos.
Victoria acercóse a la cama. Empezaba a creer que había sido demasiado tonta. Llevada por su romanticismo y por el tono de sus frases, había ofrecido impulsivamente su ayuda a quien tal vez fuese un asesino peligroso. El ponerse al lado del perseguido algunas veces trae consecuencias desagradables. «¡Oh!, bueno, de todas maneras ya está hecho», pensó Victoria.
Y de pie junto a la cama dijo con naturalidad:
—Levántese.
El hombre no se movió y la joven repitió con aspereza, aunque sin alzar la voz:
—Ya se han ido. Puede levantarse.
Pero como tampoco hiciera el menor movimiento, Victoria tiró de la sábana con impaciencia.
El hombre continuaba en la misma posición en que le dejara, mas ahora su rostro tenía un tinte grisáceo y sus ojos estaban cerrados.
Luego, casi sin respiración, vio algo más... una gran mancha roja que se extendía sobre la sábana.
—¡Oh, no! —exclamó Victoria, como si estuviera hablando con alguien—. ¡Oh, no... no!
Y en respuesta a sus palabras, el hombre abrió los ojos, mirándola fijamente como si estuviera muy lejos y no muy seguro de lo que veía.
Entreabrió los labios... el sonido era tan tenue que Victoria apenas le oía.
Se inclinó sobre él.
—¿Qué?
Esta vez pudo entenderle. Con dificultad, con mucha dificultad pronunció dos palabras. Parecían no tener sentido ni significado alguno. Lo que dijo fue: *Lucifer... basrah...*

Los párpados se cerraron sobre sus ojos ansiosos. Dijo otra palabra... un nombre. Luego su cabeza cayó hacia atrás y quedó inmóvil.

Victoria permaneció muy quieta mientras su corazón latía apresuradamente. Ahora sentíase invadida por un sentimiento de intensa compasión y cólera. No tenía la menor idea de lo que iba a hacer. Llamar a alguien... Estaba sola con un hombre muerto y más tarde o más temprano la policía pediría una explicación.

Mientras su cerebro trabajaba activamente para resolver la situación, un ruido le hizo volver la cabeza. La llave había caído de la cerradura, y mientras la miraba oyó descorrer el pestillo. La puerta se abrió y míster Dakin hizo su entrada, cerrándola tras de él.

Acercóse a ella diciendo:

—Buen trabajo, querida. Piensa usted muy de prisa. ¿Cómo está? —concluyó señalando al fugitivo.

—Creo que está muerto —dijo Victoria con un hilo de voz.

El rostro de Dakin se alteró, y por sus ojos cruzó un relámpago de ira, luego volvió a ser el de siempre... sólo que su indecisión y abulia habían desaparecido dando paso a algo muy distinto.

Inclinándose, desabrochó la raída chaqueta.

—Apuñalado limpiamente en pleno corazón —dijo Dakin poniéndose en pie—. Era un muchacho valiente... y muy listo.

—Ha venido la policía. Dijeron que era un criminal. ¿Era un criminal? —dijo Victoria cuando pudo encontrar su voz.

—No.

—Eran... ¿eran policías de verdad?

—No lo sé. Puede ser que sí. Es lo mismo —repuso Dakin, agregando—: ¿Dijo algo antes de morir?

—Sí.

—¿Qué dijo?

—Lucifer... y luego Basrah. Después me dijo un nombre... me pareció un nombre francés... pero puede que no lo entendiera bien.

—¿Cómo le sonó a usted?

—Algo así como Lefarge.

—Lefarge —replicó Dakin pensativo.
—¿Qué significa todo esto? —quiso saber Victoria, agregando con desmayo—: ¿Y qué voy a hacer?
—Procuraremos mantenerla bien apartada de todo esto cuanto nos sea posible. Y respecto a lo que significa, vendré más tarde a explicárselo. Lo primero que hay que hacer es contener a Marcus. Éste es su hotel y Marcus tiene una buena dosis de sentido común, aunque uno no siempre lo aprecia al hablar con él. Voy a ver si le encuentro. Todavía no debe haberse acostado. Rara vez lo hace antes de las dos. Procure maquillarse adecuadamente antes de que lo traiga. Marcus es muy susceptible ante una belleza en apuros.

Y salió de la habitación. Como en un sueño, Victoria fue hasta el tocador para peinarse y dar a su rostro un matiz pálido. Luego se dejó caer en un sillón, hasta que oyó un rumor de pasos que se acercaban. Dakin entró sin anunciarse. Tras él venía la inmensa mole de Marcus.

Esta vez estaba muy serio, sin su acostumbrada sonrisa.
—Ahora, Marcus —decía Dakin—, debe hacer lo que pueda. Ha sido un golpe terrible para la pobrecita. Ese individuo entró por sorpresa, se desmayó... ella tiene el corazón muy sensible y le ocultó a la policía... Y ahora está muerto. Tal vez no debiera haberlo hecho... pero las mujeres tienen un corazón tan tierno...
—Comprendo que no le agrade la policía —dijo Marcus—. A nadie le gusta la policía. A *mí* tampoco. Pero tengo que estar bien con ellos por mi hotel. ¿Quiere que les soborne con algún dinero? ¿No le parece que eso es lo preciso?
—Sólo queremos sacar el cuerpo sin llamar la atención.
—Eso es muy natural. Yo tampoco quiero tener un cadáver en mi hotel. Pero no es cosa fácil.
—Creo que puede arreglarse —dijo Dakin—. Usted tiene un médico en la familia, ¿verdad?
—Sí, Paul, el marido de mi hermana, es médico. Es un muchacho muy agradable, pero no quisiera meterle en ningún apuro.
—No es eso —repuso Dakin—. Escuche, Marcus. Trasladaremos el cadáver desde la habitación de miss Jones a la mía. Eso la deja al margen de todo. Luego llamo por teléfono. A los diez minutos un hombre viene al hotel tamba-

leándose. Está muy bebido, va apoyándose en las paredes. Pregunta por mí a grandes gritos. Entra en mi habitación y sufre un colapso. Yo salgo a buscarle a usted para que llame a un médico. Usted trae a su cuñado, que pide una ambulancia y sale en ella con mi amigo el borracho. Antes de llegar al hospital mi amigo fallece. Había sido apuñalado. Usted no tiene nada que ver. Le han apuñalado en la calle unos momentos antes de entrar en el hotel.

—Mi cuñado se lleva el cuerpo... y el joven que representa el papel de borrachín se marcha tranquilamente por la mañana, ¿no es así?

—Ésa es la idea.

—¿Y no encuentran ningún cadáver en mi hotel? ¿Y miss Jones no tiene que preocuparse más? Creo que es una buena idea.

—Bien. Entonces cuando esté seguro de que no hay moros en la costa, yo me llevaré el cadáver a mi cuarto. Sus criados se pasan media noche corriendo por los pasillos. Vaya a su habitación, llámelos y ordéneles que vayan a buscarle cosas.

Marcus asintió con la cabeza antes de salir de la estancia.

—Es usted una muchacha fuerte —dijo Dakin—. ¿Puede ayudarnos a llevarle hasta mi habitación?

Victoria dijo que sí. Entre los dos levantaron el cuerpo inerte, y lo llevaron por el desierto corredor (en la distancia se oía la voz de Marcus riñendo a los botones) y dejáronle sobre la cama de Dakin.

—¿Tiene unas tijeras? —le preguntó Dakin—. Entonces corte la parte de la sábana que está manchada. No creo que haya atravesado hasta el colchón. La túnica la ha empapado casi toda. Iré a verla dentro de una hora. ¡Eh! Espere un momento, beba un trago de este frasco.

Victoria obedeció.

—Buena chica. Ahora vuelva a su habitación y apague la luz. Como le digo, volveré dentro de una hora.

—¿Y me explicará lo que significa esto?

Le dirigió una mirada bastante peculiar, pero no contestó a la pregunta.

CAPÍTULO XIV

Victoria permanecía sentada en la cama con la luz apagada y atenta al menor ruido. Oyó las voces alteradas de un borracho que decía: «Tenía que encontrarte. Tuve una pelea ahí fuera con un individuo». Luego sonaron los timbres. Se oyeron otras voces y bastante confusión. Después hubo un lapso de relativo silencio... en el que solamente se oía a lo lejos una canción árabe que algún huésped había puesto en el gramófono. Cuando le parecía que habían transcurrido varias horas, oyó abrir la puerta de su habitación y, sentándose en la cama, encendió la luz de su mesita de noche.

—Muy bien —dijo Dakin aprobadoramente.

Acercó una silla junto a la cama y se sentó, mirándola como un médico dispuesto a hacer un diagnóstico.

—Cuéntemelo todo —pidió Victoria.

—¿Qué le parece si primero hablamos de usted? —dijo Dakin—. ¿Qué está haciendo aquí? ¿Por qué vino a Bagdad?

Debido a los sucesos de aquella noche, o a la personalidad de Dakin (Victoria comprendió más tarde que fue por esto último) por una vez no inventó ningún inspirado relato para explicar su presencia en Bagdad, sino que se lo contó lisa y llanamente. Su encuentro con Edward, su decisión de ir a Bagdad, el milagro de haber encontrado a mistress Hamilton Clipp y su situación económica.

—Comprendo —dijo Dakin cuando hubo concluido. Guardó silencio unos momentos antes de continuar—: Tal vez me hubiera gustado apartarla de todo esto. No estoy seguro. Pero el caso es que ya *no puede apartarse*. Está metida en esto le guste o no le guste. Y ya que está metida, puede también trabajar para *mí*.

—¿Tiene usted algún empleo para mí? —Victoria enderezóse sobre la cama con las mejillas arreboladas.

—Tal vez. Pero no la clase de empleo que usted supone. Éste es un trabajo serio, Victoria, y peligroso.

—¡Oh, no me importa! —repuso Victoria alegremente, agregando—: No será nada deshonroso, ¿verdad? Porque a pesar de que digo muchas mentiras, no quisiera hacer nada que lo fuese.

Dakin sonrió.

—Aunque parezca extraño, su capacidad y rapidez para inventar mentiras convincentes es una de las cualidades que la hacen apta para este trabajo. No, no se trata de nada deshonroso. Al contrario, va a alistarse en favor de la ley y el orden. Voy a ponerla al corriente... sólo en líneas generales, para que pueda comprender qué es lo que va a hacer y cuáles son exactamente los riesgos. Parece usted una joven sensible, y no creo que haya pensado mucho sobre la política mundial, lo cual me parece muy bien, porque como Hamlet sabiamente dijo: «Nada es bueno o malo, sino lo que nosotros pensamos de ello».

—Sé que todo el mundo dice que habrá otra guerra más tarde o más temprano —dijo Victoria.

—Exacto —repuso Dakin—. ¿Por qué dice eso todo el mundo, Victoria?

—Pues —frunció el ceño— a causa de Rusia... los comunistas... Estados Unidos —se detuvo.

—Ve usted. No son opiniones o palabras propias, sino tomadas al azar de los periódicos, las conversaciones y la radio. Hay dos diferentes puntos de vista que dominan distintas partes del mundo, eso es bastante cierto. Y están representados en la mente pública por «Rusia y los comunistas», «Estados Unidos». Ahora la única esperanza del futuro, Victoria, se basa en la paz, la producción, actividades constructivas y no destructivas. Por tanto, todo depende de aquellos que rigen estos dos opuestos puntos de vista, bien sea conformándose cada cual con sus opiniones y respectivas esferas de actividad, o bien buscando una base de mutuo acuerdo, o al menos de tolerancia. En vez de esto, está ocurriendo todo lo contrario: se está introduciendo una cuña para obligar a ambos grupos a separarse más y más. Ciertas cosas condujeron a una o dos personas a creer que esta actividad proviene de un tercer partido o grupo que trabaja bajo mano y completamente ignorado por el mundo en general. Dondequiera que haya una oportunidad de llegar a un acuerdo o cualquier señal de eliminación de la separación o del recelo, ocurren algunos incidentes que sumen a un bando en la mayor desconfianza, y al otro en un miedo histérico. Estas cosas *no* son accidentes, Victoria, sino que han sido calculadas deliberadamente para producir el efecto deseado.

—¿Pero por qué razón lo cree y quién lo hace?

—Una de las razones que nos hace pensar así es el dinero. El dinero, Victoria, es siempre un buen indicio de lo que está sucediendo en el mundo. Como el médico que le toma el pulso para encontrar la pista que le conduce a diagnosticar su estado de salud, así el dinero es la sangre vital que alimenta toda gran causa o movimiento. Sin él, no se puede seguir adelante. Ahora, aquí hay grandes sumas de dinero y aunque fueron inteligentemente camufladas, no está muy clara ni su procedencia ni tampoco a dónde van a parar. Varias grandes huelgas no oficiales, amenazan a los gobiernos de Europa que dan signos de recobrarse, preparadas y puestas en práctica por los comunistas, incansables trabajadores y propagandistas de una causa... pero los fondos no salen de fuentes comunistas, sino de muy distinta procedencia. Del mismo modo en Estados Unidos y en otros países, va creciendo una ola de terror al comunismo, casi de pánico frenético, y aquí tampoco tiene el dinero el origen apropiado... no es dinero del capitalismo, aunque naturalmente pasa por sus manos. Y hay un tercer punto, enormes cantidades de dinero parece ser que desaparecen de la circulación. Para que lo entienda le pondré un ejemplo sencillo: usted gasta un sueldo semanalmente en cosas, pulseras, mesas, sillas, y esas cosas luego desaparecen o quedan fuera de la circulación. Por todo el mundo se ha alzado una gran demanda de diamantes y otras piedras preciosas. Pasan de unas manos a otras, más de una docena de veces, hasta que al fin desaparecen sin dejar rastro.

»Esto, claro está, es sólo un ligero boceto. El resultado final es que un tercer grupo, cuyas miras siguen siendo oscuras, fomentan las huelgas y los malentendidos, y se dedican a camuflar dinero y joyas para sus propios medios. Tenemos razones para creer que en cada país existen agentes de este grupo, algunos establecidos desde hace muchos años, otros ocupados en cargos de gran responsabilidad o entre las clases modestas, pero todos trabajan por un fin desconocido. En resumen, es exactamente igual a las actividades de la Quinta Columna al principio de la pasada guerra, sólo que esta vez es en gran escala, por todo el mundo.

—¿Pero quiénes son esas personas? —quiso saber Victoria.

—Pensamos que no tienen una nacionalidad particular. Me temo que lo que quieren es ¡mejorar el mundo! El error que por la fuerza pueden imponer a muchos miles de la raza humana es uno de los errores más peligrosos de la existencia. Aquellos que tienen que ajustarse a sus propios medios poco daño pueden hacer... pero el creer en superhombres que rijan el resto del mundo en decadencia... eso, Victoria, es la peor de todas las creencias. Porque cuando uno dice: «Yo no soy como los demás», ha perdido las dos cualidades más valiosas que debemos conservar: humildad y hermandad.

Carraspeó.

—Bien, no quiero echarle un sermón. Déjeme explicarle sólo lo que debe saber. Existen varios centros de estas actividades. Uno en la Argentina, otro en Canadá, uno o dos más en los Estados Unidos de América y me imagino, aunque nada nos han dicho, que otros en Rusia. Y ahora llegaremos a un fenómeno muy interesante.

»En los dos últimos años, veintiocho jóvenes científicos de gran porvenir y de distintas nacionalidades han desaparecido de sus patrias. Lo mismo ha ocurrido con ingenieros, aviadores, electricistas y expertos en otras profesiones. Estas desapariciones tienen esto en común: todos son hombres jóvenes, ambiciosos, sin parientes cercanos. Además de lo que sabemos, debe haber muchos más, y estamos empezando a adivinar lo que están haciendo.

Victoria seguía escuchando con el entrecejo fruncido.

—Usted me dirá que es imposible en la actualidad ir a un país desconocido para el resto del mundo. No me refiero, naturalmente, a actividades clandestinas que pueden llevarse a cabo en cualquier parte, sino a las efectuadas en gran escala como se hace ahora. Todavía quedan algunos lugares ignorados en ciertas partes del mundo, lejos de las rutas comerciales, separados por montañas y desiertos, poblados por gentes que aún conservan el poder de mantener a raya a los extranjeros y que son conocidos y visitados por algún viajero solitario y excepcional. Lo que allí ocurre nunca trasciende al exterior, si no es en forma de rumor ridículo y absurdo.

»No especificaré el lugar. Puede estar en China... y nadie sabe lo que pasa en el interior de China, o en el Himalaya, pero allí los viajes, salvo para los expertos, son duros y largos. Maquinaria y personal de todas partes del globo llegan hasta allí después de ser apartados de su destino aparente.

»Pero un hombre tuvo interés en seguir cierta pista. Era un hombre extraordinario, un hombre que tenía amigos y contactos por todo Oriente. Había nacido en Kashgar y conocía unos veinte dialectos e idiomas. Entró en sospechas y siguió la pista. Lo que oyó era tan increíble que cuando regresó a la civilización no le creyeron. Confesó que había tenido las fiebres y le trataron como si fuera presa del delirio.

»Sólo dos personas creyeron su historia. Una fui yo mismo. Nunca tuve inconveniente en creer imposibles... a menudo suelen ser verdad. La otra... —vaciló.

—Siga —suplicó Victoria.

—La otra fue sir Rupert Crofton Lee, un gran viajero, un hombre que ha viajado a través de esas regiones remotas, y que sabe algo de sus posibilidades de verosimilitud.

»El resultado de todo ello fue que Carmichael, es decir, mi hombre, decidió ir en persona a averiguarlo. Fue una tarea ardua y desesperada, pero iba tan bien equipado como el mejor. De eso hace seis meses. No supimos nada de él hasta hace pocas semanas. Estaba vivo y había conseguido lo que buscaba: las pruebas definitivas.

»Pero el bando opuesto se echó sobre él. Para ellos era de importancia vital que no volviera con las pruebas. Y hemos obtenido amplia evidencia de cómo todo nuestro sistema está infiltrado de sus agentes: incluso mi propio departamento. Y algunos, Dios nos ayude, ocupan un cargo muy elevado.

»Todas las fronteras fueron vigiladas para atraparle. Vidas inocentes fueron sacrificadas por error... no dan mucho valor a una vida humana. Pero de un modo u otro logró escabullirse... hasta esta noche.

—Entonces ese hombre... ¿era él?

—Sí, querida. Un joven muy valiente e indomable.

—¿Pero y las pruebas? ¿Consiguieron apoderarse de ellas?

Una sonrisa apareció en el rostro cansado de Dakin.

—No lo creo. No, conociendo a Carmichael, estoy casi seguro de que no. Pero ha muerto sin poder decirnos dónde están esas pruebas y cómo conseguirlas. Creo que quiso decir algo que pudiera darnos la pista. —Y repitió despacio—: Lucifer... Basrah... Lafarge. Estuvo en Basrah... quiso dar parte en el Consulado, pero le dispararon y escapó por milagro. Es posible que dejara allí las pruebas. Lo que yo quiero de usted, Victoria, es que vaya a Basrah e intente averiguarlo.

—¿Yo?

—Sí. Usted no tiene experiencia, no sabe lo que busca, pero oyó las últimas palabras de Carmichael y ellas pueden sugerirle algo cuando llegue allí. ¿Quién sabe si tendrá la suerte de los novatos?

—Me encantaría ir a Basrah —dijo Victoria con vehemencia.

—Le gusta porque ese joven está allí, ¿eh? Está bien. Buen camuflaje. Nada mejor que un auténtico episodio amoroso para despistar. Vaya a Basrah, abra bien los ojos y los oídos y observe a su alrededor. No puedo darle instrucciones... y de hecho prefiero no hacerlo. Es usted una jovencita pletórica de ingenuidad. Ignoro lo que significan las palabras Lucifer y Lafarge, suponiendo que las entendiera bien. Me inclino a creer como usted que Lafarge debe ser un nombre. Búsquelo.

—¿Y cómo iré a Basrah? —dijo Victoria en tono comercial—. ¿Y de dónde sacaré el dinero?

Dakin sacó su cartera y le tendió un fajo de billetes.

—Ahí tiene dinero, y en cuanto a cómo irá a Basrah, hable con esa vieja trucha, mistress Cardew Trench, mañana por la mañana. Dígale que está deseando conocer Basrah antes de marcharse a esas excavaciones donde pretende trabajar. Pregúntele por algún hotel. Ella le dirá en seguida que debe hospedarse en el Consulado, para lo cual enviará un telegrama a mistress Clayton. Probablemente allí encontrará a su Edward. Los Clayton tienen la casa abierta... y todo el que pasa por allí se hospeda en ella. Además de esto, no puedo darle más que un consejo... Si... si sucediera algo desagradable, si le preguntaran qué es lo que hace, y quién le dijo que lo hiciera... no intente ser heroica. Confiese en seguida.

—Muchísimas gracias —repuso Victoria agradecida—. Soy muy cobarde, y si alguien me tortura me temo que no podría callarme.

—No se molestarán en martirizarla —dijo Dakin—, a menos que interviniera algún elemento sádico. Está muy pasado de moda. Un ligero pinchazo con una aguja y usted confiesa toda la verdad sin darse cuenta de lo que hace. Vivimos en una era científica; por eso no le doy muchas ideas de nuestro secreto. No puede decir lo que no sabe. A partir de esta noche me vigilan estrechamente... Y a Rupert Crofton Lee.

—¿Y a Edward puedo decírselo?

—Esto lo dejo a su elección. Teóricamente, usted no debe decir ni una palabra a nadie de lo que está haciendo. ¡Prácticamente! —Alzó las cejas significativamente—. También lo pone en peligro. Ése es uno de los aspectos. Sin embargo, creo que tiene una buena hoja de servicios en las Fuerzas Aéreas. No creo que le preocupe el peligro, y cuatro ojos ven más que dos. ¿Así que él cree que hay algo raro en La Rama de Olivo donde trabaja? Eso es interesante... muy interesante.

—¿Por qué?

—Porque nosotros también lo pensamos —repuso Dakin, agregando a continuación—: Dos advertencias antes de marchar. Primera, si no le molesta que se lo diga, no cuente demasiadas mentiras. Es difícil poder recordarlas todas. Sé que es usted una especie de virtuosa en la especialidad, pero simplifique, se lo aconsejo.

—Lo tendré en cuenta —dijo Victoria con repentina humildad—. ¿Y la otra advertencia? No crea que me molestará si me la hace.

—Que esté atenta si alguien menciona a una joven llamada Anna Scheele.
—¿Quién es?
—No sabemos gran cosa de ella, y nos gustaría saber algo más.

CAPÍTULO XV

I

Pues claro que debe hospedarse en el Consulado —decía mistress Cardew Trench—. Bien, bien, querida... no puede quedarse en el hotel del aeropuerto. Los Clayton estarán encantados. Les conozco hace muchos años. Les pondré un telegrama y usted puede tomar el tren que sale esta noche. Conocen muy bien al doctor Pauncefoot Jones.

Victoria tuvo la delicadeza de enrojecer. El obispo de Llangow, alias el obispo de Llanguao, era una cosa, y un ser de carne y hueso, como el doctor Pauncefoot Jones, otra muy distinta.

«Me figuro —pensaba Victoria sintiéndose culpable— que pueden meterme en la cárcel por... falso parentesco... o algo por el estilo.»

Pero se alegró diciéndose que sólo cuando uno intenta conseguir dinero con falsedades es cuando se aplica el rigor de la ley. Si eso era o no cierto, lo ignoraba pues desconocía la ley como la mayoría de la gente, pero se animó un tanto.

El viaje en tren tuvo los alicientes de la novedad, aunque para Victoria aquello no era un expreso precisamente, mas ya había comenzado a darse cuenta de su impaciencia occidental.

Un automóvil del cuerpo consular la esperaba en la estación para llevarla al Consulado. El coche atravesó una gran verja de hierro y un jardín delicioso y fue a detenerse ante un tramo de escalones que daban a una terraza que rodeaba la casa. Mistress Clayton, una mujer enérgica, sonriente, salía por la puerta giratoria para recibirla.

—¡Cuánto celebramos conocerla! —le dijo—. Basrah está espléndida en esta época del año y no debía dejar Irak sin haberla visto. Afortunadamente no hay mucha gente aquí de momento. Algunas veces no sabemos dónde meterla, pero ahora sólo tenemos al secretario del doctor Rathbone, que es un hombre encantador. A propósito, no verá ya a Richard Baker. Se marchó antes de que yo recibiera el telegrama de mistress Cardew Trench.

Victoria no tenía la menor idea de quién era Richard Baker, pero le pareció una suerte que se hubiera marchado ya.

—Se fue a Kuwait por un par de días —continuó mistress Clayton—. Es un lugar que debiera visitar... antes de que se estropee. Me atrevo a decir que no tardará mucho. Todos los sitios se estropean tarde o temprano. ¿Qué prefiere tomar primero... un baño o una taza de café?

—Un baño, por favor —repuso Victoria agradecida.

—¿Cómo está mistress Cardew Trench? Ésta es su habitación, y el cuarto de baño está aquí al lado. ¿Es una antigua amiga suya?

—¡Oh, no! —exclamó Victoria sinceramente—. Acabo de conocerla.

—Ya me figuro que la marearía al cuarto de hora. Es una conversadora empedernida. Tiene la manía de saberlo todo, y de conocer a todo el mundo. Pero es una buena compañía y una jugadora de bridge de primera clase. ¿Está segura de que no quiere tomar café o alguna otra cosa primero?

—No, de veras.

—Bien... entonces la veré más tarde. ¿Tiene todo lo que necesita?

Mistress Clayton se alejó como una bulliciosa abeja. Victoria se bañó y se acicaló el rostro y los cabellos con el esmero de toda joven que va a reunirse con el hombre que le ha sorbido el seso y tras el cual corre encaprichada o enamorada.

De ser posible, Victoria esperaba poder ver a Edward a solas. No creía que fuese a hacer algún comentario indiscreto... por fortuna sabía que se llamaba Jones y el que ahora le hubiese antepuesto Pauncefoot no era probable que le sorprendiera. La sorpresa sería verla en Irak, y por eso Victoria esperaba poderle ver a solas aunque sólo fuese por unos momentos.

Con este propósito, una vez se hubo puesto una falda de verano (pues para ella el clima de Basrah le recordaba un día de junio en Londres), salió por la puerta giratoria, y situóse estratégicamente en la terraza, donde podía interceptar a Edward cuando regresara de sus quehaceres... que suponía era el batallar con los oficiales de la Aduana.

El primero en llegar fue un hombre alto y delgado, de rostro pensativo, y mientras subía los escalones, Victoria se ocultó en la esquina de la terraza. Entonces vio a Edward que entraba por la puerta que daba al recodo del río.

Fiel a la tradición de Julieta, Victoria se inclinó sobre la baranda para sisearle.

Edward (que estaba, según el parecer de Victoria, más atractivo que nunca) volvió la cabeza sorprendido, mirando a su alrededor.

—¡Ssssss! Aquí arriba —exclamó Victoria en voz baja.

Edward alzó la cabeza y una expresión de asombro hizo aparición en su rostro.

—¡Cielo santo! Pero si es...

—Calla. Espérame. Voy a bajar.

Victoria bajó los escalones de la terraza, dobló la esquina de la casa y se dirigió al lugar donde Edward, obediente, la había esperado. La expresión de asombro seguía reflejada en su rostro.

—¿Es posible que esté borracho tan temprano? —dijo Edward—. ¿Eres *tú*?

—Sí, soy yo —repuso Victoria alegremente.

—¿Pero qué estás haciendo aquí? ¿Cómo has venido? Pensé que no iba a volver a verte.

—Y yo también.

—Parece un milagro. ¿Cómo llegaste hasta aquí?

—Volando.

—Naturalmente. De otro modo no hubieras tenido tiempo. Pero me refiero a la bendita y maravillosa casualidad que te ha traído a Basrah.

—El tren —repuso Victoria.

—Lo estás haciendo a propósito, mala persona. Cielos, me alegro de verte; pero, ¿cómo viniste aquí? Ahora de verdad.

—Vine con una señora que se había roto el brazo... una tal mistress Clipp, una estadounidense. Me ofrecieron ese empleo el día siguiente de conocerte, y como me hablaste de Bagdad, y ya estaba un poco harta de Londres, pensé, ¿por qué no ver mundo?

—La verdad es que eres muy intrépida, Victoria. ¿Dónde está esa mistress Clipp, aquí?

—No. Ha ido a Kirkuk a ver a una hija suya. Sólo me empleó para acompañarla durante el viaje.

—Entonces, ¿qué es lo que estás haciendo ahora?

—Continúo viendo mundo. Pero para ello han sido necesarios algunos subterfugios, y por eso quería verte a solas. Quiero decir, para evitar que dijeses que la última vez que me viste era una taquimecanógrafa sin trabajo.

—Por lo que a mí respecta, serás lo que tú digas.

—La idea es —repuso Victoria— que soy la sobrina de míster Pauncefoot Jones. Mi tío es un arqueólogo eminente que está practicando unas excavaciones en algún lugar más o menos inaccesible, y que voy a reunirme con él en breve.

—¿Y nada de eso es cierto?

—Claro que no. Pero es una buena historia.

—¡Oh, sí!, excelente. ¿Pero supón que tú y ese viejo Pauncefoot Jones os encontráis cara a cara?

—Pauncefoot. No lo creo probable. Tengo entendido que cuando un arqueólogo empieza a excavar, sigue excavando como un loco, obsesionado en su incorregible manía.

—Sí, como los terriers. Pero queda un pequeño detalle. ¿Tiene él una sobrina de verdad?

—¿Cómo voy a saberlo?

—¡Oh!, entonces no representas a nadie en particular. Eso es mucho más fácil.

—Sí, después de todo, un hombre puede tener muchas sobrinas, y en caso de apuro, puedo decir que soy prima suya, pero que siempre le he llamado tío.

—Piensas en todo —observó Edward con admiración—. La verdad es que eres una chica sorprendente, Victoria. Nunca he conocido a nadie como tú. Pensé que no iba a verte en muchos años y que si te veía, te habrías olvidado de mí por completo. Y ahora estás aquí.

La mirada de admiración que le dirigió llenó a Victoria de intensa satisfacción. De haber sido un gato hubiera ronroneado.

—Pero tú necesitarás un empleo, ¿verdad? —dijo Edward—. Quiero decir que no habrás heredado una fortuna o algo parecido.

—¡Qué va! Sí. Necesito trabajo. Fui a La Rama de Olivo y vi al doctor Rathbone, a quien pedí me proporcionara un empleo, pero no se mostró muy dispuesto... es decir... si es que tenía que ser remunerado.

—Ese viejo mendigo es un tacaño —dijo Edward—. Se cree que todo el mundo va a trabajar por amor al arte.

—¿Crees que es un sujeto algo extraño, Edward?

—No. No sé exactamente qué pensar. Debe ser un buena fe, porque no saca ningún beneficio. Por lo que puedo ver, ese terrible entusiasmo suyo debe ser auténtico. Y, sin embargo, la verdad es que no le considero un tonto.

—Será mejor que entremos —cortó Victoria—. Podemos hablar más tarde.

—No sabía que se conocieran usted y Edward —exclamó mistress Clayton.

—¡Oh!, somos viejos amigos —rió Victoria—. Sólo que, a decir verdad, hacía mucho que no nos veíamos. No tenía idea de que Edward estuviera aquí.

Míster Clayton, que era el caballero de aspecto pensativo que viera subir los escalones, preguntó:

—¿Cómo le ha ido esta mañana? ¿Algún progreso?

—Me parece un asunto muy cuesta arriba, señor. Las cestas de libros están aquí y en orden, pero las formalidades necesarias para poder retirarlas parecen interminables.

Clayton sonrió.

—Para usted es nueva la táctica de entorpecimiento del Oriente.

—El oficial que necesito ver siempre está fuera —se quejó Edward—; y todo el mundo es amable y complaciente... como si no pasara nada.

Todos rieron y mistress Clayton dijo para consolarle:

—Al final lo conseguirá. El doctor Rathbone ha sido muy inteligente al enviar a alguien que se ocupe personalmente. De otro modo es probable que hubieran estado meses aquí.

—Desde lo de Palestina, tienen miedo de que envíen bombas, y también recelan de la literatura subversiva. Sospechan de todo.

—El doctor Rathbone no creo que se dedique a enviarnos bombas entre los libros —dijo mistress Clayton riendo.

Victoria creyó ver un relámpago en los ojos de Edward,

como si la observación de mistress Clayton hubiese abierto una perspectiva nueva.

—El doctor Rathbone es un hombre muy entendido y goza de muy buena reputación, querida —dijo Clayton en tono de reproche—. Es miembro de varias sociedades y conocido y respetado en toda Europa.

—Eso le dará facilidades para dedicarse al contrabando de bombas —replicó mistress Clayton incorregible.

Victoria pudo observar que Gerald Clayton no celebraba su ocurrencia, y miraba ceñudo a su esposa.

Como los negocios sufrían un descenso al mediodía, Edward y Victoria, después de comer, salieron a dar un paseo y ver el paisaje. A Victoria le encantó el río, el Chatt el Arab, con sus orillas bordeadas de palmeras y el aspecto veneciano de las embarcaciones de altas quillas amarradas al canal de la ciudad. Luego anduvieron por el zoco contemplando los cofres de Kuwait y otras mercancías no menos atractivas.

Cuando ya volvían al Consulado y Edward se preparaba a saltarse la Aduana una vez más, Victoria le preguntó:

—Edward, ¿cómo te llamas?

—¿Qué diablos quieres decir, Victoria? —dijo él mirándola atónito.

—De apellido. ¿No comprendes que no lo sé?

—¿No lo sabes? No, claro, supongo que no. Me llamo Goring.

—Edward Goring. No tienes idea de lo tonta que me sentí cuando fui a La Rama de Olivo para preguntar por ti sabiendo sólo que te llamabas Edward.

—¿No viste a una chica morena? ¿Con el pelo bastante rizado?

—Sí.

—Es Catherine. Una chica muy simpática. Con que sólo le hubieses dicho Edward te hubiera entendido.

—Me figuro que sí —repuso Victoria con reserva.

—Es muy simpática. ¿No te lo pareció?

—¡Oh, mucho!

—No es que sea muy atractiva, pero tiene la simpatía por arrobas.

—¿De veras? —El tono de Victoria era glacial, pero Edward pareció no caer en ello.

—La verdad es que no sé lo que hubiera hecho sin ella. Me puso al corriente de todo y me ayudó cuando no sabía por dónde andaba. Estoy seguro de que seréis buenas amigas.
—No creo que tengamos esa oportunidad.
—¡Oh!, claro que sí. Voy a conseguirte un empleo.
—¿Cómo vas a arreglártelas?
—No lo sé, pero lo conseguiré. Le diré al viejo Rathbone lo buena taquimeca que eres, etcétera.
—Pronto descubrirá que no lo soy.
—Sea como sea, te meteré en La Rama de Olivo. No voy a consentir que vayas sola por ahí. Las próximas noticias que tendría de ti serían que te ibas a Burma o al África. No, jovencita, voy a tenerte bajo mi vigilancia. No voy a darte más ocasión para que salgas por ahí corriendo. No me fío de ti. Tienes demasiada afición a ver mundo.

«¡Qué tonto eres, querido! —pensó Victoria—. ¿No te das cuenta de que ni atada a un caballo salvaje podrían sacarme de Bagdad?»

Y en voz baja dijo:
—Bueno, será *muy divertido* tener un empleo en La Rama de Olivo.
—Yo no lo encuentro divertido precisamente. Hay una actividad terrible.
—¿Todavía siguen pensando que hay algo raro?
—¡Oh!, eso fue sólo una idea disparatada.
—No —repuso Victoria pensativa—. No creo que fuese sólo una idea disparatada. Creo que es cierto.
—¿Por qué dices eso?
—Por algo que le oí... a un amigo.
—¿Quién era?
—Sólo un amigo.
—Las chicas como tú tienen demasiados amigos —gruñó Edward—. Eres un demonio, Victoria. Te quiero con locura y eso no te importa un bledo.
—¡Oh!, sí que me importa... un poquitín.
Luego, conteniendo su inmensa satisfacción, le preguntó:
—Edward, ¿hay alguien llamado Lefarge relacionado con La Rama de Olivo o con alguna otra persona?
—¿Lefarge? —Edward parecía interesado—. No, no lo creo. ¿Quién es?

Victoria continuó su interrogatorio.

—¿Y una mujer llamada Anna Scheele?

Esta vez la reacción de Edward fue muy distinta. Se volvió con rapidez y apretándole el brazo preguntó:

—¿Qué sabes de Anna Scheele?

—¡Oh! ¡Suéltame, Edward! No sé nada. Sólo quería saber si tú lo sabías.

—¿Dónde oíste hablar de ella? ¿Mistress Clipp?

—No, no fue mistress Clipp..., al menos así lo creo; pero habla tan de prisa y de tanta gente, que es probable que no lo recordara aunque la hubiese mencionado.

—Pero ¿qué te hace pensar que esa Anna Scheele tenga algo que ver con La Rama de Olivo?

—Pero ¿tiene que ver?

—No lo sé... Es todo tan... tan incierto.

Estaban ahora ante la puerta del jardín del Consulado. Edward miró su reloj de pulsera.

—Debo volver a cumplir con mi deber —dijo—. Ojalá supiera algo de árabe. Pero tenemos que volver a vernos, Victoria. Hay muchas cosas que quiero saber.

—Y hay muchas cosas que quiero decirte —repuso Victoria.

Otra tierna heroína de una época más sentimental hubiera mantenido apartado del peligro a su Romeo. Victoria, no. Los hombres, en su opinión, habían nacido para el peligro, lo mismo que las chispas saltan hacia arriba. Edward no le agradecería que le dejase al margen de los acontecimientos. Y cuanto más lo pensaba, estaba más convencida de que míster Dakin no tuvo intención de que así lo hiciera.

II

Al ponerse el sol Edward y Victoria paseaban juntos por el jardín del Consulado. Por deferencia a mistress Clayton, que había insistido en que hacía mucho aire, Victoria llevaba una chaqueta de lana sobre su vestido estival. La puesta de sol era magnífica, pero ninguno de los dos jóvenes se dio cuenta. Estaban discutiendo cosas mucho más importantes.

—Empezó simplemente —decía Victoria— cuando un

hombre entró en mi habitación del Hotel Tio y murió de una puñalada.

No era, tal vez, la idea que tiene la mayoría de gente de un sencillo comienzo. Edward la miró para preguntarle:

—¿De qué?

—De una puñalada —repitió Victoria—. Por lo menos eso creo, aunque pudieron haberle disparado, pero no oí el ruido del disparo. De todas formas —agregó—, estaba muerto.

—¿Cómo pudo entrar así en tu habitación si estaba muerto?

—¡Oh, Edward, no seas estúpido!

Victoria le contó toda la historia. Por alguna razón misteriosa nunca pudo dar a sus explicaciones un aire dramático. Su relato fue incompleto y a trompicones, y como si se tratase de algo conocido ya por el muchacho.

Una vez hubo concluido, Edward la miró muy perplejo y dijo:

—¿Te encuentras bien, Victoria? ¿De veras? Quiero decir si no tendrás un poco de insolación... o has soñado.

—Claro que no.

—Porque, la verdad, me parece demasiado imposible para que haya sucedido.

—Bueno, pues ha sucedido —insistió Victoria, testaruda.

—Y todas esas imaginaciones de fuerzas mundiales e instalaciones secretas y misteriosas en el corazón del Tíbet o en Beluchistán. Quiero decir sencillamente que no *puede* ser verdad. Esas cosas *no pasan*.

—Eso lo dice la gente antes de que sucedan.

—Por Dios santo..., ¿es que has inventado todo esto?

—¡No! —exclamó Victoria exasperada.

—¿Y has venido aquí en busca de alguien llamado Lefarge y por una tal Anna Scheele a los que desconoces?

—De quien tú mismo has oído hablar —le interrumpió Victoria—. Oíste hablar de ella, ¿no es así?

—Sí..., he oído su nombre.

—¿Cuándo? ¿Dónde? ¿En La Rama de Olivo?

—No sé si querrá significar algo —repuso Edward tras unos momentos de silencio—. Fue sólo...

—Continúa. Cuéntamelo.

—Mira, Victoria; soy tan distinto de ti. No soy tan inteligente como tú. Me doy cuenta, en cierta manera, de que las cosas no son como debieran ser..., pero no *sé por qué* lo creo. Tú observas lo que ocurre a tu alrededor y luego sacas deducciones. Yo no soy tan listo. Sólo percibo que las cosas... son extrañas..., pero no sé por qué.

—A mí me pasa lo mismo algunas veces —dijo Victoria—. Por ejemplo, al ver a sir Rupert en el balcón del Hotel Tio.

—¿Quién es sir Rupert?

—Sir Rupert Crofton Lee. Vino en el mismo avión que yo. Es muy presuntuoso y teatral. Y cuando le vi sentado en el Tio a pleno sol, tuve la impresión que acabas de explicar..., de que había *algo raro*, pero sin saber qué era.

—Rathbone le pidió que diese una conferencia en La Rama de Olivo, según creo, pero no pudo ser. Ayer por la mañana tengo entendido que salió para El Cairo o Damasco.

—Bien, sigue contándome lo de Anna Scheele.

—¡Oh, Anna Scheele! No fue nada de particular. La nombró una de las chicas.

—¿Catherine? —preguntó Victoria en el acto.

—Ahora que lo pienso creo que debió ser ella.

—¡Claro que fue Catherine! Por eso no quieres contármelo.

—¡Qué tontería! Eso es absurdo.

—Bueno, ¿qué fue lo que oíste?

—Catherine le dijo a otra de las chicas: «Cuando venga Anna Scheele podremos seguir adelante. Entonces dará las órdenes ella sola».

—Eso es muy importante, Edward.

—Recuerda que ni siquiera estoy seguro de que fuese ése el nombre que dijo.

—¿Y entonces no lo encontraste extraño?

—No, claro que no. Pensé que sería alguna mujer que vendría como directora. Una especie de reina de las abejas. ¿Estás segura de que todo ello no son imaginaciones tuyas, Victoria?

En el acto se estremeció bajo la mirada que le dirigió su joven amiga.

—Está bien, está bien. Tienes que admitir que esta historia es muy poco verosímil. Un hombre que entra en tu habitación, pronuncia una palabra que no significa nada... y fallece. No parece muy *real* que digamos.

—Cómo se ve que no viste la sangre —repuso Victoria con un estremecimiento.

—Debió de ser un golpe terrible para ti —dijo Edward con simpatía.

—Lo fue. Y para colmo, vienes tú y me dices si no son *imaginaciones* mías.

—Lo siento. Pero es que eres *bastante* buena inventando cosas. ¡El obispo de Llangow, por ejemplo!

—¡Oh!, eso fue una infantil *joie de vivre* —saltó Victoria—; y esto es serio, Edward, muy serio.

—Ese hombre, Dakin... ¿Se llama así...? ¿Te dio la impresión de que sabía de qué hablaba?

—Sí, estuvo muy convincente. Pero escucha, Edward, ¿cómo sabes...?

Una voz que les llamaba desde la terraza la interrumpió:

—Entren... ustedes dos... Los refrescos están servidos.

—En seguida vamos —gritó Victoria.

Mistress Clayton dijo a su marido mientras les miraba acercarse:

—¡Aquí hay gato encerrado! Hacen una bonita pareja. ¿Quieres que te diga lo que pienso, Gerald?

—Desde luego, querida. Siempre me interesan tus ideas.

—Me parece que si esta jovencita ha venido a reunirse con su tío en las excavaciones, ha sido solamente por ese muchacho.

—No creo. Ella expresó sorpresa —dijo Gerald extrañado.

—¡Bah! —repuso mistress Clayton—. ¡Yo diría que fue *él* quien se sorprendió!

Gerald Clayton meneó la cabeza y le sonrió.

—No tiene tipo de arqueóloga —continuó mistress Clayton—. Acostumbran a ser muchachas que usan lentes... y tienen las manos húmedas.

—Querida, no debes generalizar de ese modo.

—Y son unas intelectuales. Esta muchacha es muy simpática y tiene bastante sentido común. Es *completamente* distinta. Y él es un joven agradable. Es una lástima que esté ligado a esa estúpida Rama de Olivo..., pero me figuro que no es fácil conseguir un empleo, y ellos se los proporcionan.

—No es tan fácil, querida, pero lo intentan. Ya sabes, no tienen práctica, ni experiencia, y por lo general no acostumbran a concentrarse.

Victoria aquella noche se acostó presa de encontrados sentimientos.

Había conseguido sus propósitos: ¡encontrar a Edward! Y sufría la consiguiente reacción. Pero a pesar de ello sentíase intranquila.

La desconfianza de Edward sobre lo sucedido lo hacía parecer irreal y novelesco. Ella, Victoria Jones, una insignificante mecanógrafa londinense, había llegado a Bagdad, vio morir asesinado a un hombre ante sus propios ojos, se acababa de convertir ahora en un agente secreto o algo por el estilo y por fin había encontrado al que amaba en un jardín tropical donde las palmeras se cimbreaban sobre sus cabezas y con toda probabilidad no lejos del lugar donde estuvo situado el Paraíso Terrenal.

Un fragmento de una canción infantil acudió a su memoria:

> *¿Cuántas millas hay hasta Babilonia?*
> *Setenta.*
> *¿Puedo llegar antes del atardecer?*
> *Sí, y regresar otra vez.*

Pero ella no había regresado, seguía en Babilonia.

Tal vez ya no volviera nunca más... y se quedara para siempre con Edward en Babilonia.

Quiso preguntarle algo... en el jardín. El jardín del Edén..., ella y Edward... Preguntar a Edward... pero mistress Clayton les había llamado... y se le había ido de la cabeza... Debía recordarlo... porque era importante... No tenía sentido. Palmeras... jardín... Edward... una joven sarracena... Anna Scheele... Rupert Crofton Lee... Algo extraño... Si pudiera recordar...

Una mujer que avanzaba hacia ella por el pasillo de un hotel..., una mujer con un traje sastre..., era ella misma... Pero cuando llegó a su lado vio que el rostro era el de Catherine.

Edward y Catherine... ¡absurdo! «Ven conmigo», le dijo a Edward. «Encontraremos a míster Lefarge.» Y de pronto apareció éste con una barbita negra y puntiaguda y unos guantes de cabritilla color amarillo limón.

Edward se había marchado y estaba sola. Debía regresar de Babilonia antes de que se hiciera de noche.

Nos quedaremos a oscuras.

¿Quién dijo esto? Victoria, terror..., males..., sangre sobre una chaqueta color caqui raída. Ella corría..., corría..., por el pasillo del hotel. Y la perseguían...

Victoria se despertó con un gemido.

III

—¿Café? —decía mistress Clayton—. ¿Cómo prefiere los huevos? ¿Revueltos?

—Me encantan.

—Tiene bastante mala cara. ¿Se encuentra mal?

—No, es que no he dormido muy bien esta noche. No sé por qué. La cama es muy cómoda.

—¿Quieres poner la radio, Gerald? Van a dar las noticias.

Edward llegó en el preciso momento en que empezaban.

Ayer por la noche, en la Cámara de los Comunes, el Primer Ministro dio detalles recientes sobre las limitaciones en la importación de dólares.

Un informe recibido en El Cairo anuncia que el cadáver de sir Rupert Crofton Lee ha sido encontrado en el Nilo (Victoria dejó su taza de café sobre la mesa, y mistress Clayton profirió una exclamación). *Sir Rupert abandonó el hotel después de su llegada en avión procedente de Bagdad, y esa noche no regresó. Cuando encontraron su cuerpo habían transcurrido veinticuatro horas desde su desaparición. Su muerte fue debida a una puñalada en el corazón, y no a haberse ahogado. Sir Rupert era un viajero famoso por sus expediciones a través de China y Beluchistán y el autor de varios libros.*

—¡Asesinado! —exclamó mistress Clayton—. Creo que ahora El Cairo es el sitio. ¿Sabías algo, Gerry?

—Sabía que había desaparecido —repuso el aludido—.

Parece ser que recibió una nota, que fue llevada en mano, y abandonó el hotel a toda prisa y sin decir adónde iba.

—Ya ves —le decía Victoria a Edward después del desayuno, cuando estuvieron a solas—. Todo *es* cierto. Primero ese hombre, Carmichael, y ahora sir Rupert Crofton Lee. Ahora siento haberlo llamado presuntuoso. Fui muy poco amable. Todas las personas que conocen o suponen algo sobre este extraño asunto son eliminadas. Edward, ¿crees que *yo* seré la próxima?

—Por el amor de Dios, Victoria, no te muestres tan encantada con la idea. Te gustan demasiado los dramas. No creo que te eliminen porque en realidad *no sabes nada*... Pero, por favor, ten mucho cuidado.

—Los *dos* debemos andar con pies de plomo. Yo te he metido en esto.

—¡Oh, magnífico! Esto animará la monotonía.

—Sí, pero ten cuidado. —Y se estremeció antes de añadir—: Es terrible..., estaba tan vivo... Me refiero a Crofton Lee... y ahora también ha muerto... Es espantoso..., espantoso.

CAPÍTULO XVI

I

—¿Encontró a ese joven? —preguntó míster Dakin.

Victoria movió la cabeza en sentido afirmativo.

—¿Y algo más?

La muchacha dijo que no, bastante desanimada.

—Bueno, anímese —le dijo Dakin—. Recuerde que en este juego los resultados son pocos y a largo plazo. Podría haber averiguado *algo*; y nunca se sabe... Pero no contaba con ello.

—¿Puedo seguir probando? —le preguntó Victoria.

—¿Lo desea?

—Sí. Edward cree que podrá encontrarme un empleo en La Rama de Olivo. Si conservo los ojos y los oídos bien abiertos puede que averigüe alguna cosa. Allí saben algo de Anna Scheele.

—Eso es muy interesante, Victoria. ¿Cómo se ha enterado?

Victoria le repitió lo que dijera Edward... sobre Catherine y su comentario de que «cuando llegara Anna Scheele» sería quien diese las órdenes.

—Muy interesante —repitió Dakin.

—¿Quién es Anna Scheele? —quiso saber Victoria—. Quiero decir que usted debe saber *algo* de ella... ¿o es tan sólo un nombre?

—Es algo más que un nombre. Es la secretaria confidencial de un banquero estadounidense..., cabeza de una firma bancaria internacional. Hace unos días salió de Nueva York para ir a Londres. Desde entonces ha desaparecido.

—¿Desaparecido? ¿No habrá *muerto*?

—De ser así, no han encontrado su cadáver.

—Pero, ¿*podría* haber muerto?

—¡Oh, sí!

—¿Iba a... venir a Bagdad?
—No tengo la menor idea. Según el comentario de esa joven Catherine, parece que iba a venir. Mejor dicho, digamos *va* a venir..., puesto que todavía no hay razón para creer que ya no existe.
—Tal vez averigüe algo más en La Rama de Olivo.
—Tal vez sí, pero debo advertirle una vez más que ande con mucho cuidado, Victoria. Esa organización que perseguimos es muy cruel. No quisiera que encontrasen su cadáver flotando en el Tigris.

Victoria, tras estremecerse ligeramente, murmuró:
—Como sir Rupert Crofton Lee. ¿Sabe, aquella mañana cuando estuvo en el hotel? Le encontré algo extraño..., algo que me sorprendió. Quisiera poder recordar qué fue...
—Extraño..., ¿en qué sentido?
—Es decir... diferente. —Y en respuesta a su ansiosa mirada meneó la cabeza, diciendo—: Tal vez vuelva a acordarme. De todas maneras, no creo que tuviera importancia.
—Cualquier cosa puede ser importante.
—Si Edward me consigue el empleo, ¿cree que debiera hospedarme como las otras chicas en una especie de casa de huéspedes o pensión?
—Le resultaría más económico. Los hoteles de Bagdad son muy caros. Parece que ese joven tiene la cabeza muy sentada.
—¿Quiere conocerle?
—No, dígale que se mantenga apartado. Usted, por desgracia, debido a las circunstancias de la noche de la muerte de Carmichael, se ha convertido en sospechosa, pero Edward no tiene ninguna relación con aquellos sucesos, ni conmigo..., y eso es una ventaja.
—Quería preguntarle una cosa: ¿Quién apuñaló a Carmichael? ¿Fue alguien que le siguió hasta allí?
—No —repuso Dakin despacio—. No pudo ser así.
—¿Que no pudo ser?
—Llegó en una gufa..., uno de esos botes de los nativos... y no le siguieron. Lo sabemos porque el río estaba vigilado.
—¿Entonces fue alguien del hotel?
—Sí, Victoria. Y lo que es más, en una ala determinada

del hotel..., porque yo mismo vigilaba la escalera y no subió nadie.

Observando su carita angustiada, prosiguió:

—Eso no nos deja mucho dónde escoger. Usted, yo, mistress Cardew Trench, Marcus y sus hermanas. Un par de criados viejos que sirven allí hace años. Un hombre llamado Harrison de Kirkuk, de quien nada se sabe. Una enfermera que trabaja en el hospital de judíos... Pudo ser cualquiera..., aunque ninguno es probable por una buena razón.

—¿Cuál es?

—Carmichael estaba prevenido. Sabía que se aproximaba el momento cumbre de su misión. Era un hombre con un instinto extraordinario para el peligro. ¿Cómo le abandonaría?

—Esos policías que vinieron... —comenzó a decir Victoria.

—¡Ah!, llegaron *después*..., venían de la calle. Supongo que debieron hacerles alguna señal. Pero no le apuñalaron. Debió hacerlo alguien que le conocía muy bien, y en quien Carmichael confiaba... o no juzgaba peligroso. Si yo supiera...

II

La aventura trae consigo su propio clima. Llegar a Bagdad, encontrar a Edward, penetrar en los secretos de La Rama de Olivo: todo le había parecido un programa fascinante. Ahora, una vez logrado su objetivo, Victoria preguntábase, en algún momento de reflexión, qué demonios estaba haciendo. La emoción del momento de reunirse con Edward había pasado. Edward la quería, y ella amaba a Edward. La mayor parte de los días trabajaban bajo el mismo techo..., pero pensando desapasionadamente, ¿qué diablos estaba haciendo?

De una forma u otra a la fuerza, o con ingeniosa persuasión, Edward había sido el instrumento para que Victoria tuviera un empleo miserablemente retribuido en La Rama de Olivo. Pasaba la mayor parte del tiempo en un cuartito oscuro con luz eléctrica durante todo el día, escribiendo en una máquina defectuosa varios anuncios y cartas sobre los débiles programas de las actividades de La Rama de Olivo. Edward tuvo la corazonada de que en todo ello había algo extraño. Míster Dakin parecía compartir su punto de vista. Victoria estaba allí para averiguar lo que pudiera, pero según su entender, allí no había nada que averiguar. Las actividades de La Rama de Olivo destilaban la miel de la paz internacional. Se organizaban reuniones donde se bebía naranjada acompañada de algunos comestibles baratos, y en las que Victoria desempeñaba casi el papel de ama de casa; debía hacer las presentaciones y promover la armonía general entre varios extranjeros, que se sentían inclinados a mirarse con animosidad y que engullían los refrescos con apetito de lobo.

A los ojos de Victoria, allí no había tendencias ocultas, conspiraciones, ni grupitos sospechosos. Todo se hacía abiertamente, aquello era una balsa de aceite, y de un aburrimiento supino. Varios jóvenes morenos intentaron hacerle el amor, otros le prestaron libros a los que echó una mirada encontrándolos soporíferos. Abandonó el hotel Tio e instaló su cuartel general, junto con otras jóvenes empleadas de varias nacionalidades, en una casa situada en la orilla oeste del río. Entre esas muchachas estaba Catherine, y a Victoria dábale la impresión de que no cesaba de observarla con recelo, pero si esto era debido a que sospechaba sus actividades como espía o por ser el objeto de más atenciones por parte de Edward, era cosa que ignoraba por completo. Más bien se inclinaba a favor de lo segundo. Era de todos conocido que Edward le había conseguido el empleo y varios pares de ojos oscuros y celosos no dejaban de mirarle sin excesiva simpatía.

El hecho es —pensó Victoria— que Edward es demasiado atractivo. Todas aquellas muchachas estaban enamoradas de él y su actitud amistosa hacia todas agravaba las cosas. Por mutuo acuerdo, Victoria y Edward habían decidido no dar muestras de intimidad. Si querían descubrir algo que mereciera la pena, era mejor no dejar que sospecharan que trabajaban juntos. La actitud de Edward hacia ella era la misma que la que empleaba con las demás muchachas, y aún añadía una ligera frialdad.

Aunque La Rama de Olivo parecía tan inocente, Victoria tenía una opinión distinta de su cabeza y fundador. Una o dos veces se dio cuenta de que su mirada oscura y pensativa se fijaba en ella, y a pesar de que Victoria correspondía con su expresión más ingenua y mansa, sentía en su interior algo parecido al miedo.

Una vez que la había llamado (para aclarar un error de uno de sus trabajos), el asunto fue más lejos.

—Espero que sea feliz entre nosotros, ¿es así? —le preguntó.

—¡Oh, sí, desde luego, señor! —repuso Victoria—. Siento cometer tantas equivocaciones.

—A nosotros no nos importan. Una máquina infalible no nos serviría. Necesitamos juventud, generosidad de espíritu, amplitud de horizontes.

Victoria procuró parecer generosa.

—Debemos *amar* el trabajo... y el objeto por el que trabajamos... y mirar hacia delante..., hacia el glorioso futuro. ¿De veras siente usted todo esto, querida niña?

—Es todo tan nuevo para mí... —repuso Victoria—. La verdad es que no creo haberme adaptado del todo todavía.

—Hay que unirse..., unirse..., la gente joven debe estar unida. Eso es lo principal. ¿Disfruta en las veladas de amables discusiones y camaradería?

—¡Oh, sí! —dijo Victoria, que las aborrecía.

—Avenencia, y no discordias... Hermandad, y no odios... Despacio y seguros... Así se crece... Piensa usted así, ¿verdad?

Victoria pensó en las innumerables envidias, mezquindades, violentos desacuerdos, peleas, sentimientos heridos... y apenas supo qué decir.

—Algunas veces —insinuó con tacto— la gente es algo difícil.

—Lo sé... lo sé... —El doctor Rathbone suspiró. Su noble frente abombada se pobló de arrugas—. ¿Qué es eso que oí de que Michael Rakounian golpeó a Isaac Nahoum y le abrió el labio?

—Es que sostenían una pequeña discusión —explicó Victoria.

—Paciencia y fe —murmuró Rathbone—. Paciencia y fe.

Victoria, susurrando una frase de asentimiento, se volvió para marcharse. Entonces, recordando que había olvidado su escrito, volvió a entrar. La mirada que sorprendió en los ojos del doctor Rathbone la asustó un tanto. Era una mirada recelosa, que le hizo preguntarse intranquila si la vigilaba muy de cerca y qué era lo que el doctor Rathbone pensaba en realidad de su persona.

Las instrucciones recibidas de míster Dakin fueron muy precisas. Tenía que obedecer ciertas normas para ponerse en contacto con él, en caso que tuviera algo que comunicarle. Le había entregado un pañuelo de color rosa descolorido. Si tenía algún informe que darle, Victoria debía ir a pasear a la orilla del río, como tenía por costumbre al ponerse el sol, por la vereda estrecha que se extendía ante las casas, entre las que estaba su pensión, durante casi medio kilómetro. Un gran tramo de escalones llegaba hasta el borde mismo del agua, donde constantemente veíanse botes amarrados. En uno de los postes de madera había un clavo herrumbroso y Victoria tenía que colgar allí un trocito del pañuelo de color rosa cuando quisiera comunicarse con Dakin. Hasta entonces no tuvo necesidad de ello, pensó con amargura. Desempeñaba su mal pagado empleo de cualquier manera. Veía a Edward muy de cuando en cuando, puesto que el doctor Rathbone siempre le enviaba a lugares apartados. Ahora acababa de llegar de Persia. Durante su ausencia tuvo una corta entrevista con Dakin. Sus instrucciones fueron que volviera al hotel Tío para preguntar si había dejado una chaqueta. La respuesta, naturalmente, fue negativa, pero Marcus apareció en seguida para invitarle a tomar unas copas en la terraza. Entonces Dakin llegaba casualmente de la calle y Marcus le instó a que se uniera a ellos. Mientras Dakin tomaba su limonada, Marcus fue llamado por teléfono y ambos quedaron mirándose por encima de la mesita.

Victoria le confesó su falta de suerte, pero Dakin fue indulgente.

—Mi querida jovencita; pero si ni siquiera sabe lo que anda buscando, ni si hay algo que buscar. ¿Cuál es la opinión que le merece La Rama de Olivo?

—Que es de una estupidez aplastante —repuso Victoria despacio.

—Estúpido, sí, pero falso, ¿verdad?

—No lo sé. La gente se une un tanto ante la idea de la cultura... si sabe a qué me refiero.

—¿Quiere decir que en lo que a cultura se refiere nadie

examina si se hace de buena fe, o como lo harían de tratarse de una organización financiera o de caridad? Es cierto. Pero ¿hacen uso de la organización?

—Yo creo que debe haber bastante actividad comunista de por medio —dijo Victoria sin gran convencimiento—. Edward también lo cree así... y me ha dicho que lea a Carlos Marx y deje el libro sobre la mesa, como al descuido, para ver cómo reaccionan.

Dakin asintió con la cabeza.

—Interesante. ¿Ha obtenido algún resultado positivo hasta ahora?

—No, todavía no.

—¿Y qué me dice de Rathbone? ¿Es sincero?

—Yo creo que es... —Victoria quedó ensimismada.

—Ya ve, es el único que me inquieta —dijo Dakin—. Porque es un *pez gordo*. Supongo que existe un complot comunista...; y los estudiantes y jóvenes revolucionarios tienen pocas ocasiones de ponerse en contacto con el presidente. Las medidas de la policía impiden que puedan arrojar bombas a la calle. Pero Rathbone es distinto. Ocupa un lugar destacado, es un hombre distinguido con su bien cimentada fama de benefactor público. Él puede ponerse en contacto con las visitas importantes. Y es probable que lo haga. Me gustaría saber algo más sobre el doctor Rathbone.

Sí, pensó Victoria, todo giraba en torno de Rathbone. En su primer encuentro de Londres, Edward hizo algunas insinuaciones sobre la desconfianza que producía aquella sociedad refiriéndose a su jefe. Y debió de haber ocurrido algún incidente o dicho algunas palabras que despertaron su desconfianza. Porque, según Victoria, es así como trabajan los cerebros. Las dudas y recelos no son sólo corazonadas..., sino que siempre obedecen a alguna causa. Si Edward pudiera recordar..., entre los dos averiguarían el hecho o incidente que había levantado sus sospechas. Del mismo modo, Victoria debía traer a su memoria lo que le sorprendiera tanto cuando se asomó al balcón del Tío y vio a sir Rupert Crofton Lee sentado al sol. Cierto que era de esperar que estuviera en la Embajada y no en el hotel Tío, pero no era motivo suficiente para aquel convencimiento interior de la imposibilidad de que se hallara sentado allí. Debía repasar con todo detalle los acontecimientos de aquella mañana, y Edward sus primeras entrevistas con Rathbone. Se lo diría en cuanto le viera a solas. Pero esto no era tan sencillo. Para empezar, se había ido a Persia y ahora que estaba de regreso era imposible toda comunicación privada en La Rama de Olivo, donde el lema de la última guerra (*El enemigo escucha*) podía haberse escrito en todas las paredes. Y en la pensión Armenia, donde tenía su habitación, era asimismo imposible. «¡La verdad —díjose Victoria—, para lo que veo a Edward, podía haberme quedado en Inglaterra!»

Esto no era exactamente lo que ocurriría, como pronto se verá.

Edward acercóse a ella con algunas páginas manuscritas y dijo:

—El doctor Rathbone quisiera que las pasaras a máquina en seguida, Victoria. Sobre todo fíjate en la *segunda página*; hay algunos nombres árabes muy difíciles.

Victoria puso una hoja de papel en la máquina y dio un suspiro, y comenzó su tarea con su acostumbrada *pericia*. La escritura del doctor Rathbone era fácil de leer y Victoria se felicitaba, porque cometía menos equivocaciones que otras veces. Dejó la primera página a un lado y se dispuso a emprender la siguiente... Una notita escrita por Edward apareció en la parte superior del papel.

Mañana por la mañana, a las once, ve a pasear por la orilla del Tigris pasado el Beit Melek Alí.

Al día siguiente era viernes, día destinado a su asueto semanal. El optimismo de Victoria subió como el mercurio de los termómetros. Se pondría su jersey verde jade. La verdad es que necesitaba lavarse la cabeza y en la pensión no podía hacerlo.

—Y la verdad, lo necesito —murmuró en voz alta.

—¿Qué dices? —Catherine alzó la cabeza desde una mesa vecina sobre un montón de cartas y circulares.

Victoria rápidamente hizo desaparecer la nota de Edward y dijo:

—Necesito lavarme la cabeza. La mayoría dc las peluquerías de por aquí tienen un aspecto tan sucio, que no sé dónde ir.

—Sí, están tan sucias y son caras. Pero yo conozco a una chica que lava el cabello muy bien y tiene las toallas limpias. Te acompañaré si quieres.

—Eres muy amable, Catherine.

—Podemos ir mañana. Es fiesta.

—Mañana, no —dijo Victoria.

—¿Por qué no?

Sus ojos la miraron con recelo. Victoria sintió crecer su aversión hacia Catherine.

—Prefiero dar un paseo..., tomar el aire. Está una enjaulada aquí dentro.

—¿Dónde vas a pasear? En Bagdad no hay ningún lugar a propósito.

—Ya encontraré alguno.

—Sería mejor que fueses al cine... o alguna conferencia interesante.

—No, quiero salir. En Inglaterra nos gusta pasear.

—Eres tan orgullosa y envarada porque eres inglesa. ¿Qué significa ser inglesa? Nada. Aquí escupimos sobre los ingleses.

—Pues si se te ocurre hacerlo conmigo vas a llevarte una sorpresa —repuso Victoria, admirándose, como de costumbre, de la facilidad con que se llegaba a una discusión acalorada en La Rama de Olivo.

—¿Qué harías?

—Prueba y verás.

—¿Por qué lees a Carlos Marx? No puedes comprenderle. Eres demasiado estúpida. ¿Crees que iban a aceptarte como miembro del Partido Comunista? No estás bien educada políticamente.

—¿Por qué no he de leerle? Escribió para personas como yo..., trabajadoras.

—Tú no eres una trabajadora sino una burguesa. Ni siquiera sabes escribir correctamente. Fíjate cuántas equivocaciones haces.

—Algunas personas muy inteligentes no saben pronunciar bien —le contestó Victoria muy digna—. ¿Y cómo voy a trabajar si no dejas de hablarme?

Tecleó una línea a toda marcha..., quedando bastante chasqueada al comprobar que por haber dejado puestas las mayúsculas fijas, había escrito una línea con signos de admiración, cifras y paréntesis. Quitó el papel y puso otra hoja en blanco, aplicándose hasta que hubo concluido su tarea. Entonces fue a llevársela al doctor Rathbone.

Éste lo leyó, comentando:

—Chiraz está en Irán, no en Irak..., y de todas formas no se escribe con C... es... Gracias, Victoria.

Cuando ya salía de la habitación llamó.

—Victoria, ¿es feliz aquí?

—Oh, sí, doctor Rathbone.

Los ojos oscuros bajo las pobladas cejas la miraban inquisitivos. Victoria sintióse intranquila.

—Me temo que no le pagamos gran cosa.

—Eso no importa. Me gusta este trabajo.

—¿De veras?

—Oh, sí... Una siente que esto vale realmente la pena.

Sostuvo su mirada.

—¿Y le llega para vivir?

—Sí... He encontrado un sitio barato..., una pensión de unos armenios. Estoy perfectamente.

—Ahora hay demanda de taquimecanógrafas en Bagdad —dijo Rathbone—. Me parece que podría encontrarle un empleo mejor que el que tiene aquí.

—Pero yo no quiero otro empleo.

—Sería más *prudente* que aceptara.

—¿Prudente?

—Esto he dicho. Es una advertencia..., un consejo.

Había cierta amenaza en su tono.

Victoria abrió más los ojos.

—La verdad, no lo entiendo, doctor Rathbone.

—Algunas veces es más prudente no mezclarse en cosas que uno no entiende.

Ahora estaba segura de su amenaza, pero continuó mirándole con ojos de gatita inocente.

—¿Por qué vino a trabajar aquí, Victoria? ¿Por Edward?

Victoria enrojeció.

—¡Claro que no! —cortó indignada.

—Edward tiene un camino por recorrer. Y pasarán muchos años antes de que esté en posición de poder servirle de algo. Si estuviera en su lugar dejaría de pensar en él. Y, como le digo, hay buenos empleos ahora, con buen salario y de porvenir... y en los que se encontrará entre los de su clase.

Seguía mirándola fijamente. ¿Sería una prueba? Victoria repuso, afectando interés:

—Pero si yo me encuentro muy a gusto en La Rama de Olivo, doctor Rathbone.

Él se encogió de hombros y la dejó marchar, pero sus ojos no se apartaron de su espalda mientras se alejaba.

Aquella entrevista la dejó desalentada. ¿Habría ocurrido algo que despertó sus sospechas? ¿Habría adivinado que podría haber un espía en La Rama de Olivo para descubrir sus secretos? Su voz y su actitud la llenaron de temor. Su insinuación de que hubiera ido a trabajar allí para estar cerca de Edward la había sacado de quicio y por eso lo negó rotundamente, pero ahora comprendía que hubiera sido mucho mejor dejarle creer que ése era el motivo y no que sospechase la verdad. De todas formas, debido a su tonto azoramiento, era probable que Rathbone siguiera creyendo que la causa era Edward... Así que todo había resultado bien.

No obstante, aquella noche se metió en la cama con una desagradabilísima sensación de temor.

CAPÍTULO XVII

I

A la mañana siguiente le resultó bastante fácil poder salir sola; le bastaron un par de pretextos. Victoria había preguntado por el Beit Melek Alí y supo que era una gran casa edificada junto al río y en su orilla oeste, algo más abajo.

Hasta entonces había tenido muy poco tiempo para explorar los alrededores, y al acabarse la estrecha calle tuvo la agradable sorpresa de encontrarse en la misma margen del río. Caminó despacio por el borde del alto dique. En algunos puntos era sumamente peligroso..., el dique había sido comido por las aguas y no siempre vuelto a reparar, a construir de nuevo. Una casa tenía unos escalones ante la entrada, que de dar un paso más en una noche oscura se precipitaba uno en el río. Victoria contempló el agua que corría bajo el dique y caminó algo más apartada del borde. Éste, durante un trecho, aparecía ancho y pavimentado. Las casas del lado derecho tenían un seductor aspecto misterioso, sin dar señales de quiénes eran sus ocupantes. Ocasionalmente las puertas principales estaban abiertas y Victoria, oteando el interior, quedó fascinada por los contrastes. En una de ellas pudo contemplar un patio con un surtidor rodeado de almohadones y sillas extensibles. En él crecían palmeras y al fondo un jardín tan alegre como una decoración escénica. La casa de al lado, siendo muy parecida en lo exterior, era un laberinto de pasillos oscuros donde jugaban cinco o seis chiquillos sucios y cubiertos de andrajos. Luego siguieron los jardines de palmeras. A su izquierda había unos escalones que conducían hasta el río, donde un árabe, sentado en un bote de remos de lo más rudimentario, la llamaba gesticulando, preguntándole, sin duda, si quería que la pasara al otro lado. Debía encontrarse aproximadamente enfrente del Hotel Tio, aunque era difícil distinguir su estilo arquitectónico desde aquella orilla, y todos los hoteles eran parecidos. Ahora se hallaba en una calle que bordeada de palmeras llegaba hasta dos casas altas con balcones. Más allá alzábase un gran edificio con jardín y terraza sobre el río que debía ser el Beit Melek Alí, o sea, la casa del rey Alí.

Pocos minutos después Victoria había atravesado su entrada y pasado a su interior, menos atractivo. El río quedaba oculto por la espesa plantación de palmeras rodeadas por una alambrada. A la derecha había varias casas medio derruidas, árboles, y algunas chozas donde los niños jugaban entre la suciedad y nubes de moscas revoloteaban sobre los montones de basura. En la carretera que se alejaba del río vio un coche parado..., un automóvil arcaico y deteriorado. Junto a él aguardaba Edward.

—Bien —dijo el joven—, ya estás aquí. Sube.

—¿Adónde vamos? —preguntó Victoria subiendo al desvencijado coche con sumo placer. El conductor, que parecía un montón ambulante de harapos, se volvió hacia ella con una sonrisa.

—A Babilonia —contestó Edward—. Ya es hora de que tengamos un día de asueto.

El vehículo se puso en marcha con una sacudida brusca, saltando como un loco sobre los adoquines.

—¿A Babilonia? —exclamó Victoria—. Eso suena maravillosamente. ¿De verdad, vamos a Babilonia?

El coche viró a la izquierda, donde siguieron saltando sobre una carretera bien pavimentada y de gran anchura.

—Sí, pero no esperes demasiado. Babilonia... no es lo que era... No sé si me comprendes. Entonces valía la pena venir a conocerla.

Victoria tarareó:

> *¿Cuántas millas hay hasta Babilonia?*
> *Setenta.*
> *¿Puedo llegar antes del atardecer?*
> *Sí, y regresar otra vez.*

—Solía cantarla cuando era pequeña. Siempre me ha fascinado. ¡Y ahora voy a ir de verdad!

—Y regresaremos al atardecer. O tal vez no. En este país nunca se sabe.

—Este coche me da la impresión de que va a hacerse añicos.

—No me extrañaría. Estoy seguro de que todo está estropeado. Pero estos árabes son terribles; atan una cuerdecita y diciendo Inshallah vuelve el cacharro a ponerse en marcha.

—Siempre dicen Inshallah, ¿no?

—Sí, no hay nada como declinar toda responsabilidad en el Todopoderoso.

—La carretera no es muy buena, ¿verdad? —inquirió Victoria, botando en su asiento. La aparentemente bien pavimentada y amplia no daba lo que prometiera. Seguía siendo ancha, pero estaba llena de hoyos.

—Después aún está peor —dijo Edward.

Siguieron saltando alegremente sobre los asientos. El carromato levantaba nubes de polvo a su alrededor. Grandes camiones llenos de árabes corrían por el centro de la carretera sordos a sus bocinazos.

Pasaron ante jardines amurallados, grupos de mujeres, niños y burritos. Para Victoria todo era nuevo y formaba parte del encanto de ir a Babilonia al lado de Edward.

Llegaron a Babilonia en un par de horas, con el cuerpo dolorido. Aquel montón de ruinas y ladrillos quemados decepcionaron un tanto a Victoria, que esperaba encontrar arcos y columnas, juzgando por algunos cuadros que había visto.

Mas poco a poco su desencanto fue desapareciendo al sortear los montones de ladrillos chamuscados tras el guía. Escuchó a medias sus amplias explicaciones, pero cuando pasaron por el Camino de las Procesiones hasta la puerta de Ishtar con los leves relieves de animales inverosímiles sobre las paredes, sintióse invadida por la grandeza del pasado y el deseo de saber algo de aquella vasta y orgullosa ciudad que ahora yacía muerta y abandonada. Una vez pagado su tributo a la antigüedad se sentaron bajo el León de Babilonia para despachar la comida que Edward había llevado. El guía marchóse sonriendo después de insistir para que más tarde visitaran el Museo.

—¿Iremos? —preguntó Victoria como en un sueño—. Todas esas cosas metidas en las vitrinas y con sus etiquetas no me parecen reales. Una vez fui al Museo Británico. ¡Qué horrible y cómo me dolían los pies!

—El pasado es siempre desagradable —repuso Edward—. El futuro es mucho más importante.

—Esto no es desagradable —dijo Victoria señalando con el sandwich que tenía en la mano el panorama poblado de ruinas—. Da una sensación de... grandeza. ¿Cómo dice aquella poesía: «Cuando tú eras rey de Babilonia y yo una esclava cristiana...»? Tal vez lo hayamos sido. Me refiero a ti y a mí.

—No creo que hubiese reyes de Babilonia en tiempo del Cristianismo —dijo Edward—. Me parece que Babilonia dejó de funcionar unos quinientos o seiscientos años antes de Jesucristo. Siempre hay algún arqueólogo que da conferencias sobre estas cosas..., pero nunca recuerdo las fechas..., quiero decir hasta los tiempos de los griegos y los romanos.

—¿Te hubiera gustado ser rey de Babilonia, Edward?

Edward exhaló un profundo suspiro.

—Sí.

—Entonces, diremos que lo fuiste. Ahora te has reencarnado.

—¡Entonces *sabían* ser reyes! Por eso pudieron gobernar el mundo y meterlo en cintura.

—No creo que me hubiese gustado ser esclava —dijo Victoria pensativa—; ni siquiera cristiana.

—Milton tenía razón: «Es mejor reinar en el Infierno que servir en el Cielo». Siempre he admirado al diablo de Milton.

—No estoy muy al corriente de sus teorías —repuso Victoria a modo de disculpa—, pero fui a ver *Comus* y es maravilloso, y Margot Fonteyn danza como si fuera un ángel caído del cielo.

—Si tú fueras una esclava, Victoria, te libertaría para llevarte a mi harén..., que estaría allí —dijo señalando un montón de ruinas.

—Hablando de harenes... —comenzó Victoria.

—¿Qué tal te llevas con Catherine? —preguntó Edward de repente.

—¿Cómo sabes que estaba pensando en Catherine?
—Bueno el caso es que pensabas en ella, ¿no? Sinceramente, Vicky, desearía que fueseis buenas amigas.
—No me llames Vicky.
—Está bien. Quisiera que fueses amiga de Catherine.
—¡Qué fatuos sois los hombres! ¡Siempre queréis que vuestras amistades femeninas simpaticen!

Edward, que estaba reclinado con las manos bajo la nuca, incorporóse en el acto.

—Estás muy equivocada, Victoria. De todas formas tus conocimientos sobre los harenes son muy simples...
—No, no lo son. ¡Me vuelve loca ver cómo todas esas chicas revolotean a tu alrededor!
—¡Estupendo! —repuso Edward—. Me encanta que enloquezcas. Pero volviendo a Catherine. La razón por la que quiero que seas su amiga es porque estoy casi seguro de que ella es el mejor medio de acercarnos a todas las cosas de interés que queremos averiguar. Ella sabe algo.
—¿Lo crees de veras?
—Recuerdo lo que le oí decir de Anna Scheele.
—Lo había olvidado.
—¿Qué tal te ha ido con Carlos Marx? ¿Hubo resultados?
—Nadie me ha invitado a que ingrese en el rebaño. A decir verdad, Catherine me dijo ayer que el Partido no me aceptaría porque no estoy suficientemente educada políticamente. Y la verdad, el tener que leer toda esa pesadez..., es que no lo aguanto.
—No eres muy despierta en política, ¿eh? —Edward echóse a reír—. Pobrecita, bien, bien; Catherine puede ser lo inteligente y despierta que quiera para la política, pero mi ilusión sigue siendo una taquimecanógrafa londinense que no sabe deletrear las palabras de más de tres sílabas.

Victoria frunció el entrecejo. Las palabras de Edward trajeron a su memoria la curiosa entrevista sostenida con el doctor Rathbone. Se lo contó, y el joven se mostró mucho más alarmado de lo que hubiera podido suponer.

—Esto es serio, Victoria. Trata de recordar y dime exactamente lo que te dijo.

Victoria procuró emplear las palabras exactas utilizadas por el doctor Rathbone.

—Pero no comprendo por qué te inquieta tanto —concluyó.
—¿Eh? —Edward parecía abstraído—. ¿No ves..., pero mi querida Victoria, no te das cuenta de que eso demuestra que han querido avisarte? Te aconsejan que te marches. No me gusta..., no me gusta nada.

Hizo una pausa antes de continuar:

—Ya sabes, los comunistas son muy crueles. Es parte de sus creencias el no detenerse ante nada. No quisiera que te dieran un golpe en la cabeza y te arrojaran al Tigris, querida.

¡Qué extraño era, pensó Victoria, estar sentada entre las ruinas de Babilonia discutiendo sobre si iba a ser o no golpeada en la cabeza y arrojada al Tigris! Con los ojos entornados creyó estar soñando. «Pronto despertaré y veré que estoy en Londres soñando un cuento maravilloso sobre la peligrosa Babilonia. Tal vez... —cerró del todo los ojos— estoy en Londres... y no tardará en sonar el despertador, tendré que levantarme para ir a la oficina de míster Greenholtz... y no estaré con ningún Edward...»

Y al llegar a ese pensamiento abrió los ojos de nuevo para asegurarse de que, efectivamente, estaba allí Edward (y ¿qué era lo que quiso preguntarle en Basrah cuando les interrumpieron y que había olvidado?) y que no se trataba de un sueño. El sol brillaba en todo su esplendor sobre las ruinas pálidas con su fondo de palmeras, y sentado junto a ella, dándole un poco la espalda, estaba Edward. ¡Qué cabellos tan bonitos tenía y cómo brillaban contrastando con su cuello..., hermoso, tostado por el sol..., sin la menor imperfección...! Tantos hombres tienen el cuello lleno de quistes y granos, a causa del roce del cuello de la camisa..., como sir Rupert, por ejemplo, con aquel divieso incipiente.

Y, de pronto, ahogando una exclamación, sentóse de un salto olvidando sus sueños. Estaba excitadísima.

Edward volvió la cabeza alarmado.

—¿Qué te pasa, Victoria?

—Acabo de recordar lo de sir Rupert Crofton Lee.

Y mientras Edward la miraba sin comprender, Victoria procuró explicárselo, lo que no hizo con mucha claridad.

—Tenía un divieso en el cuello.

—¿Un divieso en el cuello? —Edward seguía sin entender.

—Sí, en el avión. Ya sabes que estaba sentado delante de mí, la capucha se le resbaló y pude ver el grano.

—¿Por qué no podía tener un grano? Es doloroso, pero mucha gente los tiene.

—Sí, sí, claro. Pero el caso es que, aquella mañana, cuando le vi en el balcón, *no lo tenía.*

—¿No tenía qué?

—No tenía ningún grano. Oh, Edward, trata de comprender. En el avión tenía un divieso y en la terraza del Tio ya no lo tenía. Su cuello estaba limpio y sin señales... como el tuyo.

—Bueno, es posible que le hubiese desaparecido.

—¡Oh, no, Edward, no puede ser! Fue el día anterior y le estaba saliendo. No podría haber desaparecido... tan por completo... sin dejar siquiera una señal. Así que ya sabes lo que eso significa...; sí, debe significar... que el hombre que estaba en el Tio, no era sir Rupert.

—Estás loca, Victoria. Tenía que ser sir Rupert. No notaste otra diferencia.

—Pero, no te das cuenta que nunca le vi con detalle..., sólo su..., digamos, su aspecto general. El sombrero... y la capa... y su actitud. Era un tipo fácil de imitar.

—Pero le hubieran conocido en la Embajada...

—No estuvo en la Embajada, sino en el Tio. Y fue uno de los secretarios quien acudió a recibirle. El embajador está en Inglaterra. Además, no estuvo viajando durante mucho tiempo.

—¿Pero qué...?

—Por Carmichael, naturalmente. Carmichael iba a venir a Bagdad para reunirse con él..., para decirle lo que había averiguado. Sólo que nunca se habían visto. Así que Carmichael no supo que no era el auténtico... y no estuvo sobre aviso. Claro..., fue Rupert Crofton Lee, el falso, quien apuñaló a Carmichael. ¡Oh, Edward, todo concuerda!

—No creo ni una palabra. Es una locura. No olvides que sir Rupert fue asesinado después en El Cairo.

—Así es como sucedió. Ahora lo sé. ¡Oh, Edward, qué horrible! Yo lo vi.

—¿Que tu viste...? Victoria, ¿te has vuelto loca de remate?

—No, no estoy loca. Escucha, Edward. Llamaron a mi puerta... en el hotel Heliópolis..., al menos creí que era mi puerta, y salí a ver; pero no era en la mía, sino en la de al lado, la de sir Rupert Crofton Lee. Una de esas azafatas, o como las llamen, le preguntó si quería pasar por la oficina de la BOAC, que estaba en el mismo pasillo. Yo salí de mi cuarto poco después, y al pasar ante una puerta pude ver que tenía un cartelito con las iniciales BOAC. En aquel mismo momento salía sir Rupert, quien me hizo pensar que habría recibido malas noticias pues caminaba de un modo distinto. ¿No lo comprendes, Edward? Fue una trampa... El sustituto estaba preparado, y tan pronto como él entró debieron golpearle en la cabeza mientras el otro salía a representar su papel. Me figuro que le tendrían secuestrado en El Cairo, tal vez en el hotel..., dándole alguna droga, y luego lo asesinaron en el preciso momento que el falso sir Rupert había regresado a El Cairo.

—Es una historia magnífica —dijo Edward—, pero, Victoria, con franqueza, creo que son todo imaginaciones tuyas. No tienes ninguna prueba.

—El divieso...

—¡Oh, maldito divieso!

—Y otro par de cosas.

—¿Qué?

—El cartelito de la puerta con las iniciales BOAC. Más tarde ya no estaba. Recuerdo que me extrañó encontrar la oficina de la BOAC al otro lado del vestíbulo. Eso es una. Y hay otra: esa azafata, la que llamó a sir Rupert, la he visto hace poco... aquí en Bagdad... Y, lo que es más, en La Rama de Olivo. La vi el primer día que fui allí. Estaba hablando con Catherine. Entonces no recordé dónde la había visto antes.

Tras unos momentos de silencio, concluyó:

—Así que debes admitir que no son todo imaginaciones mías, Edward.

—Todo converge hacia La Rama de Olivo... y Catherine; Victoria, dejando a un lado la simpatía personal, debes intimar con ella. Con adulaciones, halagándola, hablándole de ideas bolcheviques. De un modo u otro gana su confianza para saber quiénes son sus amigos, adónde va y con quién se trata fuera de La Rama de Olivo.

—No será fácil, pero lo intentaré. ¿Y míster Dakin? ¿Debo contarle todo esto?

—Sí, desde luego, pero espera un par de días. Puede que hayamos descubierto algo más. —Edward suspiró—. Una de estas noches llevaré a Catherine al cabaret Le Select.

Y esta vez, Victoria no sintió el menor asomo de celos. Edward había hablado con tanta tristeza y resignación que anulaba por completo todo asomo de placer en la tarea que se había impuesto.

II

Entusiasmada con sus descubrimientos, Victoria no tuvo que esforzarse para saludar a Catherine al día siguiente con gran efusión y camaradería. Había sido tan amable —le dijo— al ofrecerse a acompañarla a una peluquería para que le lavasen el pelo... Y lo necesitaba con toda urgencia. (Esto era innegable, pues Victoria había regresado de Babilonia con sus cabellos oscuros cubiertos de polvo rojizo.)

—Sí, tienes un aspecto deplorable —repuso Catherine con cierta maliciosa satisfacción—. ¿Al fin saliste a pesar de la tormenta que tuvimos ayer tarde?

—Alquilé un coche y fui a visitar Babilonia. Fue muy interesante, pero durante el regreso se alzó esa polvareda que casi me deja ciega.

—Babilonia es interesante, pero debiste ir con alguien que la conociera y pudiera explicártelo todo con propiedad. Y en cuanto a tu pelo, esta misma noche iremos a ver a esa chica armenia, para que te haga un champú a la crema. Es lo mejor.

—No comprendo cómo puedes tener siempre el pelo tan bonito —le dijo Victoria con una expresión que quiso ser de admiración, mirando sus rizos que parecían salchichas pringosas.

Catherine sonrió complacida, y Victoria pensó en lo acertado que estuvo Edward al recomendarle que la adulara.

Aquella tarde salieron de La Rama de Olivo en los más cordiales términos de camaradería. Catherine la condujo a través de callejuelas estrechas y pasajes, y al fin llamó a una puerta en la que no se veía señal alguna de que aquello fuese una peluquería. No obstante, fueron recibidas por una joven sencilla, pero competente, que hablaba en un inglés muy lento, y que llevó a Victoria hasta un lavabo muy limpio y con grifos relucientes, rodeado de varias botellas y lociones. Catherine se fue y Victoria puso su mata de pelo en manos de miss Ankounian. Pronto su cabeza fue una masa espumosa.

—Y ahora, si tiene la bondad...

Victoria se inclinó sobre la pila. El agua que caía sobre su cabeza desaparecía por el desagüe.

De pronto su olfato percibió un aroma dulzón, aunque bastante desagradable, que ella asociaba con los hospitales. Sobre su boca y nariz aplicaron una almohadilla empapada. Se debatió, retorciéndose y forcejeando, pero una mano de hierro mantuvo la almohadilla en su rostro. Comenzó a ahogarse, su cabeza giraba como una devanadera y le zumbaban los oídos...

Y luego... la oscuridad más profunda.

CAPÍTULO XVIII

Al recobrar el conocimiento, Victoria tuvo la impresión de que había transcurrido mucho tiempo. Sus recuerdos eran confusos... el traqueteo de un automóvil... charlas y discusiones en árabe... la luz de un foco dándole en los ojos... una horrible sensación de mareo... Recordaba vagamente haber estado tendida sobre una cama..., alguien la había agarrado del brazo..., y sintió el pinchazo de una aguja hipodérmica... Luego, más sueño y oscuridad...

Ahora, por lo menos, era ella... Victoria Jones. Y algo le había ocurrido a Victoria Jones... mucho tiempo atrás, meses, tal vez años... o, después de todo, tan sólo unos días.

Babilonia, sol, polvo, cabellos. Catherine. Catherine, claro, sonriente con sus ojos astutos bajo los pringosos rizos... Catherine le había acompañado a lavarse la cabeza y entonces..., ¿qué había ocurrido? Aquel horrible olor... todavía lo recordaba... nauseabundo... cloroformo, claro. La habían cloroformizado y llevado..., ¿adónde?

Con sumas precauciones procuró incorporarse. Le parecía estar sobre una cama... una cama muy dura... aquel pinchazo... el pinchazo de una aguja hipodérmica, le habían inyectado alguna droga... y sus efectos no habían desaparecido todavía.

Bueno, de todas maneras no la habían asesinado. ¿Por qué no? Estaba perfectamente. Lo mejor era, puesto que seguía bajo los efectos de la droga, dormir. Y así lo hizo.

Cuando volvió a despertar, su cabeza estaba más despejada. Era de día y pudo ver con más claridad dónde se hallaba.

Era una habitación pequeña, pero alta de techo, pintada de un triste color gris azulado. El suelo era de tierra apisonada. Los únicos muebles eran la cama, donde estaba echada, cubierta por una manta sucia y una mesa destartalada con una palangana desconchada, y un cubo de cinc debajo. La ventana tenía en su parte exterior una especie de celosía de madera. Victoria saltó del lecho para acercarse a la ventana, sintiéndose extraña y dolorida. Podía ver perfectamente a través del enrejado de la celosía, y lo que vio fue un jardín con palmeras. Era bastante bonito según el estilo oriental, aunque un inglés que viviese en los suburbios lo habría desdeñado. En él veíanse un buen número de caléndulas de un color naranja brillante, unos eucaliptos polvorientos y algunos tamarindos.

Un niñito con la cara tatuada de azul y muchas ajorcas, iba de un lado a otro en pos de su pelota cantando en tono nasal muy parecido a las gaitas.

Victoria dirigió su atención a la puerta, que era grande. Sin muchas esperanzas acercóse a ella y probó de abrirla. Estaba cerrada con llave. Victoria volvió a sentarse sobre la cama.

¿Dónde estaba? En Bagdad, no, de eso estaba segura. ¿Y qué es lo que haría ahora?

Después de pensarlo un par de minutos, decidió que aquella pregunta no era oportuna, sino más bien: ¿qué iban a hacer con ella? Con una sensación desagradable en la boca del estómago recordó el consejo de míster Dakin de decir todo lo que supiera. Pero tal vez ya lo hubiesen conseguido mientras estuvo bajo los efectos de la droga.

Todavía (Victoria trató de animarse con este pensamiento) estaba viva. Y si pudiera seguir estándolo hasta que Edward la encontrara... ¿Qué habría hecho al ver que había desaparecido? ¿Ver a míster Dakin? ¿O buscarla por sus propios medios? ¿Amedrentaría a Catherine hasta hacerla confesar? ¿Y si ni siquiera sospechaba de ella? Cuanto más intentaba imaginar a Edward en plan de acción, menos lo conseguía. ¿Era inteligente? Edward era adorable y atractivo, pero, ¿tenía cerebro? Porque en su actual situación lo iba a necesitar.

Míster Dakin sí le parecía lo suficiente listo. ¿Pero tendría ímpetu, o se limitaría a tachar su nombre de una lista imaginaria y poner a continuación RIP? Al fin y al cabo, para él era sólo una entre miles. Le dieron su oportunidad, y si fracasaba, mala suerte. No, tampoco veía a míster Dakin dispuesto a rescatarla. Después de todo, ya la había advertido. Y el doctor Rathbone también. (¿Advertido o amenazado?) Y no tardó mucho en cumplir su amenaza...

—Pero sigo viviendo —repuso Victoria, dispuesta a seguir mirando las cosas por su lado bueno.

Se oyeron pasos que se aproximaban y el girar de la llave en la mohosa cerradura. La puerta giró sobre sus goznes y en el umbral hizo aparición un árabe portador de una bandeja de metal con algunos platos.

Parecía de muy buen humor. Sonriente, le dirigió unas frases en árabe, puso la bandeja sobre la mesa y abriendo la boca señaló su interior y se marchó cerrando la puerta tras de sí.

Victoria acercóse a la bandeja con interés. Vio un gran tazón de arroz, unas hojas de col arrugadas y un gran pedazo de pan árabe, y también un jarro de agua y un vaso.

Comenzó por beber un vaso lleno de agua y luego siguió con el arroz, el pan y las hojas de col, que resultaron estar llenas de carne picada con un gusto bastante especial. Una vez hubo terminado, sintióse mucho mejor.

Trató de ordenar los acontecimientos mentalmente. Había sido cloroformizada y raptada. ¿Cuánto tiempo atrás? Lo ignoraba. Por sus vagos recuerdos le pareció que debieron haber transcurrido varios días. La habían sacado de Bagdad... ¿Pero dónde estaba? No tenía medio de averiguarlo. Debido a su completa ignorancia del idioma árabe, no le era posible hacer preguntas. Ni averiguar el lugar, el nombre, ni la fecha.

Transcurrieron varias horas de terrible incertidumbre para ella.

Aquella noche su carcelero reapareció con otra bandeja. Esta vez acompañado de dos mujeres vestidas de negro y con el rostro cubierto. No entraron en la habitación; se quedaron mirando desde la puerta. Una de ellas llevaba un niño en brazos y ambas reían. Pudo comprobar que la estaban observando a través del velo que las cubría. Para ellas era muy divertido y excitante tener a una mujer europea encerrada allí.

Victoria les dirigió la palabra en inglés y francés, pero sólo obtuvo risas como respuesta. Le parecía muy extraño no

poder comunicarse con las de su propio sexo, y con suma dificultad pronunció unas palabras que había oído:
—*El hamdu lillah.*
Su esfuerzo fue premiado con un largo discurso en árabe, acompañado de grandes inclinaciones de cabeza. Victoria avanzó hacia ellas, pero el criado árabe, o lo que fuese, se interpuso rápidamente cerrándole el paso. Ordenó a las mujeres que se marchasen, y luego salió él volviendo a cerrar la puerta. Antes de hacerlo murmuró varias veces:
—*Bukra..., bukra...*
Era una palabra que Victoria había oído mucho. Significa mañana.

Victoria sentóse de nuevo en la cama para meditar. ¿Mañana? Mañana llegaría alguien, o iba a ocurrir algo. Mañana terminaría su encierro (¿o no?), y si terminaba, pudiera ser su fin. No le agradó mucho esta idea. Sería mucho mejor si mañana pudiera estar en cualquier otra parte.

¿Pero era eso posible? Por primera vez, dedicó toda su atención a este problema. Primero acercóse a la puerta para examinarla. Allí no había nada que hacer. No era de esos cerrojos que pueden abrirse con una horquilla..., aunque ella hubiese sido capaz de hacerlo, cosa que dudaba.

Quedaba la ventana, que, como no tardó en descubrir, ofrecía más posibilidades. La celosía de madera hallábase en completo estado de decrepitud. Suponiendo que pudiera romperla lo suficiente para poder pasar todo el cuerpo, no sería posible sin hacer bastante ruido que llamaría la atención. Además, como aquella habitación estaba bastante alta necesitaría una cuerda para descolgarse, corriendo el riesgo de torcerse un tobillo o cualquier otro percance. En las novelas leídas por Victoria, se utilizaban para este fin las ropas de la cama. Miró con tristeza la delgada manta de algodón. ¿Con qué iba a cortarla?, y aunque consiguiera rasgarla no soportaría su peso.

—¡Maldición! —exclamó en voz alta.

Iba entusiasmándose más y más con la idea de la huida. Por lo que pudo observar, sus carceleros eran gente de mentalidad simple, para quienes el hecho de tenerla encerrada representaba algún fin. Es decir, que no esperaban que se escapase porque era una prisionera y no podía hacerlo. Quienquiera que hubiese utilizado la aguja hipodérmica antes de llevarla allí, ya no estaba..., de eso no cabía la menor duda. Le esperaban «bukra». La habían dejado bajo custodia de aquella gente sencilla que obedecía sus instrucciones, pero que no apreciaba sutilezas, y que no calculaba las cualidades de inventiva de una joven europea ante el temor de una muerte inminente.

—Tengo que salir de aquí como sea —díjose Victoria.

Acercándose a la mesa se dispuso a despachar las viandas para conservar las fuerzas. Le habían vuelto a poner arroz, algunas naranjas y unos pedacitos de carne con una salsa de color naranja.

Se lo comió todo y luego bebió agua. Al volver a dejar el jarro sobre la mesa, ésta vaciló ligeramente y cayó un poco de agua al suelo, que se convirtió en barro. El verlo hizo brotar una idea en el fértil cerebro de Victoria Jones.

El caso era, ¿estaba la llave en la cerradura?

El sol iba a ponerse, y pronto sería de noche. Victoria fue junto a la puerta, se arrodilló y miró a través del enorme ojo de la cerradura. No pudo ver nada. Ahora lo que necesitaba era algo con que empujarla..., un lápiz o el extremo de una pluma estilográfica. ¡Qué lástima que no le hubieran dejado el bolso! Con el entrecejo fruncido miró a su alrededor. El único cubierto que había sobre la mesa era una cuchara. De momento no le servía, pero tal vez pudiera utilizarla más tarde. Victoria se sentó para pensar y buscar el medio. Al fin, lanzando una exclamación, se quitó el zapato para arrancarle la suela exterior. Luego la enrolló muy apretada, con lo cual quedó bastante fuerte. Volvió junto a la puerta y la metió con fuerza en la cerradura. Por fortuna la llave no ajustaba demasiado y tras dos o tres minutos de esfuerzos la oyó caer al suelo al otro lado de la puerta. Apenas hizo ruido al chocar con el suelo de tierra.

«Ahora —pensó Victoria—, debo darme prisa antes de que oscurezca del todo.» Con el jarro del agua derramó un poco junto al marco de la puerta lo más cerca posible del lugar que, según suponía, debió haber caído la llave. Luego, con el mango de la cuchara, escarbó en el barro resultante. Poco a poco, con nuevas adiciones de agua, consiguió abrir un caminito bajo la puerta. Echóse al suelo e intentó mirar por él, pero no era posible ver nada. Subiéndose la manga pudo pasar la mano y parte del brazo por debajo de la puerta. Tanteó hasta que el extremo de uno de sus dedos tocó algo metálico. Había localizado la llave, pero era imposible alargar más el brazo para poderla agarrar. Acto seguido procedió a utilizar un imperdible que llevaba para sujetar un tirante corto, y convertirlo en un anzuelo que sujetó al pan árabe. Con él en la mano volvió a echarse al suelo para pescar la llave. Cuando ya estaba a punto de llorar de rabia, el imperdible enganchó la llave y pudo arrastrarla hasta tenerla al alcance de sus dedos y luego pasarla por el caminito abierto en el barro hasta el interior del cuartucho.

Victoria se sentó sobre sus talones, llena de admiración ante su propio ingenio. Asiendo la llave entre sus manos llenas de barro levantóse para introducirla en la cerradura. Aguardó unos instantes para hacerla girar hasta oír ladrar unos perros de la vecindad. La puerta, obedeciendo a su presión, se abrió un trecho. Victoria miró a través de la abertura. La puerta daba a otra habitación reducida con otra puerta abierta en el otro extremo. Estuvo aguardando unos instantes y luego la atravesó de puntillas. Aquella habitación tenía varios agujeros en el techo y uno o dos en el suelo. La puerta daba a un tramo de escalones construidos con ladrillos de barro adosados a la pared de la casa y que conducían al jardín.

Era todo lo que Victoria deseaba ver. Siempre de puntillas volvió al lugar de su encierro. No era probable que nadie se acercase a su celda aquella noche. Una vez hubiese oscurecido y el pueblo o la ciudad se hubiera entregado al descanso, huiría.

También habíase fijado en otra cosa. En un montón de trapos de color oscuro junto a la puerta exterior. Se trataba de un *Aba* viejo que le sería muy útil para cubrir sus ropas europeas.

No sabría decir cuánto tiempo esperó. A ella le parecieron horas interminables. Sin embargo, al fin se apagaron los ruidos y todo signo de vida humana. Un lejano gramófono dejó de tocar canciones árabes; cesaron las voces airadas y el escupir de las gentes, y ya no se oyeron las risas de las mujeres ni el llanto de los niños.

Sólo quedó el lejano aullido de chacales y los ladridos de los perros que sabía continuaban toda la noche.

—Bueno, ¡allá voy! —exclamó Victoria poniéndose en pie.

Tras unos minutos de reflexión cerró la puerta de su prisión, dejando la llave en la cerradura. Luego atravesó la otra habitación, y tras llevarse el montón de trapos llegó a la escalera. Había luna, pero aún estaba muy baja. Su luz le bastaba para ver el camino. Comenzó a bajar los escalones, pero al llegar al cuarto se detuvo; éste quedaba al mismo nivel que la tapia del jardín. De continuar bajando, tendría que pasar junto a la casa. Pudo oír los ronquidos procedentes de las habitaciones de la planta baja. Era mejor seguir andando por la pared. El muro era lo suficientemente ancho como para poder caminar por él.

Escogió este camino, y rápida, pero con sumas precauciones, llegó a donde la pared formaba un ángulo recto. Ante ella extendíase un jardín con palmeras. Siguió por la pared hasta un lugar donde estaba medio derruida. Allí saltó, mejor dicho, deslizóse como pudo, y poco después cruzaba entre las palmeras en dirección a un boquete abierto en el muro exterior. Salió a una calle estrecha de aspecto primitivo, por la que no podía pasar un automóvil, pero a propósito para los burritos. Allí también las paredes eran de ladrillos de barro. Victoria corrió tanto como le fue posible.

Los perros comenzaron a ladrar con furia y un par de ellos salieron a su encuentro. Victoria agarró un puñado de guijarros y los arrojó con fuerza contra ellos. Con un aullido lastimero se alejaron corriendo. Victoria prosiguió su carrera. Dando vuelta a una esquina llegó a lo que debía ser la calle principal. Las casas a ambos lados eran uniformes, de ladrillos de barro, iluminadas por la pálida luz de la luna. Las palmeras asomaban tras las tapias y los perros gruñían y ladraban. Victoria se detuvo a tomar aliento y volvió a echar a correr. Los perros seguían ladrando, pero ningún ser viviente se interesó por un posible merodeador nocturno. Ahora se abría ante ella un espacio abierto, una corriente cenagosa, y tendido sobre ella un puentecito decrépito. Más allá, la carretera o camino se dirigía, al parecer, al infinito. Victoria continuó corriendo hasta perder el resuello.

El pueblo quedaba ahora a sus espaldas. La luna estaba muy alta, y a su derecha, a su izquierda y ante ella, la tierra desnuda y rocosa, sin cultivar y sin señal alguna de civilización. Parecía llana, pero estaba ligeramente ondulada. No vio ningún sendero e ignoraba el camino a seguir. No conocía las estrellas para saber siquiera en qué dirección avanzaba. Aquella extensión desierta la aterró, mas era imposible volverse atrás. Sólo cabía seguir.

Se detuvo unos momentos para recobrar nuevamente el aliento, y tras mirar sobre su hombro para asegurarse de que no habían descubierto su huida, siguió adelante caminando a unos cinco kilómetros por hora hacia lo desconocido, pero que a ella se le antojaba su salvación.

El alba encontró a Victoria agotada, con los pies doloridos y casi al borde del histerismo. A juzgar por el lugar de donde provenía la claridad de la aurora comprendió que se dirigía al suroeste, pero como ignoraba su situación de nada podía servirle.

Un poco hacia la derecha había una pequeña colina o montículo. Victoria dejó el camino para dirigirse a ella; sus laderas eran algo empinadas, pero subió hasta la cima.

Desde allí pudo contemplar el paisaje que la rodeaba, y de nuevo sintióse invadir por el pánico. Allí no había nada... Era un hermoso cuadro a la luz del amanecer. El horizonte estaba surcado de nubes en tonos pasteles rosados y amarillentos. Era bello, pero espantoso. «Ahora sé lo que significa —pensó Victoria— estar solo en el mundo...»

Veíanse algunas porciones de terreno cubiertas de hierba y algunos cardos secos, pero éstos eran los únicos vestigios de vida. Allí estaba sólo Victoria Jones.

Ya no veía tampoco el pueblo de donde huyera. El camino por el que vino desaparecía en un desierto infinito. Le parecía imposible haberlo perdido de vista tan pronto. Por un momento tuvo tentaciones de volver atrás. De volver de una manera u otra a tener contacto con seres humanos...

Quiso escapar, y lo había conseguido, pero sus apuros no iban a terminar por haber puesto varios kilómetros entre ella y sus carceleros. Cualquier coche, aunque fuese viejo y destartalado, cubriría esa distancia en muy poco tiempo, tan pronto como descubrieran su escapada y salieran en su busca.

¿Y dónde iba a esconderse? Allí no había dónde. Todavía llevaba el raído *aba* de color negro que se llevara en su huida. Se envolvió entre sus pliegues, cubriendo incluso la cabeza. No pudo ver su aspecto por carecer de espejo. Si se quitaba los zapatos y medias y caminaba descalza, era posible que no llamase la atención. Una mujer árabe, aunque fuese raída y pobre, cubierta pudorosamente, no habría de despertar sospechas. ¿Pero podría engañar con ese disfraz a los ojos occidentales que pudieran ir en el automóvil? De todos modos, era su única esperanza.

Estaba demasiado cansada para caminar. Su sed era terrible, pero, ¿qué hacer? Lo mejor, decidió, era tenderse al lado de la colina. Desde allí, tumbada en una hondonada al pie del montículo, podría oír el ruido de cualquier coche que pasase, ver a sus ocupantes, y dando vuelta a la colina ocultarse de sus perseguidores con bastante rapidez.

Por otro lado, lo que necesitaba urgentemente era volver a la civilización, y el único medio para ello sería parar un coche en que viajasen europeos y pedir que la llevaran, siempre que los europeos no fuesen sus enemigos; ¿y cómo saberlo?

Angustiada por este pensamiento se quedó dormida, agotada por la larga caminata y su desfallecimiento general.

Cuando despertó el sol estaba ya sobre su cabeza, abrasándola. Sentíase maltrecha y dolorida, y su sed se había convertido en un tormento. Victoria exhaló un gemido, pero mientras éste brotaba entre sus resecos labios, se puso tensa escuchando con toda atención. Lejano, pero distinguible, llegó hasta ella el ruido de un automóvil. Con grandes precauciones alzó la cabeza. El coche no venía del pueblo, sino que iba hacia él. Eso significaba que no iba en su busca. Todavía era sólo un punto en la distancia. Procurando ocultarse todo lo posible, siguió observando cómo se acercaba. ¡Ojalá tuviera unos prismáticos!

Desapareció de su vista unos minutos en una depresión del terreno, luego volvió a verle no muy lejos remontando un altozano. Lo conducía un árabe y a su lado iba un hombre vestido a la europea.

«Ahora —pensó Victoria— debo decidir.»

¿Era ésta su oportunidad? ¿Debía correr hasta la carretera y detener el coche? Realmente no sabía qué hacer, pero al fin decidió que lo mejor era detenerle.

Cuando se disponía a hacerlo se detuvo asaltada por una duda repentina. Supongamos, sólo es una suposición, que fuese enemigo.

Al fin y al cabo, ¿cómo iba a saberlo? El camino era poco frecuentado. No pasó ningún otro animal, ni camión, ni tan sólo una reata de mulas. Aquel coche tal vez se dirigiera al pueblo que ella abandonara la noche anterior.

¿Qué hacer? Era una duda terrible. Si fuese el enemigo, sería su fin. Pero si no lo era, pudiera ser su única esperanza de salvación. Porque de seguir vagando como ahora, lo más probable era que muriese de sed e inanición. ¿Qué hacer?

Y mientras continuaba paralizada por la indecisión, el coche varió su ruta. Aminoró la marcha y tras abandonar la carretera se dirigió a campo traviesa hacia el montículo donde Victoria se había refugiado.

—¡La habían visto! ¡Iban en su busca!

Victoria se arrastró hacia la otra parte de la colina para esconderse. Oyó cómo el coche se paraba y el portazo que dio la persona que se apeó.

Luego oyó hablar en árabe. Después, nada. De repente, sin previo aviso, un hombre apareció ante su vista. Caminaba junto a la colina, de vez en cuando se agachaba para recoger algo del suelo. Lo que andaba buscando no parecía ser una muchacha llamada Victoria Jones. Por otra parte, era indiscutiblemente un inglés.

Con una exclamación de alivio, Victoria se puso en pie y fue derecha hacia él, que alzó la cabeza sorprendido.

—¡Oh! —le espetó Victoria—. Me alegro tanto de que haya venido...

—¡Qué diablos...! —comenzó—. ¿Es usted inglesa? Pero...

Con una carcajada Victoria se quitó el *aba* que la envolvía.

—Pues claro que soy inglesa —repuso—. Por favor, ¿puede llevarme a Bagdad?

—No me dirijo a Bagdad, sino que vengo de allí. ¿Pero qué diablos está usted haciendo sola en mitad del desierto?

—He sido raptada —contestó Victoria—. Fui a que me

lavaran la cabeza y me dieron cloroformo. Cuando desperté estaba en una casa árabe de un pueblo que está en esa dirección.

Y señaló el horizonte.

—¿En Mandalay?

—No sé cómo se llama. Me escapé ayer. Anduve toda la noche y luego me oculté detrás de esta colina por si usted era un enemigo.

Su salvador la miraba con una expresión bastante curiosa. Era un hombre de unos treinta y cinco años, de cabellos oscuros y mirada recelosa. Su lenguaje era académico y preciso. Se había puesto los lentes y la miraba con cierto disgusto. Victoria comprendió que aquel hombre no creía ni una palabra de lo que estaba diciendo.

Y le acometió una sorda indignación.

—Es bien cierto. ¡Hasta la última palabra!

El desconocido la miró con más incredulidad todavía.

—Muy interesante —repuso con frialdad.

Victoria fue presa de la desesperación. Ella, que siempre consiguió hacer creer sus mentiras, al decir la verdad carecía del poder de la convicción.

—Si no tiene nada para beber me moriré de sed —le dijo—. Me moriré de sed de todos modos si me deja y se marcha sin mí.

—Naturalmente que no la dejaré, ni siquiera me ha pasado por la imaginación —repuso el desconocido—. No es muy conveniente para una inglesa el andar vagando sola por los despoblados. Cielo, tiene los labios completamente resecos. ¡Abdul!

—¿Sahib?

El conductor del automóvil apareció.

Después de recibir instrucciones en árabe corrió al coche, volviendo al poco rato con un termo y un vaso de baquelita.

Victoria bebió con avidez.

—¡Oh! Esto está mejor.

—Mi nombre es Richard Baker —le dijo el inglés.

—Y el mío Victoria Jones —y agregó haciendo un esfuerzo por recobrar el terreno perdido y conseguir reemplazar su incredulidad por un poco de atención—: Pauncefoot

Jones. Voy a reunirme con mi tío, el famoso doctor Pauncefoot Jones, en sus excavaciones.

—¡Qué coincidencia más extraordinaria! —repuso Baker mirándola sorprendido—. Yo también me dirijo a la excavación. Sólo está a unos veinte kilómetros de aquí. Soy la persona más adecuada para haberla encontrado, ¿no le parece?

Decir que Victoria quedóse estupefacta sería quedarse corto. Estaba completamente atónita. En silencio siguió a Richard hasta el coche.

—Supongo que es usted antropóloga —dijo Richard mientras la acomodaba en el asiento posterior—. He oído decir que vendría, pero no la esperaba tan pronto.

Estuvo unos momentos vaciando sus bolsillos de fragmentos de vasijas de arcilla, que ahora Victoria comprendía que fue lo que recogió del suelo junto al montículo.

—Lo encontré allí —dijo señalando la colina—. Pero no son nada del otro jueves por lo que puedo ver. La mayoría son fragmentos de vajilla asiria... Hay algunas bases circulares del período caldeo —sonrió al agregar—: Celebro ver que a pesar de sus apuros su instinto de arqueóloga le ha llevado hasta ese montículo.

Victoria abrió la boca para decir algo, pero la volvió a cerrar. El conductor puso el coche en marcha y partieron.

Bueno, después de todo, ¿qué podría decir? La verdad era que la desenmascararían en cuanto llegasen a la casa de la expedición... Pero era mucho mejor que fuese allí, y confesar sus invenciones, que tener que decírselo todo a míster Richard Baker en mitad del desierto. Lo peor que podían hacerle era enviarla a Bagdad, y de todas maneras, pensó la incorregible Victoria, tal vez antes de llegar allí se le ocurriera alguna cosa. Su fértil imaginación comenzó a trabajar activamente. ¿Y si fingiese haber perdido la memoria? Había salido de viaje con una joven que le había pedido... No, ciertamente, era mejor confesar toda la verdad. Pero preferiría mil veces hacerlo ante el doctor Pauncefoot Jones, fuese la clase de hombre que fuera, que ante Richard Baker con su modo de alzar las cejas y su evidente incredulidad ante la auténtica historia que le había contado.

—No pasaremos por Mandalay —dijo Richard Baker, volviéndose desde el asiento delantero—. Nos desviaremos del camino para atravesar el desierto a dos kilómetros de aquí. Algunas veces es un poco difícil encontrar el lugar exacto sin ninguna señal.

Dirigió unas palabras a Abdul y el automóvil separóse de la carretera, yendo directamente hacia el desierto. Como no había ningún poste indicador, Richard Baker iba diciendo a Abdul: «Hacia la derecha... Ahora hacia la izquierda...». Al fin exclamó satisfecho:

—Ya estamos en el buen camino.

Victoria no veía camino alguno, pero pudo distinguir huellas de neumáticos.

Una vez las fueron encontrando más marcadas, Richard dio orden a Abdul de que detuviera el coche.

—Aquí puede admirar una vista muy interesante —dijo a Victoria—. Puesto que es nueva en el país, no debe haberla visto.

Dos hombres se acercaban al coche. Uno de ellos llevaba un banquito de madera sobre la espalda, y el otro un objeto del tamaño de un piano vertical.

Richard les llamó y ellos le saludaron con grandes muestras de alegría. Les ofreció cigarrillos y parecieron celebrar una agradable reunión.

Luego Richard se volvió a la muchacha.

—¿Le gusta el cine? Entonces asistirá a una representación.

Habló con los dos hombres, que sonrieron complacidos. Pusieron el banco en el suelo, indicando a Richard y Victoria que tomaran asiento. Montaron el aparato sobre una especie de soporte. Tenía un par de agujeros y al verlo Victoria exclamó:

—¡Qué curioso!

Victoria aplicó los ojos a ambos agujeros encristalados y uno de los hombres comenzó a hacer girar una manivela, mientras el otro entonaba un canto monótono.

—¿Qué es lo que dice? —quiso saber la muchacha.

Richard fue traduciendo el canturreo.

—Acérquese y prepárese para contemplar grandes maravillas. Prepárese para ver las maravillas de la Antigüedad.

Una escena a todo color de unos negros segando el trigo apareció ante los ojos de Victoria.

—Labradores en América —tradujo Richard.
Y luego:
—La esposa del gran Sha del mundo occidental —y la emperatriz Eugenia aparecía sonriente acariciándose un rizo. El palacio del rey en Montenegro. La gran Exposición.

Una curiosa y variada colección de vistas sucedíanse unas a otras sin más explicación, y otras veces anunciadas en los términos más extraños.

El príncipe consorte, Disraeli, los fiordos noruegos y patinadores en Suiza, completaban esta extraña visión del tiempo pasado.

La representación terminaba con las siguientes palabras:
—Y lo mismo le brindamos las maravillas de la Antigüedad en otros países y lugares lejanos. Esperamos que su donativo sea generoso para estar a la altura de las maravillas que han contemplado, pues todas ellas son ciertas.

Había terminado. Victoria sonrió encantada.
—¡Realmente ha sido *maravilloso*! —dijo—. Nunca lo hubiera creído.

Los propietarios del cine ambulante sonreían con orgullo. Victoria levantóse del banco, y Richard, que se hallaba sentado en el otro extremo, cayó al suelo en una posición nada académica. Victoria le pidió perdón, aunque en el fondo no lo sentía. Richard recompensó a los hombres del cine portátil, y tras varias reverencias deseándose mutuamente las mejores bendiciones del cielo, se marcharon; Richard y Victoria volvieron a subir al coche, mientras los dos hombres se adentraban en el desierto.

—¿Adónde van? —preguntó la joven.
—Viajan por todo el país. Primero les encontré en Trasjordania, venían por la carretera, desde el Mar Muerto hasta Amman. Ahora se dirigen a Kerbela, desde luego, por las rutas menos frecuentadas para dar representaciones en los pueblos más remotos.

—Tal vez alguien quisiera llevarles en su automóvil.
Richard echóse a reír.
—Probablemente no aceptarían. Una vez me ofrecí a llevar a un hombre que iba de Basrah a Bagdad andando. Le pregunté cuánto tiempo pensaba emplear y me dijo que un par de meses. Le dije que subiera en mi coche y que llegaría

aquella misma noche, pero dándome las gracias se negó. No le importaba andar dos meses. Aquí el tiempo no cuenta para nada. Cuando consiguen lo que se proponen sienten una curiosa satisfacción.

—Sí, me lo imagino.

—Los árabes encuentran muy difícil de comprender nuestro afán por hacer las cosas de prisa, y nuestra costumbre de ir directamente al grano en nuestras conversaciones les parece una falta de educación. Aquí se debe hablar de otras cosas durante una hora..., o si se prefiere, guardar silencio.

—Sería bastante curioso si lo hiciéramos así en las oficinas de Londres. Perderíamos muchísimo tiempo.

—Sí, pero vamos a la cuestión. ¿Qué es el tiempo? ¿Y qué significa perderlo? Ni se puede calibrar ni medir, es por eso que no se le concede importancia.

Victoria reflexionó sobre estos puntos. El automóvil seguía avanzando por el desierto con gran tranquilidad.

—¿Dónde está ese sitio? —preguntó al fin.

—¿La excavación de Aswad? En medio del desierto. Pronto veremos el zigurat. Entretanto, puede mirar a su izquierda. Allí... allí donde le señalo.

—¿Eso son nubes? —preguntó Victoria—. No pueden ser *montañas*.

—Pues lo son. Las montañas coronadas de nieve del Kurdistán. Sólo pueden verse cuando la atmósfera está muy clara.

Victoria sintióse invadir por un sentimiento muy parecido al ensueño. Si pudiera seguir viajando así para siempre... Si no fuese una embustera tan miserable... Se estremeció como un chiquillo atemorizado al pensar en lo que le aguardaba. ¿Cómo sería el doctor Pauncefoot Jones? ¿Alto, con una barba larga y gris y un ceño muy fiero? No importaba, por más temible que fuese, ya había engañado antes a Catherine, en La Rama de Olivo, y al doctor Rathbone.

—Ahí lo tiene —dijo Richard.

Y señaló ante sí. Victoria pudo distinguir como una protuberancia en el lejano horizonte.

—Parece como si estuviera a miles de leguas.

—¡Oh, no! Está a pocos kilómetros. Ya verá.

Y, ciertamente, la protuberancia fue agrandándose con

sorprendente rapidez. Primero parecía un montoncito, luego una colina y al fin una montaña excavada, en uno de cuyos lados se alzaba un edificio alargado construido con ladrillos de barro.

—La casa de la expedición —dijo Richard.

Saltaron del coche entre los ladridos de los perros. Criados vestidos de blanco salieron a saludarles muy sonrientes.

Después de cambiar los saludos de rigor, Richard le habló:

—Al parecer no la esperaban tan pronto. Pero en seguida le prepararán la cama y le llevarán agua caliente. Supongo que deseará lavarse y descansar. El doctor Pauncefoot Jones está arriba, en la excavación. Voy a reunirme con él. Ibrahim la acompañará.

Y se alejó mientras Victoria seguía al sonriente Ibrahim hasta la casa, cuyo interior le pareció oscuro viniendo del sol. Pasaron por una salita donde había varias mesas y algunos sillones, y luego, dando la vuelta a un patio, llegaron a una habitación con una ventana diminuta. En ella había una cama, una cómoda con varios cajones, una mesa con un jarro de agua y una silla. Ibrahim sonrió y volvió al poco rato con un gran jarro de agua caliente y una toalla áspera. Luego, con una sonrisa de disculpa, regresó con un espejo, que colgó de un clavo en la pared.

Victoria estaba contenta de poderse lavar.

—Supongo que debo tener un aspecto terrible —díjose para sí al acercarse al espejo.

Durante unos minutos estuvo contemplando su imagen sin comprender.

Aquélla no era ella..., no era Victoria Jones.

Y al fin cayó en la cuenta de que, aunque las facciones eran las mismas, su cabello era ahora rubio platino.

CAPÍTULO XIX

I

Richard encontró al doctor Pauncefoot Jones en las excavaciones, agachado junto al capataz y golpeando ligeramente con un pico muy pequeño un sector de una pared.

El doctor Pauncefoot Jones saludó a su colega con su despiste habitual.

—¡Hola, Richard, muchacho! ¿Ya has vuelto? Me figuraba que llegabas el martes. No sé por qué.

—Hoy es martes —dijo Richard.

—¿De veras? —dijo el doctor sin interés—. Ven aquí y dime lo que te parece esto. Están apareciendo estas paredes en muy buen estado y sólo hemos excavado un metro de profundidad. A mí me da la impresión de que aquí hay restos de pintura. Acércate y dame tu opinión. Yo creo que son muy prometedoras.

Richard se inclinó sobre la zanja y los dos arqueólogos se enfrascaron en cuestiones técnicas durante un cuarto de hora.

—A propósito —dijo Richard—. He traído una muchacha conmigo.

—Ah, ¿sí? ¿Qué clase de muchacha?

—Ella dice que es su sobrina.

—¿Mi sobrina? —míster Pauncefoot Jones abandonó por un momento la contemplación de las paredes de ladrillos de barro—. No creo que tenga ninguna sobrina —dijo pensativo, como si pudiera tener alguna y haberla olvidado.

—Creo que viene a trabajar con usted.

—¡Oh! —el rostro del doctor se iluminó—. Claro. Debe ser Verónica.

—Victoria creo que me dijo.

—Sí, sí, Victoria. Emerson me escribió desde Cambridge

comunicándomelo. Según tengo entendido, es una joven muy capaz. Es antropóloga. ¿Sabes por qué todo el mundo quiere ser antropólogo?
—Le oí decir que iba a venir una muchacha antropóloga.
—Pero si estamos empezando... Yo creía que no llegaría hasta dentro de quince días por lo menos, pero no leí la carta con demasiada atención, y luego se ha extraviado, así que no recuerdo lo que decía. Mi esposa llega la semana próxima..., o tal vez la otra... ¿Dónde debí poner *su* carta?... Y pensé que Venetia iba a venir con ella... Pero, claro, puedo estar equivocado. Bien, bien. Me atrevo a decir que va a sernos útil. Van a sacar muchos restos de cerámica.
—No le pasará nada raro a esta chica, ¿verdad?
—¿Raro? ¿En qué sentido? —el doctor Pauncefoot Jones le miró extrañado.
—Quiero decir si no habrá sufrido un shock nervioso, o algo por el estilo.
—Recuerdo que Emerson decía que estuvo trabajando mucho para conseguir un diploma o la graduación, pero no recuerdo que dijera nada de un shock. ¿Por qué?
—La recogí al lado de la carretera; estaba sola. Precisamente en aquel montículo que se encuentra a un kilómetro antes de dejar la carretera...
—Ya recuerdo. ¿Sabes?, una vez encontré un pedazo de cerámica Nuzu en ese montículo. Es verdaderamente extraordinario encontrarla tan al sur.

Richard rehusó el volver a los tópicos arqueológicos y continuó:

—Me ha contado una historia extraordinaria. Dice que fue a que le lavaran la cabeza y le dieron cloroformo, la raptaron, la llevaron a Mandalay y la encerraron en una casa de la que escapó por la noche... Es el galimatías más descabellado que he oído en mi vida.
—No parece muy verosímil —repuso Pauncefoot Jones meneando la cabeza—. Este país es muy tranquilo y hay muchos policías. Nunca fue más seguro que ahora.
—Exacto. Es evidente que ha inventado toda esa historia. Por eso le pregunté si había sufrido algún shock nervioso. Debe ser de esas chicas histéricas que creen que enamoran a

todo el mundo y que los médicos las asaltan. Nos va a dar mucho quehacer.

—Oh, espero que se calmará —repuso Pauncefoot Jones, optimista—. ¿Dónde está ahora?

—La dejé para que se lavara. No ha traído equipaje.

—¿No? Eso sí que es raro. ¡No pretenderá que le deje mis pijamas! Sólo tengo dos, y uno está ya muy viejo.

—Tendrá que arreglárselas como pueda hasta que venga el camión la semana próxima. Debo decir que me sorprende que no tuviera miedo... sola en el desierto.

—Las muchachas de ahora son muy extrañas —dijo el doctor Pauncefoot Jones—. Lo revuelven todo, lo que es muy molesto cuando uno quiere trabajar. Este sitio está lo bastante alejado para vernos libres de visitas, pero te sorprendería el saber cuántos coches y personas vienen cuando no tenemos tiempo de atenderles. ¡Cielos!, los hombres han dejado de trabajar. Debe ser ya hora de comer. Será mejor que volvamos a la casa.

II

Victoria, que estuvo aguardando muy nerviosa, encontró al doctor Pauncefoot Jones muy distinto de como le imaginara. Era un hombrecillo rechoncho, con la cabeza casi calva y unos ojillos parpadeantes. Ante su asombro se acercó a ella con las manos extendidas.

—¡Bien, bien, Venetia..., quiero decir, Victoria! ¡Qué sorpresa! Se me había metido en la cabeza que no vendrías hasta el mes que viene. Pero estoy encantado de verte. ¿Cómo está Emerson? Espero que no le molestará mucho el asma.

Victoria, reponiéndose de su asombro, repuso que había mejorado un poco.

—Se tapa demasiado la garganta —observó el doctor Pauncefoot Jones—. Es una grave equivocación. Se lo dije. Todos esos individuos que andan por las universidades están demasiado preocupados por su salud. No hay que pensar en ella... Así se conserva. Bueno, espero que te acomodes a tu gusto. Mi esposa llegará la semana que viene..., o la otra..., ¿sabes? La verdad es que debo encontrar *esa* carta. Richard me ha dicho que tu equipaje se ha extraviado. ¿Cómo vas a arreglártelas? No podemos enviar el camión hasta la semana próxima.

—Espero poder pasar sin él hasta entonces —repuso Victoria—. De todas maneras tendré que hacerlo...

El doctor se rió.

—Richard y yo no podemos dejarte gran cosa. Cepillo de dientes, sí. Tenemos una docena en el almacén..., y polvos de talco... Déjame pensar... Y algunos pares de calcetines y pañuelos. Me temo que no sea mucho.

—Me bastará —dijo Victoria sonriendo feliz.

—No hemos encontrado señales del cementerio —le advirtió el doctor—, pero han aparecido unas hermosas paredes y cantidades de trozos de cerámicas. Puede que consigamos unir algunos. De un modo u otro te daremos trabajo. No recuerdo si sabes revelar fotografías.

—Un poco —repuso aliviada, al oír mencionar un trabajo del que, al menos, tenía algún conocimiento.

—Bien, bien. ¿Sabes revelar las placas? Soy algo anticuado y todavía las uso. El cuarto oscuro es bastante rudimentario. Vosotros, los jóvenes, acostumbrados a todos los adelantos, a menudo encontráis muy molesto trabajar en estas condiciones.

—No me importa —repuso Victoria.

En el almacén de la expedición escogió un cepillo de dientes, un tubo de pasta dentífrica, una esponja y polvos de talco.

Su cabeza parecía una devanadera al tratar de comprender cuál era exactamente su posición. Estaba bien claro que la confundían con una chica llamada Venetia Nosécuantos, que iba a reunirse con la expedición y que era antropóloga. Victoria ni siquiera sabía lo que era eso. Si tuviera algún diccionario a mano, podría enterarse. La otra muchacha no era de esperar que llegase, lo más pronto, hasta la semana próxima. Muy bien; entonces, durante una semana..., o hasta que el camión fuese a Bagdad, Victoria sería Venetia Nosequé, ocupando su puesto lo mejor que pudiera. No temía al doctor Pauncefoot Jones, que era deliciosamente distraído, pero la puso muy nerviosa Richard Baker. Le disgustaba su modo de mirarla, y a menos de andar con mucho cuidado, descubriría su ficción. Por fortuna, había sido secretaria, por breve tiempo, de un Instituto Arqueológico en Londres, y aprendió algunas frases que habrían de serle muy útiles ahora, pero teniendo mucho cuidado para no cometer un desliz. Por suerte, pensó Victoria, los hombres se sienten tan superiores con respecto a la mujer, que cualquier error que cometa será una prueba más de lo ridículas e ineptas que son todas las mujeres sin ellos. Aquel intervalo le proporcionaría un respiro que bien lo necesitaba. Aunque desde el punto de vista de La Rama de Olivo su desaparición sería de lo más desconcertante. Había huido de su encierro, y lo sucedido después borraba todo rastro posible. El coche de Richard no pasó por Mandalay, así que nadie podía suponer que estuviera en la excavación Aswal. No, para ellos como si se hubiese desvanecido en el aire. Tal vez llegasen a la conclusión de que había muerto. Que se había extraviado en el desierto y fallecido de inanición.

Pues bien, que lo pensaran. Era posible, claro, que Edward pensara lo mismo. Bueno, que lo pensara también. En todo caso, no sería por mucho tiempo. Cuando le torturasen los remordimientos de haberle dicho que cultivara la amistad de Catherine... se presentaría ante él... de repente..., resucitada..., sólo que rubia en vez de morena.

Esto le hizo pensar por qué le habían teñido el cabello. Por alguna razón... Pero no podía comprender, aunque la matasen, cuál era. No iba a tardar en tener un aspecto muy curioso con el pelo rubio y las raíces negras. ¡Valiente rubia platino, sin polvos ni carmín en los labios! ¿Podría encontrarse otra muchacha en una situación más desgraciada? «No importa —pensó Victoria—. Estoy viva, ¿verdad? Y no veo por qué no puedo disfrutar un poco... por lo menos durante una semana.» Era divertido de veras encontrarse en una expedición arqueológica y ver cómo era. Si consiguiera representar su papel y no delatarse...

No fue fácil precisamente. Debía utilizar con sumo cuidado los nombres de personas, publicaciones, estilos arquitectónicos y clases de cerámica. Por fortuna, siempre se aprecia un buen oyente, y Victoria lo era para los dos hombres, y de este modo fue asimilando su jerga con facilidad, y llegó al poco tiempo a retener en su mente un gran número de términos arqueológicos.

Al quedarse sola en la casa leía como una desesperada. Contaba con una buena biblioteca de publicaciones arqueológicas, y pronto tuvo un conocimiento superficial de la materia. Sin darse cuenta, encontrábase encantada con aquella clase de vida. El té que le llevaban a su habitación cada mañana; luego salir a la excavación, ayudar a Richard a hacer las fotografías; pegar los trozos de cerámica, observar el trabajo de los obreros, apreciando la pericia y delicadeza de los técnicos...; escuchar divertida las canciones y risas de los chiquillos que vaciaban los cestos de tierra. Aprendió los períodos, a distinguir los distintos niveles donde se efectúan las excavaciones, y se familiarizó con el trabajo. Su único temor era que apareciese el cementerio. No había leído nada que le indicase qué hacer para trabajar en él como antropóloga. «Si encuentran huesos o alguna tumba —díjose Victoria—, tendré que pescar un resfriado muy fuerte... No, mejor un ataque al hígado... y meterme en la cama...»

Pero las tumbas no aparecieron. En su lugar fueron excavadas las paredes de un palacio. Victoria sentíase fascinada y no tuvo ocasión de demostrar ninguna aptitud o habilidad especial.

Richard Baker siguió mirándola inquisitoriamente algunas veces, y percibía su muda crítica, pero su trato era cordial y amistoso, y le divertía de veras ver su entusiasmo.

—Todo es nuevo para quien viene de Inglaterra —le dijo en cierta ocasión—. Recuerdo lo emocionado que estaba en mis primeros tiempos.

—¿Hace mucho de eso?

—Bastante. —Sonrió—. Quince, no; dieciséis años atrás.

—Debe conocer muy bien este país.

—¡Oh!, no estuve sólo aquí, sino en Siria... y Persia también.

—Habla muy bien el árabe, ¿verdad? ¿Si se vistiese como ellos podría pasar por árabe?

—¡Oh, no! Hace falta algo más. Dudo de que ningún inglés haya sido capaz de pasar por árabe..., quiero decir, por mucho tiempo.

—¿Nadie lo ha conseguido?

—No, el único hombre que conozco prácticamente indiscernible de los nativos es un individuo que ha nacido en estas

165

latitudes. Su padre fue cónsul en Kashgar y de otros lugares remotos. Desde niño habla toda clase de dialectos y creo que después también.

—¿Qué le sucedió?

—Le perdí de vista al salir del colegio. Estudiábamos juntos. Solíamos llamarle Fakir, porque podía sentarse muy quieto y sumirse en una especie de trance. Ignoro lo que hace ahora... aunque soy un buen adivino.

—¿No volvió a verle después de salir del colegio?

—Por extraño que parezca, le vi hace tan sólo unos días en Basrah. Y en circunstancias bastante extrañas.

—¿Extrañas?

—Sí. *Yo no le reconocí.* Iba vestido como un árabe, con un *keffiyah*, una túnica rayada y sobre ésta una vieja cazadora de las usadas en el ejército. Llevaba una ristra de cuentas que llevan los árabes algunas veces, y las hacía sonar al pasarlas entre los dedos según la religión ortodoxa...; sólo que utilizó la clave del ejército. Morse. Me estaba dirigiendo un mensaje... ¡a *mí*!

—¿Qué le contaba?

—Mi nombre..., mejor dicho, mi apodo..., el suyo, y luego que estuviera alerta, pues iba a ocurrir algo.

—¿Y ocurrió?

—Sí. Cuando él se levantó para salir, un viajante de comercio, de aspecto tranquilo y nada sospechoso, sacó un revólver. Yo le golpeé para desviar el arma... y Carmichael pudo escapar.

—¿Carmichael?

Él volvió la cabeza en redondo al notar la ansiedad de su tono.

—Ése es su verdadero nombre. ¿Por qué...? ¿Le conoce?

Victoria pensó para sí: «Qué extraño parecería si le dijera: "Murió en mi cama"».

—Sí —repuso despacio—; le conocí.

—¿Por qué emplea el pasado? ¿Es... que...?

—Sí. —Victoria asintió con un movimiento de cabeza—. Ha muerto.

—¿Cuándo?

—Fue en Bagdad. En el Hotel Tio. —Y agregó con rapidez—: Lo ocultaron... Nadie lo sabe.

—Ya comprendo. Se trataba de esa clase de asuntos. Pero usted... —la miró—, ¿cómo lo sabe?
—Me vi mezclada... por casualidad.
Baker la miraba atentamente, y Victoria le preguntó de improviso:
—En el colegio le llamaban Lucifer, ¿verdad?
Richard pareció sorprendido.
—¿Lucifer? No. Me llamaban Mochuelo... porque siempre llevaba lentes.
—¿No conoce a nadie a quien llamen Lucifer... en Basrah?
Richard negó con la cabeza.
—Lucifer. Sol de la mañana... el ángel caído... ¿O tal vez se refiere a aquellas cerillas antiguas?
Richard no dejaba de observarla, pero Victoria, con el ceño fruncido, estaba pensativa.
—Quisiera que me dijera, exactamente, lo que sucedió en Basrah.
—Ya se lo he dicho.
—No. Quiero saber solamente dónde estaba usted al ocurrir...
—¡Ah, ya! Pues en la sala de espera del Consulado. Estaba esperando para ver a Clayton, el cónsul.
—¿Y quién más estaba allí? Ese viajante de comercio, Carmichael... ¿y alguien más?
—Un par de hombres, un francés o asirio delgado y moreno, y un viejo... persa, diría yo.
—Y el viajante de comercio sacó el revólver y usted le contuvo mientras Carmichael escapaba... pero, ¿cómo?
—Primero se dirigió al despacho del cónsul... Está al otro extremo de un pasillo que da al jardín...
Victoria se interrumpió.
—Lo sé. Estuve allí un par de días. A decir verdad, cuando yo llegué usted se acababa de marchar.
—¿De veras? —Otra vez la miraba con suma atención. Pero Victoria no se dio cuenta. Veía ante sus ojos el pasillo del Consulado, pero con la puerta abierta... por la que se contemplaban los árboles y la luz del sol.
—Pues bien, como le decía, Carmichael primero tomó esa

dirección, pero luego giró en redondo y salió a la calle. Ésa fue la última vez que le vi.

—¿Y qué pasó con el viajante de comercio?

Richard se encogió de hombros.

—Tengo entendido que contó no sé qué historia de haber sido atacado y robado por un hombre la noche anterior y que había creído reconocer a su asaltante en el árabe del Consulado.

—¿Quién se hospedaba en el Consulado cuando estuvo usted?

—Un individuo llamado Crosbie... de la Compañía de Petróleos. Nadie más. ¡Oh, sí!, pero creo que había otro huésped llegado de Bagdad, pero no le vi. No puedo recordar su nombre.

«Crosbie», pensó Victoria. Recordaba al capitán Crosbie, su figura rechoncha y su conversación altisonante. Una persona muy ordinaria. Un hombre decente, pero sin *finesse*. Y Crosbie estuvo en Bagdad la noche que Carmichael llegó al Tio. ¿No podría ser que Carmichael hubiese visto la silueta de Crosbie recortada contra la luz del sol, y por eso hubiese cambiado de dirección y salido a la calle en lugar de intentar ganar el despacho del cónsul general?

Estuvo unos momentos absorta en estas reflexiones y se sobresaltó como un ser culpable al darse cuenta de la atención con que Richard la observaba.

—¿Por qué quiere saber todo esto? —le preguntó Baker.

—Me interesa.

—¿Alguna otra pregunta?

—¿Conoce a alguien llamado Lefarge?

—No... creo que no. ¿Hombre o mujer?

—No lo sé.

Seguía pensando en Crosbie. ¿Crosbie? ¿Lucifer?

¿Sería Crosbie el equivalente de Lucifer?

Aquella noche, cuando Victoria hubo dado las buenas noches a los dos hombres para irse a la cama, Richard le dijo al doctor Pauncefoot Jones:

—¿Podría echar un vistazo a esa carta de Emerson? Me gustaría saber con exactitud lo que dice de esta chica.

—Claro, querido colega, claro. Debe de estar en alguna parte. Recuerdo que hice unas anotaciones en la parte de atrás. Hablaba muy bien de Veronica... lo recuerdo perfectamente... Decía que era inteligentísima. A mí me parece encantadora. Ha sido muy discreta al conformarse con la pérdida de su equipaje. Cualquier otra muchacha hubiera insistido en que la llevásemos a Bagdad al día siguiente para comprar otro equipo. Es lo que yo llamo una chica valiente. A propósito, ¿cómo pudo perderlo?

—Le dieron cloroformo, fue secuestrada y encarcelada en una casa y custodiada por unos nativos —repuso Richard impasible.

—Dios mío, sí, eso me dijo usted. Ahora lo recuerdo. Todo *bastante absurdo*. Eso me recuerda... ¿Qué es lo que me recuerda? ¡Ah, sí! A Elizabeth Canning, claro. Apareció diciendo que había estado perdida durante quince días..., habló de unos gitanos, si es ése el caso a que me refiero. Y era una joven tan sencilla que no parecía probable que hubiese un hombre de por medio. En cuanto a Victoria... Veronica... nunca le acierto el nombre... es muy bonita. Es muy probable que sí haya un hombre en su caso.

—Lo sería más si no se tiñera el pelo —dijo Richard secamente.

—¿Se lo tiñe? Vaya. ¡Qué entendido eres en estas cosas!

—Y volviendo a la carta de Emerson, señor...

—Claro... claro. No tengo idea de dónde la habré metido. Pero busca por donde quieras..., estoy deseando encontrarla por las notas al dorso...

CAPÍTULO XX

Al día siguiente por la tarde, el doctor Pauncefoot Jones profirió una exclamación de disgusto al oír el lejano rumor del motor de un automóvil. Cuando pudo localizarlo vio que avanzaba por el desierto en dirección a la excavación.

—¡Visitas! —dijo con rabia—; y en el peor momento. Quiero vigilar el desenterramiento del rosetón pintado de la esquina nordeste. Seguro que serán algunos idiotas de Bagdad con mucha palabrería y la esperanza de que les enseñemos todos los lugares de las excavaciones.

—Ahora es cuando Victoria puede sernos útil —dijo Richard—. ¿Ha oído, Victoria? Le corresponde acompañarles personalmente.

—Seguramente lo diré todo mal. Ya sabe que tengo poca experiencia —repuso Victoria.

—Yo creo que lo hace usted muy bien —dijo Richard, complacido—. Las observaciones que hizo esta mañana sobre los ladrillos preconvexos parecían salidas de un libro de Delongaz.

Victoria cambió de color resolviendo emplear su erudición con más cuidado. Algunas veces la mirada inquisitiva de Richard la ponía nerviosa.

—Haré lo que pueda —dijo con humildad.

—Dejamos todas las tareas desagradables para usted —comentó Baker.

Victoria sonrió.

Era cierto que sus actividades durante los últimos cinco días le habían sorprendido no poco. Había revelado placas con agua filtrada por medio de algodón en rama y a la luz de un farol rudimentario, en cuyo interior había una vela que siempre se apagaba en el momento más crítico. La mesa del cuarto oscuro era una caja de embalaje, y para trabajar tenía que agacharse, o ponerse de rodillas... y el propio cuarto, como Richard observó, un modelo moderno de la famosa comodidad medieval.

—Tendremos algunas mejoras la próxima temporada —le aseguró el doctor Pauncefoot Jones—, pero de momento necesitamos hasta el último penique para pagar a los obreros y conseguir algún resultado.

Las cestas con trozos de cerámica la regocijaron al principio (aunque tuvo buen cuidado de no demostrarlo). ¿Para qué servían aquellos montones de cacharros rotos?

Luego, cuando encontraba piezas que coincidiesen, las unía y las depositaba en cajas con arena, y fue tomando interés. Aprendió a conocer las formas y estilos, y a tratar de reconstruir en su mente las escenas ocurridas unos tres mil años atrás y en las que se emplearon aquellas vasijas. En la reducida área de casas humildes que habían descubierto dibujaba su aspecto original y la gente que vivió en ellas, imaginado sus deseos, sus posesiones y sus quehaceres, sus esperanzas y sus temores. Puesto que no le faltaba imaginación, no le costaba mucho esfuerzo. Un día que encontraron un ánfora empotrada en una pared, y en su interior media docena de pendientes de oro, sintióse sobrecogida.

—Probablemente debió ser la dote de alguna muchacha —dijo Baker sonriendo.

Platos llenos de trigo, pendientes de oro que se guardaron como dote, agujas de hueso, molinos de mano, morteros, figurillas y amuletos. Todo usado en la vida cotidiana, representando las esperanzas y temores de una comunidad sencilla y sin importancia.

—Por eso lo encuentro tan fascinante —le dijo a Richard—. ¿Sabe? Yo siempre creí que en arqueología sólo importaban las tumbas reales y los palacios. Como los de los reyes de Babilonia —agregó con una extraña sonrisa—. Pero me gusta tanto todo esto porque se refiere a gente sencilla... como *yo*. Mi San Antonio que me encuentra las cosas que pierdo..., un cerdito de porcelana que compré... y un tazón muy bonito, azul por dentro y blanco por fuera, que utilizo para hacer pasteles. Se me rompió el nuevo y no se parece nada al otro. Ahora comprendo por qué esas gentes com-

171

ponían sus platos y tazas predilectos. La vida sigue siendo igual, ¿no es cierto? Lo mismo ahora que antes.

Pensaba todas estas cosas mientras los visitantes ascendían por un lado del montículo. Richard salió a su encuentro y Victoria fue tras él.

Se trataba de dos franceses aficionados a la arqueología que estaban haciendo una gira a través de Siria e Irak. Después de intercambiar los saludos protocolarios, Victoria les acompañó a visitar las excavaciones recitando como una cotorra lo que sabía, pero sin poder resistir la tentación de agregar algunos comentarios de su cosecha para hacerlo más excitante.

Observó que uno de los hombres tenía muy mal color y que les seguía sin interés. Al cabo de un rato le dijo que si mademoiselle quisiera excusarle se iría a la casa. No se encontraba bien desde la mañana... y el sol le hacía sentirse peor.

Y dicho esto se dirigió a la casa de la expedición, mientras el otro explicaba que por desgracia se trataba de su *estómago*. No debía haber salido.

Una vez terminada la visita, el francés siguió charlando con Victoria, y el doctor Pauncefoot Jones, con aire hospitalario, les invitó a tomar el té antes de irse.

A lo cual el francés se negó. No debía demorar su partida, pues si anochecía no lograrían encontrar el camino. Richard Baker intervino en el acto, dándole la razón. Recogieron al amigo enfermo en la casa y el automóvil alejóse a toda velocidad.

—Me figuro que esto es sólo el principio —gruñó el doctor Pauncefoot Jones—. Ahora tendremos visitas todos los días.

Tomó un pedazo de pan árabe y lo cubrió con una espesa capa de mermelada de albaricoque.

Richard fue a su habitación una vez concluida la merienda. Tenía que contestar algunas cartas y escribir otras para entregar en su excursión a Bagdad, dispuesta para el siguiente día.

De pronto frunció el entrecejo. A pesar de no ser un hombre demasiado cuidadoso, acostumbraba a guardar sus trajes y papeles siempre en la misma forma, y comprendió en seguida que habían revuelto todos sus cajones. No habían sido los criados, de esto estaba seguro. Entonces debió de ser el visitante, que con el pretexto de no encontrarse bien, había ido a la casa y con toda tranquilidad había registrado su habitación. Se aseguró de que no faltaba nada. El dinero seguía intacto. Entonces, ¿qué es lo que buscaba? Su rostro se puso grave al considerar esta deducción.

Fue a la habitación donde guardaban los hallazgos. Sonrió..., nada había sido tocado. Entró en la salita. El doctor Pauncefoot Jones estaba en el patio con los obreros. Sólo Victoria se encontraba allí, absorta en la lectura de un libro.

Richard le dijo sin preámbulos:

—Alguien ha estado registrando y revolviendo mi habitación.

Victoria alzó los ojos, atónita.

—Pero, ¿por qué? ¿Y quién?

—¿No ha sido usted?

—¿Yo? —Victoria estaba indignada—. ¡Claro que no! ¿Para qué iba yo a revolver sus cosas?

—Entonces ha debido ser ese condenado forastero... El que se fingió indispuesto y vino a la casa —dijo después de dirigirle una mirada penetrante.

—¿Ha robado algo?

—No, nada.

—Pero, ¿para qué diablos iba nadie a...?

—Pensé que *usted* podría saberlo —la interrumpió.

—¿Yo?

—Bien, según *usted* dice, le han sucedido cosas bastante extrañas.

—¡Oh!, eso es cierto. —Victoria le miraba bastante sorprendida—. Pero no veo por qué habrían de registrar su habitación. Usted no tiene nada que ver con...

—¿Con qué?

Victoria no respondió, parecía absorta en sus pensamientos.

—Lo siento —dijo al fin—. ¿Qué decía? No le escuchaba.

Richard no repitió su pregunta, pero le hizo otra.

—¿Qué está leyendo?

—No tiene aquí muchas novelas para escoger. *Historia de*

173

dos ciudades, *Orgullo y prejuicio* y *El molino sobre el río*. Estoy leyendo *Historia de dos ciudades*.
—¿No lo había leído hasta ahora?
—No. Siempre pensé que Dickens debía ser aburrido.
—¡Vaya unas ideas!
—Lo encuentro muy conmovedor.
—¿Hasta dónde ha leído? —Richard miró por encima de su hombro, y leyó—: Y la tejedora contó uno.
—Ella es terrible —dijo Victoria.
—¿Madame Defarge? Sí, buen carácter. Aunque siempre me ha parecido muy problemático que pudiera hacerse una clave de nombres en una labor de punto. Pero desde luego, yo no sé hacer calceta.
—¡Oh, ya lo creo que es posible! —repuso Victoria considerando este caso—. Un punto liso, uno basta..., varios puntos de fantasía..., de vez en cuando un punto equivocado, o escapado. Sí, puede hacerse..., es un buen disfraz, naturalmente, porque da la impresión de que lo hicieron manos poco expertas que cometieron muchas equivocaciones...

Y de pronto, con la claridad de un relámpago, aparecieron en su mente dos cosas con la fuerza de una explosión. Un hombre... y una escena. El hombre con la vieja bufanda de lana tejida entre sus manos crispadas... la misma bufanda que había agarrado rápidamente y escondido en un cajón. Y un nombre: Defarge... no Lefarge... Defarge, madame Defarge.

Volvió a la realidad al oír a Richard que le decía:
—¿Ocurre algo?
—No... no, estaba pensando.
—Ya. —Richard alzó las cejas con ademán receloso.

«Mañana —pensó Victoria— iremos a Bagdad.» Mañana acabaría su respiro. Durante una semana gozó de seguridad, paz y tiempo para reponerse. Y había disfrutado enormemente. Tal vez soy algo cobarde —díjose Victoria—. Tal vez si hubiese hablado con despreocupación de las aventuras, pero la verdad era que no le había agradado demasiado vivirlas. Aquel aborrecible olor a cloroformo..., la sofocación, y se asustó mucho... muchísimo, en aquella horrible habitación cuando el árabe dijo: *Bukra*.

Y ahora debía volver a todo aquello, porque estaba empleada por míster Dakin..., pagada por míster Dakin... y debía ganárselo y dar la cara con valentía. Incluso quizá debiera volver a La Rama de Olivo. Estremecióse al recordar al doctor Rathbone y su inquisidora mirada. Ya le había advertido...

Puede que no fuese necesario volver. Tal vez el mismo míster Dakin lo considerara más prudente... ahora que la habían descubierto. Pero tendría que recoger su equipaje porque dentro de una de las maletas estaba la vieja bufanda roja. Lo había recogido todo cuando salió para Basrah. Una vez hubiese depositado la bufanda en manos de míster Dakin, puede que su tarea hubiese concluido, y que él le dijera como en las películas: «¡Oh! ¡Buen trabajo, Victoria!».

Al levantar la cabeza comprobó que Richard no dejaba de observarla.

—A propósito —dijo Baker—, ¿podrá tener preparado su pasaporte para mañana?

—¿Mi pasaporte?

Victoria consideró su posición. Era muy suyo el no haber decidido todavía su plan de acción con respecto a la expedición. Puesto que la verdadera Verónica (o Venetia) no tardaría en llegar de Inglaterra, era preciso retirarse de buen grado. Mas no se había planteado el problema de cómo hacerlo; si desaparecer simplemente o confesar su farsa y recibir la penitencia. Victoria siempre estaba dispuesta a adoptar la actitud expectante con la esperanza de que tal vez ocurriera algo.

—Pues —añadió sin querer comprometerse—, no estoy segura.

—Lo necesita, ya sabe, es por la policía del distrito —explicó Richard—. Toman el número, su nombre, edad, características personales, naturaleza, todo el conjunto. Como no tenemos su pasaporte creo que por lo menos debemos enviar su nombre y descripción. A propósito, ¿cuál es su apellido? Siempre la he llamado Victoria.

—Vamos —repuso Victoria—; sabe mi apellido tan bien como yo.

—Eso no es exacto —repuso Richard, y su sonrisa se convirtió en una mueca cruel—. *Yo sí lo sé.* Es *usted* la que no lo sabe.

Sus ojos no dejaban de mirarla a través de sus lentes.

—Claro que conozco mi apellido —exclamó Victoria.
—Entonces la desafío a que me lo diga ahora mismo.
Su voz se había puesto áspera y desabrida.
—De nada le va a servir seguir mintiendo —dijo Baker—. He descubierto su juego. Ha sido muy lista... Ha leído mucho y ha conseguido orientarse un poco..., pero esta clase de impostura no podía mantenerla mucho tiempo. Le he tendido trampas y usted ha caído en ellas. Le he traído vulgares trozos de tiestos y los ha aceptado como buenos. —Hizo una pausa—. Usted no es Venetia Savile. ¿Quién es usted?
—Ya se lo dije la primera vez que le vi. Soy Victoria Jones.
—¿La sobrina del doctor Pauncefoot Jones?
—No soy su sobrina, pero mi nombre es Jones.
—Me contó muchas otras cosas.
—Sí. ¡Y todas eran ciertas! Pero pude darme cuenta de que no me creía. Y eso me enfureció porque aunque algunas veces digo mentiras, a decir verdad bastante a menudo, lo que le dije entonces era verdad. Y por eso, para que mis palabras fueran más convincentes, le dije que mi apellido era Jones; ya lo había dicho en otras ocasiones y me fue bien. ¿Cómo iba a imaginar que iba usted a venir aquí?
—Debió ser un gran golpe para usted. Lo disimuló muy bien. Estaba más fresca que una lechuga.
—Pero en mi interior temblaba —atajó Victoria—. Sólo quise esperar a explicárselo aquí... donde por lo menos estaría a salvo.
—¿A salvo? —meditó unos momentos—. Escuche, Victoria, ¿es que esa increíble historia que me contó del cloroformo *era* cierta?
—¡Pues claro! ¿No comprende que si hubiera querido inventarla lo hubiese podido hacer mejor... y contarla mejor?
—Conociéndola un poco más, como la conozco ahora, veo la evidencia de su aserto. Pero debe admitir que a primera vista es una historia absurda.
—Pero *ahora* está dispuesto a creerla posible. ¿Por qué?
—Porque si como dice estuvo mezclada con la muerte de Carmichael... pues... puede que sea verdad.
—Así es como comenzó todo —dijo la muchacha.
Victoria le miró a los ojos.

—Será mejor que me lo cuente.
—Me estoy preguntando si puedo confiar en usted.
—¡Al revés se lo digo para que me entienda! ¿No se da cuenta de que yo he tenido graves sospechas de que hubiese venido aquí con un nombre falso para conseguir sonsacarme alguna información? Y tal vez sea *eso* lo que está haciendo.
—¿Quiere decir que usted sabe algo de Carmichael que *ellos* quisieran saber?
—*¿Quiénes* son ellos?
—Tendré que contárselo todo. No queda otro camino... y si usted es uno de *ellos* ya lo sabrá, así que no importa.

Y le refirió lo ocurrido la noche de la muerte de Carmichael, su entrevista con Dakin, su viaje a Basrah, su empleo en La Rama de Olivo, la hospitalidad de Catherine, la advertencia del doctor Rathbone y los acontecimientos que siguieron, incluyendo el enigma de su cabello teñido de rubio. Lo único que omitió fue la bufanda roja y madame Defarge.

—¿El doctor Rathbone? ¿Usted cree que está mezclado en todo esto? Pero, mi querida señorita, es un hombre muy importante. Es conocido en todo el mundo. Las suscripciones a sus ideas se extienden por todo el globo.
—¿No puede hacer esas cosas? —preguntó Victoria.
—Siempre le he tenido por un asno presuntuoso —repuso Richard, pensativo.
—Y eso también es un buen disfraz.
—Sí..., sí, supongo que sí. ¿Quién es ese Lefarge por el que me preguntó?
—Simplemente un nombre. ¿Conoce a Anna Scheele?
—¿Anna Scheele? No, nunca oí ese nombre.
—Es importante —dijo Victoria—, aunque no sé exactamente por qué. Está todo tan confuso...
—Vuélvame a contar —dijo Richard—; ¿quién es el hombre que la metió en todo esto?
—Edward... ¡Oh!, se refiere a míster Dakin. Creo que pertenece a una compañía de petróleos.
—¿Es un sujeto de aspecto cansado y de mirada ausente?
—Sí..., pero no. Quiero decir que no tiene la mirada ausente.
—¿Bebe?
—Eso dicen, pero yo no lo creo.

Richard la miró.

—¿Será esto cierto? ¿Es usted *real*? ¿Será usted la heroína perseguida o la perversa aventurera?

—Lo que importa es, ¿qué va a decirle al doctor Pauncefoot Jones de mí?

—Nada —contestó Richard—. No será necesario.

CAPÍTULO XXI

Partieron en dirección a Bagdad muy temprano. Victoria se sentía abatida. Al mirar la casa de la expedición que dejaban a sus espaldas, se le hizo un nudo en la garganta. Sin embargo, el traqueteo y los saltos del camión la distrajeron de todo lo que no fuese la tortura del momento. Le parecía extraño volver a pasar por aquella carretera, así la llamaban, cruzándose con camiones polvorientos y burros de carga. Tardaron casi tres horas en llegar a las afueras de Bagdad. El camión les dejó en el hotel Tio y en él se fueron el conductor y el cocinero a hacer todas las compras necesarias. Encontraron un enorme montón de cartas para el doctor Pauncefoot Jones y Richard. Marcus apareció en seguida, corpulento y sonriente, dando la bienvenida a Victoria con su cordialidad habitual.

—¡Ah! —le dijo—. Hace mucho tiempo que no la veo. No ha venido por mi hotel desde hace una semana... dos semanas. ¿Qué me cuenta? Hoy comerá aquí, tendrá todo lo que desee. ¿Pollitos tiernos? ¿Carne asada? Lo único que no tengo es pavo relleno con arroz y guisado a mi modo especial, porque tiene que encargarlo con un día de antelación.

Por lo visto, en el hotel Tio nadie había notado la desaparición de Victoria. Posiblemente, Edward, aconsejado por míster Dakin, no habría dado parte a la policía.

—¿Sabe si está en Bagdad míster Dakin, Marcus? —le preguntó.

—Míster Dakin... ¡Ah, sí!, un hombre muy agradable..., claro, es amigo suyo. Estuvo aquí ayer..., no, anteayer, y el capitán Crosbie, ¿le conoce? Un amigo de míster Dakin. Llegó hoy de Kermanshah.

—¿Sabe dónde tiene su oficina míster Dakin?

—Desde luego. Todo el mundo conoce la Compañía de Petróleos Iraki Iranian.
—Bien. Quiero ir allí ahora. En taxi, pero con la seguridad de que el taxista sabe a dónde me lleva.
—Yo mismo se lo diré —dijo Marcus cortésmente.
La acompañó hasta la entrada donde gritó como tenía por costumbre. Un botones acudió corriendo para buscar el taxi. Luego la acompañó hasta él dando la dirección al taxista y, apartándose, le dijo adiós con la mano.
—Y quisiera una habitación. ¿Puede darme alguna? —preguntó Victoria sacando la cabeza por la ventanilla.
—Sí. Le preparé una preciosa y un asado especial para esta noche... muy especial... y un poco de caviar. Y antes beberemos algo.
—¡Maravilloso! —repuso la joven—. ¡Oh, Marcus! ¿Puede prestarme algún dinero?
—Desde luego, querida. Aquí tiene. Tome lo que necesite.
El taxi arrancó dando una sacudida y Victoria cayó hacia atrás sobre el asiento apretando entre sus manos un montón de billetes y monedas.
Cinco minutos más tarde entraba en las oficinas de la Iraki Iranian, Compañía de Petróleos, y preguntaba por míster Dakin.
Míster Dakin estaba escribiendo inclinado sobre su mesa de despacho. Se levantó para estrecharle la mano.
—Miss... er... Miss Jones, ¿verdad? Trae café, Addullah.
Cuando la puerta a prueba de ruidos se hubo cerrado tras el empleado, le dijo:
—No debía haber venido aquí, ya lo sabe.
—Tenía que hacerlo —repuso Victoria—. Hay algo que tengo que decirle en seguida... antes de que me pase algo más.
—¿Es que le ha ocurrido algo?
—¿No lo sabe? —preguntó Victoria—. ¿Es que Edward no se lo ha dicho?
—Según mi entender, usted sigue trabajando en La Rama de Olivo. Nadie me dijo nada.
—¡Catherine! —exclamó Victoria.
—No la entiendo.

—¡Esa gata de Catherine! Apuesto a que debe haberle contado cualquier cosa y el tonto se lo ha creído completamente.

—Bueno, oigamos qué es eso —dijo Dakin—. Er... si me lo permite —sus ojos miraban la rubia cabeza de la joven—. La prefería morena.

—Eso es parte del asunto.

Llamaron a la puerta y el criado entró con dos tacitas de café. Cuando se hubo marchado, Dakin dijo:

—Ahora tómese todo el tiempo que quiera y explíquemelo todo. Nadie puede oírnos.

Victoria se dispuso a relatarle sus aventuras. Como siempre que hablaba con Dakin, procuró ser coherente y escueta. Concluyó explicando deducciones sobre la bufanda roja que dejó caer Carmichael y su asociación con madame Defarge.

Entonces miró ansiosamente a su interlocutor.

Al entrar le pareció más cansado y angustiado que nunca. Ahora vio brillar una lucecita en sus ojos.

—Debería leer a Dickens más a menudo.

—¿Entonces cree que tengo razón? ¿Le parece que *sería* Defarge lo que dijo... y que pueda haber un mensaje en la bufanda?

—Creo que esto es la primera pista verdadera que tenemos... y tenemos que agradecérselo a usted. Pero lo importante es la bufanda. ¿Dónde está?

—Con todas mis cosas. Aquella noche la metí en un cajón... y cuando hice las maletas recuerdo que lo recogí todo sin dejar nada.

—¿Y nunca lo dijo a nadie... *absolutamente a nadie* que esa bufanda había pertenecido a Carmichael?

—No, porque lo olvidé. La metí en una maleta con otras cosas cuando fui a Basrah, y no he vuelto a abrirla desde entonces.

—Así, pues, no habrá ocurrido nada. Aunque hubiesen registrado sus cosas, no habrían dado importancia a una vieja bufanda de lana, a menos que estuviesen sobre aviso, lo que, según mi opinión, es imposible. Ahora lo que hay que hacer es que recojan sus maletas y que se las manden; y a propósito, ¿tiene dónde hospedarse?

—He tomado una habitación en el Tio.

—Es el mejor sitio para usted.

—Tendré que..., ¿quiere usted que vuelva a La Rama de Olivo?

—¿Tiene miedo?

Victoria alzó la cabeza.

—No —bufó a modo de desafío—. Iré si usted quiere.

—No creo que sea necesario... ni prudente. No sé cómo, pero presumo que conocen mis actividades. Y por lo tanto no podría averiguar nada más, así que será mejor que no vaya.

—O de otro modo —agregó— la próxima vez que la vea puede que la hayan convertido en pelirroja.

—Eso es lo que quisiera saber por encima de todo. ¿Por qué me tiñeron el pelo? Lo he pensado y repensado y no veo la explicación. ¿Y usted?

—Sólo se me ocurre la fúnebre posibilidad de que lo hicieran para que no pudiesen identificar su cadáver.

—Pero si querían convertirme en fiambre, ¿por qué no lo hicieron en seguida?

—Ésa es una pregunta muy interesante, Victoria. Es la pregunta que quisiera poder contestar más que nada.

—¿No tiene alguna idea?

—No, tengo la corazonada —repuso Dakin con una ligera sonrisa.

—Hablando de corazonadas. ¿Recuerda que le dije que había algo raro en sir Rupert Crofton Lee cuando le vi en el hotel Tio?

—Sí.

—Usted no le conocía personalmente, ¿verdad?

—No, nunca nos habíamos visto.

—Me lo figuraba, porque, ¿sabe?, *no era* sir Rupert Crofton Lee.

Y volvió a hacer un relato de sus impresiones, comenzando por el forúnculo incipiente en el cuello de sir Rupert.

—Así que fue de ese modo como lo hicieron —dijo Dakin—. No comprendía *cómo* Carmichael pudo estar tan distraído para dejarse asesinar aquella noche. Fue confiado a ver a Crofton Lee... y Crofton Lee le apuñaló pero pudo escapar y entrar en su habitación antes de fallecer. Se asió a la bufanda... y no la soltó hasta verse morir.

—¿Cree usted que me raptaron por creer que iba a venir a contárselo a usted? Pero no lo sabía nadie más que Edward.

—Me figuro que pensaron que debían borrarla del mapa lo más rápidamente posible. Estaba demasiado enterada de lo que ocurría en La Rama de Olivo.

—El doctor Rathbone me previno —dijo Victoria—. Fue más bien una amenaza que un aviso. Creo que comprendió que yo no era lo que aparentaba.

—Rathbone no es tonto.

—Celebro no tener que volver allí. He querido ser valiente, pero la verdad es que estoy bastante asustada. Sólo que si no voy a La Rama de Olivo, ¿cómo voy a ponerme en contacto con Edward?

—Si Mahoma no va a la montaña, la montaña irá a Mahoma. Escríbale una nota ahora mismo. Dígale que está en el Tio y pídale que vaya a recoger sus vestidos y equipaje y que se los lleve allí. Esta mañana voy a consultar al doctor Rathbone acerca de una de las veladas de su club. No me será difícil poner la noticia en manos de su secretario, así no habrá peligro de que Catherine, su enemiga, la extravíe. Y usted, vuelva al Tio y espere... y... Victoria...

—Diga.

—Si se encuentra en algún apuro, sea de la clase que sea, haga lo que pueda para salir de él. Sus adversarios son muy poderosos, y desgraciadamente usted sabe muchas cosas. Nosotros la vigilaremos todo cuanto sea posible. Una vez tenga su equipaje en el hotel Tio, sus obligaciones conmigo han terminado. ¿Comprende?

—Iré directamente al Tio —dijo Victoria—. Por lo menos me pondré polvos y podré pintarme los labios. Después de todo...

—Después de todo —repuso Dakin— no debe encontrarse con su novio completamente desarmada.

—Eso no me importaba mucho cuando estaba con Richard Baker, aunque me gustaría que supiera que puedo parecer bonita si me lo propongo. Pero Edward...

CAPÍTULO XXII

Con sus cabellos rubios primorosamente peinados, la nariz empolvada y los labios recién pintados, Victoria se sentó en la terraza del Tío, una vez más, representando el papel de moderna Julieta en espera de su Romeo.

Y a su debido tiempo llegó Romeo, mirando a un lado y a otro.

—Edward —llamó Victoria.

El muchacho alzó la cabeza.

—¡Oh, estás ahí!

—Sube.

—En seguida.

Momentos después llegaba a la desierta terraza.

—Aquí hay más tranquilidad —le dijo Victoria—. Luego bajaremos para dejar que Marcus nos invite a unas copas.

Edward la miraba perplejo.

—Oye, Victoria, ¿qué le ha pasado a tu pelo?

—Si alguien vuelve a mencionar mis cabellos —repuso Victoria tras un suspiro exasperado—, creo que le voy a machacar los sesos.

—Me parece que estabas mejor antes.

—¡Díselo a Catherine!

—¿Catherine? ¿Qué tiene ella que ver?

—Mucho. Tú me dijiste que intimase con ella, lo hice, y supongo que no tienes la menor idea de lo que me pasó.

—¿Dónde has estado durante todo este tiempo, Victoria? Me tenías inquieto.

—¿Ah, sí? ¿Dónde creías que estaba?

—Pues Catherine me dio tu recado. Me dijo que le habías encargado que me dijera que tuviste que salir para Mosul con urgencia. Se trataba de algo muy importante y de buenas noticias, y que ya sabría de ti a su debido tiempo.

—¿Y tú le creíste? —preguntó Victoria con voz compasiva.

—Creí que estabas sobre alguna pista. Y es natural que no pudieses decirle mucho a Catherine.

—¿Y no se te ocurrió la posibilidad de que Catherine estuviese mintiendo, y que a mí me hubieran dado un golpe en la cabeza?

—¿Qué? —Edward estaba asombrado.

—Me suministraron una droga... cloroformo... estuve a punto de morir de hambre...

Edward miró a su alrededor.

—¡Cielo santo! Nunca imaginé... Escucha, no me gusta que hablemos aquí. Hay muchas ventanas. ¿No podríamos ir a tu habitación?

—Está bien. ¿Trajiste mi equipaje?

—Sí. El portero me ha ayudado a bajarlo del coche.

—Porque cuando una no se ha cambiado de vestido en quince días...

—Victoria, ¿qué ha ocurrido? Ya sé... tengo el coche abajo. Vámonos a Devonshire. ¿No has estado nunca allí, verdad?

—¿Devonshire? —Victoria le miraba sorprendida.

—Oh, es sólo el nombre de un lugar no lejos de Bagdad. En esta época del año está precioso. Vamos. Hace años que no estamos juntos.

—Desde que fuimos a Babilonia. ¿Pero qué dirá el doctor Rathbone y La Rama de Olivo?

—Al diablo el doctor Rathbone. Ya estoy harto de ese viejo asno.

Bajaron la escalera y se encaminaron al lugar donde había dejado su coche. Edward lo condujo hacia el sur de Bagdad por una amplia avenida. Luego serpentearon entre plantaciones de palmeras y puentes de regadío. Al fin, de un modo inesperado, llegaron a un bosquecillo cruzado de arroyuelos. Los árboles, en su mayoría almendros y albaricoqueros, comenzaban a florecer. Era un paraje idílico. Detrás del bosquecillo, a poca distancia, corría el Tigris.

Se apearon del coche y caminaron juntos bajo los árboles en flor.

—¡Es maravilloso! —dijo Victoria con un profundo suspiro—. Es como haber vuelto a Inglaterra, en primavera.

La brisa era suave y cálida. Se sentaron frente al tronco de un árbol caído bajo el dosel de florecillas rosadas.

—Ahora, cariño —pidió Edward—, cuéntame lo que te ha sucedido. Me he sentido tan desgraciado...

—¿Sí? —sonrió Victoria como en un sueño...

Y comenzó a hablar. De la chica peluquera, del olor de cloroformo y su lucha, de su despertar después de los efectos de una droga. De cómo había escapado y de su encuentro casual con Richard Baker, a quien dijo llamarse Victoria Pauncefoot Jones, su viaje a las excavaciones, y su casi milagrosa representación de una estudiante de arqueología recién llegada de Inglaterra.

Al llegar a este punto, Edward reía a carcajadas.

—¡Eres maravillosa, Victoria! Las cosas que piensas... o te inventas.

—Lo sé —repuso Victoria—. Mis tíos. El doctor Pauncefoot Jones y antes... el obispo.

Y en aquel preciso momento le vino a la memoria lo que quiso preguntar a Edward en Basrah cuando le interrumpió mistress Clayton diciéndoles que los refrescos estaban preparados.

—Hace tiempo que quería preguntarte cómo te enteraste de lo del obispo.

Sintió crisparse la mano sobre la suya. Y Edward repuso en seguida, demasiado pronto:

—Pues tú me lo dijiste, ¿no te acuerdas?

Victoria le miró. Era extraño, pensó más tarde, que un desliz tan infantil como aquél le hubiera descubierto.

Porque le había tomado por sorpresa. No tenía ninguna excusa preparada... su rostro indefenso quedó desenmascarado.

Y mientras le miraba todo fue cambiando hasta tomar forma, exactamente como ocurre en un calidoscopio, y comprendió la verdad. Tal vez no ocurriese tan de repente. Quizás en su subconsciente la pregunta: «¿Cómo sabe Edward lo del obispo?», había ido torturándola y acosándola hasta llegar a la única e inevitable respuesta... Edward no supo por ella lo del obispo de Llangow y las únicas personas que pudieron decírselo eran mistress o míster Hamilton Clipp. Mas no era posible que hubiesen visto a Edward cuando llegaron a Bagdad pues entonces él estaba en Basrah, luego debieron decírselo *antes* de salir de Inglaterra. Entonces debió saber también que Victoria iba a ir con ellos... y la maravillosa coincidencia no era, al fin y al cabo, tal coincidencia. Todo fue planeado de antemano.

Y mirando el rostro desenmascarado de Edward, supo de pronto lo que Carmichael quiso significar al decir Lucifer. Sabía que le habían visto aquel día en el pasillo del Consulado que daba al jardín. Y él a su vez vio aquel hermoso rostro que Victoria miraba ahora... porque era un rostro hermoso.

Lucifer, Sol de la mañana, ¿cómo caíste?

¡No fue el doctor Rathbone... sino Edward! Edward, que representaba un papel secundario de secretario, pero que era quien planeaba y dirigía, utilizando a Rathbone como pantalla... y Rathbone que la previno para que se marchase mientras pudiera...

Y al mirar aquel hermoso rostro malvado, todo su amor de adolescente se desvaneció, y supo que aquello que sintiera por Edward nunca fue amor, sino el mismo sentimiento que experimentaba años atrás por Humphrey Bogart y el duque de Edimburgo. Fue atracción. Y Edward nunca la había querido. Había utilizado su encanto y atractivo con tal naturalidad que ella cayó en sus redes sin la menor resistencia. Había sido una estúpida.

Es extraordinario las cosas que pueden pasar por la mente en unos segundos. No es necesario pensar. Se sabe. Tal vez porque, inconscientemente, desde el principio se tiene ese convencimiento...

Y al mismo tiempo su instinto de conservación —rápido, como todos los procesos mentales de Victoria— hizo que su rostro mantuviera una expresión ausente y distraída. Pues corría gran peligro. Sólo le quedaba una carta que jugar, y pronto.

—¡Lo sabías! —exclamó—. Supiste que iba a venir aquí. Tú debiste arreglarlo. ¡Oh, Edward, eres maravilloso!

Su rostro, aquel rostro tan impresionable, reflejó solamente rendida adoración. Y obtuvo por respuesta... su sonrisa de alivio. Casi podía oír a Edward decirse a sí mismo: «¡Pobre tontuela! ¡Se lo tragó todo! ¡Puedo hacer lo que quiera con ella!».

—¿Pero cómo pudiste arreglarlo? —le dijo—. Debes tener mucha influencia. Debes ser muy distinto de lo que aparentas. Eres... como dijiste el otro día... eres un rey de Babilonia.

Pudo ver el orgullo reflejado en su rostro. El poder, la fuerza, la belleza y crueldad que habían estado ocultas tras su apariencia de joven modesto.

«Y yo sólo soy una esclava cristiana», pensó Victoria. Y rápida y ansiosa le preguntó como toque final (y nadie sabe lo que le costó a su orgullo)...

—Pero tú *me quieres*, ¿no es cierto?

Apenas podía disimular su desprecio. Aquella tonta... ¡como todas! ¡Qué fácil era hacerles creer en su amor, eso era lo único que les importaba! ¡No tenían idea de la grandeza de la construcción de un mundo nuevo, sólo pedían amor! Eran esclavas, y como tales las utilizaba para realizar sus fines.

—Claro que te quiero —le dijo.

—¿Pero qué significa todo esto? Dime, Edward. Haz que lo comprenda.

—Es un mundo nuevo, Victoria. Un mundo nuevo que surgirá de entre los ingentes montones de ruinas y cenizas del viejo.

—Explícamelo.

Él habló, y a pesar suyo, Victoria sentíase llevar de sus sueños. Todo lo viejo debía destruirse. Los hombres agarrados a sus conveniencias, impidiendo el progreso. Los estúpidos comunistas, intentando establecer su paraíso marxista. Habría una guerra total... una destrucción completa... y entonces... surgiría el nuevo Paraíso y el nuevo Mundo. El reducido grupo de seres escogidos, científicos, creyendo en su destino de superhombres. Cuando la destrucción hubiera hecho su obra, entonces ellos comenzarían la suya.

Era una locura... pero una locura constructiva. Muy posible en un mundo desintegrado y destrozado.

—Pero piensa en toda esa gente que moriría primero —le dijo Victoria.

—Tú no lo comprendes —repuso Edward—. Eso no importa.

No importa... ése era su credo. Y de pronto, sin saber por qué, cruzó por la mente de Victoria el recuerdo de un tazón de cerámica, reconstruido, de más de tres mil años de existencia. Ésas son las cosas que importaban... los detalles cotidianos, la familia para quien se cocina, las cuatro paredes que encierran la casa, las queridas propiedades. Los miles de gentes sencillas de toda la tierra, ocupándose en sus problemas, arando la tierra, haciendo cacharros, educando a sus hijos, riendo, llorando, levantándose por la mañana y acostándose por la noche. *Esas* gentes eran las que importaban, no los ángeles de rostro perverso que querían hacer un mundo nuevo y que no se angustiaban por el daño que causaban a los demás.

Y con gran cuidado, pues allí en Devonshire, la muerte no debía andar muy lejos, le dijo:

—*Eres* maravilloso, Edward. ¿Pero yo? ¿Qué puedo hacer?

—¿Quieres colaborar? ¿Crees en todo esto?

—Sólo sé que creo en ti —contestó—. Todo lo que tú me digas que haga haré, Edward.

—Buena chica.

—¿Pero cómo te las arreglaste para hacer que yo viniera aquí? Debe haber alguna razón.

—Pues claro que la hay. ¿Recuerdas que aquel día te hice una fotografía?

—Sí.

«Y yo, tonta, ¡cómo me envanecí!», díjose para sí.

—Me había llamado la atención tu perfil por su semejanza con el de otra persona. Te hice la foto para asegurarme.

—¿A quién me parezco?

—A una mujer que está dando mucho quehacer... Anna Scheele.

—Anna Scheele. —Victoria le miraba sorprendida. No era aquello lo que esperaba—. Quieres decir... ¿que se parece a mí?

—De un modo sorprendente, vista de lado. Las facciones

de perfil son las mismas. Y hay otra cosa más extraordinaria todavía, tú tienes una pequeña cicatriz en el labio superior... en la parte izquierda...

—Lo sé. Me caí sobre un caballito de hojalata cuando era pequeña. Tenía unas orejas muy agudas, y me corté. No se nota mucho... cuando me pongo polvos.

—Anna Scheele tiene una señal en el mismo sitio. Ése es un dato de mucha importancia. Tienes su misma altura... ella tendrá cuatro o cinco años más que tú. La única diferencia es el pelo... tú eres morena y ella es rubia. Y el peinado también es distinto. Tus ojos son de un azul más oscuro, pero no se nota dicha diferencia con lentes ahumados.

—¿Y por eso querías que viniese a Bagdad? Porque me parezco a ella.

—Sí, creí que el parecido... podría sernos útil.

—Así que lo arreglaste todo... Los Clipp..., ¿quiénes son los Clipp?

—No tiene importancia... hacen todo cuanto se les manda...

El tono de Edward hizo que un estremecimiento recorriera la espina dorsal de Victoria. Es como si hubiera dicho: «Están bajo la Obediencia».

En sus locos proyectos había una cierta religiosidad. Edward —pensó— es su propio dios. Por eso es tan temible.

Y en voz alta agregó:

—Me dijiste que Anna Scheele era la Abeja Reina del club.

—Tenía que decirte algo para que no sospecharas. Ya sabías demasiado.

«Y si no llego a parecerme a Anna Scheele me habrías hecho desaparecer», pensó Victoria.

—¿Quién es, en realidad?

—La secretaria personal de Otto Morganthal, el banquero internacional estadounidense. Pero eso no es todo. Posee el cerebro financiero más admirable. Tenemos razones para creer que conoce alguna de nuestras operaciones financieras. Tres personas eran peligrosas para nosotros... Rupert Crofton Lee, Carmichael..., bien, ambos han desaparecido. Sólo queda Anna Scheele. Se espera que llegue a Bagdad dentro de tres días. Entretanto ha desaparecido.

—¿Desaparecido? ¿Dónde?
—En Londres. En apariencia, se ha desvanecido en el aire.
—¿Y nadie sabe dónde está?
—Dakin puede que lo sepa.
Pero Dakin lo ignoraba. Victoria lo sabía, aunque no Edward... ¿Dónde *estaba* Anna Scheele?
—¿De verdad no tienes alguna idea? —quiso saber Victoria.
—Tenemos una —repuso Edward, despacio.
—¿Cuál?
—Es de vital importancia que Anna Scheele esté en Bagdad para asistir a la conferencia. Ya sabes que tendrá efecto dentro de cinco días.
—¿Tan pronto? No tenía ni idea.
—Tenemos vigiladas todas las entradas de este país. Desde luego no vendrá con su verdadero nombre, ni tampoco en un avión oficial. Hemos tenido medio de averiguarlo. Así que revisamos todas las inscripciones particulares. En la BOAC hay un pasaje reservado a nombre de Greta Harden. Hechas las averiguaciones oportunas, resulta que no existe esa persona. Es un nombre supuesto. Tenemos la impresión de que Greta Harden es Anna Scheele.
Y agregó:
—Ese avión se detendrá pasado mañana en Damasco.
—¿Y entonces?
Edward la miró a los ojos.
—Entonces tú entrarás en acción.
—¿Yo?
—Ocuparás su lugar.
—¿Como hicisteis con sir Rupert Crofton Lee? —dijo Victoria despacio.
Fue casi un susurro. Durante aquella sustitución Rupert Crofton Lee encontró la muerte. Y mientras Victoria ocupaba su puesto, era de suponer que Anna Scheele o Greta Harden muriese... Pero aunque se negara, Anna Scheele moriría lo mismo.
Y Edward esperaba... y si por un momento dudase de su lealtad, ella, Victoria, moriría... y sin la posibilidad de advertir a nadie.

No. Debía aceptar en espera de una ocasión en que poder avisar a míster Dakin.

Exhaló un profundo suspiro y dijo:

—Yo... yo... Oh, pero Edward, no puedo hacerlo. Me descubrirán. No sé hablar con acento estadounidense.

—Anna Scheele prácticamente no tiene acento alguno. De todas formas podías fingir una afección en la garganta. Uno de los mejores doctores de esta parte del mundo lo certificaría.

«Tienen gente en todas partes», pensó Victoria.

—¿Qué tendría que hacer? —preguntó.

—Volar desde Damasco a Bagdad como Greta Harden. Irte en seguida a la cama, donde permanecerás hasta que un médico de fama te autorice para salir con el tiempo justo para asistir a la conferencia. Y allí presentarás los documentos que habrás llevado contigo.

—¿Los auténticos?

—Claro que no. Nosotros los sustituiremos por nuestra versión.

—¿Qué documentos son ésos?

—Las pruebas convincentes del complot comunista más estupendo tramado en Estados Unidos —repuso Edward sonriendo.

«¡Qué bien lo han planeado todo!», dijo Victoria para sus adentros.

—¿De veras crees que podré llevarlo a cabo, Edward?

Ahora que estaba representando su papel, le fue fácil aparentar una ansiedad sincera.

—Estoy seguro. Me he dado cuenta de que el fingir una personalidad te proporciona tal diversión que es prácticamente imposible desconfiar de ti.

—Todavía me siento avergonzada cuando pienso en los Hamilton Clipp.

Edward rió de buena gana.

Victoria, mientras su rostro seguía cubierto por una máscara de adoración, pensaba: «Pero *tú* también fuiste un estúpido al dejar escapar lo del obispo en Basrah. De no hacerlo, nunca hubiese conocido tu verdadera personalidad».

—¿Y el doctor Rathbone? —preguntó de pronto.

—¿Qué quieres decir?

—¿Es sólo una pantalla...

Los labios de Edward se curvaron en una mueca.

—Rathbone se ha pillado los dedos. ¿Sabes lo que ha estado haciendo todos estos años? Pues apropiarse de las tres cuartas partes de las suscripciones que tiene el club por todo el mundo y metérselas en el bolsillo. Es el estafador más listo desde el tiempo de Horatio Bottomley. Oh, sí, Rathbone está completamente en nuestras manos... podemos descubrirle en cualquier momento, y él lo sabe.

Victoria sintió gratitud hacia aquel anciano de noble cabeza. Podía ser un timador... pero era compasivo... había tratado de avisarle para que escapara a tiempo.

—Todas las cosas colaboran en el Nuevo Orden —dijo el joven.

Y Victoria pensaba en su interior: «¡Edward, que parece tan cuerdo, está completamente loco! Tal vez uno se vuelve loco al querer ser un dios. Siempre han dicho que la humildad es una virtud cristiana... Ahora comprendo por qué. La humildad es lo que le hace a uno ser humano... y sensato».

Edward se puso en pie.

—El tiempo vuela —dijo—. Tenemos que llevarte a Damasco para poner en práctica nuestros planes pasado mañana.

Victoria levantóse de mala gana. Una vez estuviera lejos de Devonshire, otra vez en Bagdad con sus multitudes, y en el Hotel Tío con Marcus siempre sonriente invitándola a unas copas, la constante amenaza de Edward desaparecería. Se trataba de realizar un doble juego... continuar engañando a Edward con una adoración servil y contrarrestar sus planes secretamente.

—¿Crees que míster Dakin sabe dónde está Anna Scheele? Tal vez pueda averiguarlo.

—No es probable... y de todas maneras no volverás a ver a Dakin.

—Me dijo que fuese a verle esta tarde —saltó Victoria mientras un estremecimiento recorría su espina dorsal—. Le parecerá extraño si no voy.

—Ahora no nos importa lo que piense —repuso Edward—. Nuestros planes están trazados. No volverán a verte en Bagdad.

—Pero, Edward, ¡todas mis cosas están en el Tío! Y he reservado una habitación.

La bufanda. La preciosa bufanda.

—No necesitarás nada tuyo durante algún tiempo. Tengo un equipo preparado para ti. Vamos.

Volvieron a subir al coche. Victoria iba pensando: «Debí haber supuesto que Edward no sería tan tonto como para dejarme volver a ponerme en contacto con Dakin después de haberle descubierto. Cree que estoy loca por él..., sí, *estoy segura* de eso... pero de todas formas no va a correr ningún riesgo».

—¿No me buscarán si no vuelvo?

—Ya hemos pensado en eso. Oficialmente tú me dirás adiós en el puente para ir a ver a unos amigos en la orilla oeste.

—¿Y en realidad?

—Espera y verás.

Victoria permaneció silenciosa mientras el coche traqueteaba sobre el mal camino entre las plantaciones de palmeras y puentecitos de regadío.

—Lefarge —murmuró Edward—; quisiera saber qué quiso decir Carmichael al pronunciar ese nombre.

—¡Oh! —exclamó Victoria mientras el corazón le golpeaba en el pecho—. Me olvidé de decírtelo. No creo que significara nada. Un tal monsieur Lefarge fue a las excavaciones un día.

—¿Qué? —Edward casi estrella el coche en su exaltación—. ¿Cuándo fue eso?

—¡Oh! Hará cosa de una semana. Dijo que venía de otras excavaciones en Siria.

—¿No llegaron dos hombres llamados André y Juvent mientras estuviste tú allí?

—¡Oh, sí! —repuso Victoria—. Uno de ellos se encontraba mal del estómago. Fue a la casa para echarse un rato.

—Eran de los nuestros.

—¿Para qué fueron allí? ¿Para ver si me encontraban?

—No..., no teníamos idea de dónde podías estar. Pero Richard Baker estuvo en Basrah al mismo tiempo que Carmichael. Suponíamos que tal vez hubiese entregado algún mensaje a Baker.

—Dijo que habían registrado su habitación. ¿Encontraron alguna cosa?
—No... Ahora procura recordar, Victoria. ¿Ese hombre, Lefarge, llegó antes o después de que los nuestros llegasen?
Victoria hizo como que reflexionaba, mientras resolvía lo que podía decir sobre el imaginario Lefarge.
—Pues fue... sí, el día *antes* —le dijo.
—¿Y qué hizo?
—Fue a ver las excavaciones con el doctor Pauncefoot Jones. Y luego Richard Baker le acompañó a la casa para enseñarle algunos de sus hallazgos.
—Fue a la casa con Richard Baker. ¿Hablaron?
—Supongo que sí —repuso Victoria—. Quiero decir, que uno no va a mirar las cosas en silencio, ¿no te parece?
—¡Lefarge! —murmuraba Edward—. ¿Quién es Lefarge? ¿Por qué no tenemos la menor pista de su paradero?
Victoria estaba muy satisfecha de su invención. Ahora podía verlo en su mente...: un hombre joven, bastante atractivo, de cabellos oscuros y bigotillo recortado. Cuando Edward se lo preguntó pudo describirlo con todo detalle.
Habían llegado a los suburbios de Bagdad. Edward dirigió el automóvil a una calle lateral de villas modernas construidas con un estilo pseudoeuropeo, con balcones y jardín. Enfrente de una de ellas estaba estacionado un coche de turismo. Edward aparcó tras él y Victoria echó pie a tierra junto al joven, y ambos subieron los escalones que conducían a la puerta principal.
Una mujer de cabellos oscuros salió a recibirles y Edward le habló rápidamente en francés. Victoria no conocía lo suficiente este idioma para comprender todo lo que decían, pero le pareció que la presentaba como la joven que debía efectuar el cambio en seguida.
La mujer volvióse a Victoria para decirle en francés con mucha amabilidad:
—Sígame, por favor.
Y llevó a Victoria hasta un dormitorio, donde encima de la cama había un hábito de monja. La mujer hizo desnudar a Victoria y le puso las amplias faldas de lana con grandes pliegues. Luego le colocó la toca. Victoria pudo verse reflejada en el espejo. Su carita pálida parecía extraordinaria-

mente pura y espiritual rodeada de la blanca toca. La francesa le colgó un rosario de cuentas de madera al cuello. Luego, caminando sobre unas zapatillas demasiado grandes para ella, fue al encuentro de Edward.

—Estás muy bien —dijo—. Mantén los ojos bajos, especialmente cuando haya hombres alrededor.

La francesa reunióse a poco con ellos vestida de la misma forma. Las dos monjas salieron de la casa y subieron al coche de turismo, cuyo asiento delantero estaba ocupado por un hombre moreno vestido a la europea.

—Ahora a ver cómo te portas, Victoria —le dijo Edward—. Haz todo lo que te digan.

En su voz había una ligera amenaza.

—¿No vas a venir con nosotras, Edward?

—Me verás dentro de tres días —le dijo sonriendo. Y con sus maneras persuasivas murmuró—: No me falles, cariño. Sólo tú puedes hacerlo... Te quiero, Victoria. No estaría bien que besara a una monja... pero me gustaría hacerlo.

Victoria bajó los ojos con modestia, pero en realidad fue para contener la furia que la invadía.

«¡Judas!», pensó.

Y en vez de eso dijo en voz alta representando su papel:

—Bueno, ahora sí que parezco una esclava cristiana.

—Así me gusta —dijo Edward, agregando—: No te inquietes. Tus papeles están en perfecto orden... no tendréis ninguna dificultad en la frontera de Siria. A propósito, tu nombre de religiosa es hermana María de los Ángeles. La hermana Teresa que te acompaña tiene los documentos, y por amor de Dios, obedece todas las órdenes... ¡o te prevengo sinceramente que te habrás de arrepentir!

Se apartó saludándole con la mano y el coche de turismo emprendió la marcha.

Victoria echóse hacia atrás en el asiento, entregándose a la contemplación de las posibles alternativas; al pasar por Bagdad podía gritar pidiendo ayuda... explicar que la llevaban contra su voluntad..., en resumen, adoptar una actitud de protesta.

Pero, ¿qué conseguiría? Con toda seguridad el fin para Victoria Jones. Había observado que la hermana Teresa introdujo en su manga una pistola automática. No le daría oportunidad de hablar.

¿O era mejor esperar hasta llegar a Damasco? Posiblemente ocurriría otro tanto, o bien sus protestas serían anuladas por las declaraciones de la monja y el conductor. Tal vez llevasen papeles y certificados de que estaba perturbada.

Lo mejor era dejar las cosas como estaban... seguir el plan. Llegar a Bagdad como Anna Scheele y representar su papel. Porque, después de todo, de hacerlo así, habría de llegar un momento, el momento final, en que Edward no pudiera gobernar su lengua ni sus acciones. Si pudiera seguir convenciendo a Edward de que era capaz de hacer todo lo que le dijese, llegaría el momento de presentarse con los documentos ante la sala de la Conferencia... y Edward no estaría allí.

Y nadie podría impedir que dijese: «Yo no soy Anna Scheele y estos papeles son falsos».

Extrañóse de que Edward no temiera este desenlace, pero recordó que la vanidad es una cualidad cegadora. La vanidad es el tendón de Aquiles. Y quedaba el hecho de que Edward y sus secuaces necesitaban disponer de una Anna Scheele para que su plan tuviera éxito. Y el encontrar una muchacha que se pareciera a Anna Scheele... hasta el punto de tener la misma cicatriz en el labio... era dificilísimo. Estas coincidencias son poco corrientes. No, los superhombres necesitaban a Victoria Jones, la taquimecanógrafa... hasta el extremo que ella les tenía en sus manos... no había que darle vueltas.

El coche cruzaba el puente. Victoria contempló el Tigris con nostalgia. Luego corrió veloz por una avenida polvorienta. Victoria comenzó a pasar las cuentas del rosario entre sus dedos. Eso le confortaba.

«Después de todo —pensó Victoria—, *yo soy* cristiana. Y cuando se es cristiano, me parece que es mil veces mejor ser un mártir del cristianismo que un rey de Babilonia... y debo confesar que tengo grandes posibilidades de convertirme en mártir. ¡Oh! Bueno, por lo menos no me echarán a los leones. ¡Me dan horror!»

CAPÍTULO XXIII

I

La enorme fortaleza volante fue descendiendo hasta efectuar un aterrizaje perfecto. Tras recorrer toda la pista se detuvo en el lugar designado. Los pasajeros fueron separados de los que tenían que tomar otro avión para continuar hasta Bagdad.

Entre estos últimos se hallaba un hombre de negocios iraquí, un médico inglés y dos mujeres. Todos ellos pasaron por la Aduana y respondieron a los cuestionarios.

Una mujer morena de rostro fatigado y cabellos descuidados y recogidos en un moño fue la primera.

—¿Mistress Pauncefoot Jones? Inglesa. Sí. Va a reunirse con su marido. ¿Su dirección en Bagdad, por favor? ¿Cuánto dinero...?

—Greta Harden. Sí. ¿Nacionalidad? Danesa. Viene de Londres. ¿Propósito del viaje? ¿Dirección en Bagdad? ¿Cuánto dinero lleva?

Luego otra mujer ocupó el puesto de la primera.

Greta Harden era una mujer delgada y rubia que llevaba gafas ahumadas. Un poco de cosmético colocado sobre el labio superior, disimulaba lo que pudo ser una imperfección. Llevaba los zapatos limpios aunque usados.

Su francés era deficiente..., a veces tenían que repetir las preguntas.

A los cuatro pasajeros se les dijo que el avión para Bagdad saldría aquella tarde. Iban a ser conducidos al Hotel Abbassid para comer y descansar.

Greta Harden reposaba sobre la cama cuando llamaron a la puerta. La abrió, encontrándose ante una joven morena que vestía el uniforme de la BOAC.

—Lo siento, miss Harden. ¿Le importaría acompañarme

a la oficina de la BOAC? Ha habido una pequeña confusión con su billete. Por aquí, haga el favor.
Greta Harden siguió a su guía por el pasillo. En una de las puertas se leía en un gran cartel con letras doradas: Oficinas de la BOAC.
La azafata abrió la puerta haciendo pasar a su acompañante. Cuando ésta hubo entrado la cerró rápidamente por fuera y quitó el cartelito.
Greta Harden, al otro lado de la puerta, encontróse con dos hombres que la cubrieron con una manta y la amordazaron. Uno de ellos le subió la manga del vestido, sacó una jeringuilla hipodérmica y le puso una inyección.
Pocos minutos después su cuerpo quedó inerte.
El joven doctor dijo alegremente:
—Eso la mantendrá quietecita unas seis horas. Ahora, continúan ustedes dos.
Y señaló a dos monjas sentadas muy quietas junto a la ventana. Los hombres salieron de la estancia. La mayor de las dos monjas se acercó a Greta Harden para quitarle sus ropas. La más joven, temblando ligeramente, comenzó a despojarse del hábito. A poco, Greta Harden, vestida como religiosa, yacía inmóvil sobre la cama. La hermana más joven estaba ahora convertida en Greta Harden.
La monja mayor dedicó su atención al peinado de su compañera. Mirando una fotografía que puso junto al espejo, fue peinándola y soltándole el pelo sobre la nuca, que quedaba muy tirante desde la frente.
Echóse hacia atrás para apreciar su obra y dijo en francés:
—Es sorprendente cómo la cambia. Póngase los lentes oscuros. Tiene los ojos demasiado azules. Sí..., admirable.
Llamaron ligeramente a la puerta y los dos hombres volvieron a entrar.
—Greta Harden es Anna Scheele, desde luego —dijo uno de ellos—. Llevaba los papeles escondidos entre las hojas de la revista danesa *Mensaje en el Hospital*. Ahora, miss Harden —inclinóse ceremoniosamente ante Victoria—, me hará el honor de comer conmigo.
Victoria le siguió al salir de la habitación hasta el vestíbulo. La otra pasajera estaba enviando un telegrama.

—No —decía—. Pauncefoot. Doctor Pauncefoot Jones. Llegaré hoy Hotel Tio. Tuve buen viaje.

Victoria la miró con súbito interés. Aquélla debía ser la esposa del doctor Pauncefoot que iba a reunirse con él. El que llegara una semana antes no le pareció nada extraordinario, puesto que había oído lamentar varias veces al doctor el haber perdido la carta en que anunciaba la fecha de su llegada, aunque estaba casi seguro que era el día 26.

«Si yo pudiera enviar algún mensaje a Richard Baker por medio de mistress Pauncefoot Jones...»

Como si hubiese leído sus pensamientos su acompañante la agarró por el codo apartándola del mostrador.

—Nada de conversaciones con sus compañeros de viaje, miss Harden —le dijo—. No queremos que esa buena mujer note que no es usted la misma persona que vino con ella de Inglaterra.

Salieron del hotel y fueron a comer a un restaurante. Al regresar, mistress Pauncefoot Jones bajaba la escalera del hotel. Saludó a Victoria sin sospechar.

—¿Ha ido a contemplar el paisaje? —le dijo—. Yo voy ahora a ver los bazares.

«Si pudiera deslizar una nota en su equipaje...», pensó la muchacha.

Pero no la dejaron sola ni un momento.

El avión para Bagdad salía a las tres.

Mistress Pauncefoot Jones tenía su asiento en la parte delantera. Victoria estaba en la cola, cerca de la puerta, y en el pasillo el hombre rubio que era su cancerbero. Victoria no tuvo oportunidad de introducir ningún mensaje en su equipaje.

El trayecto no fue largo. Por segunda vez, Victoria contempló desde el aire la ciudad que se dibujaba a sus pies, cruzada por el Tigris, cuya corriente parecía de oro.

Así lo había visto también un mes atrás. ¡Cuántas cosas habían ocurrido desde entonces!

Dentro de dos días, los hombres que representaban las ideologías predominantes en el mundo iban a reunirse allí para discutir sobre el futuro.

Y ella, Victoria Jones, tendría que representar su forzado papel.

II

—¿Sabe? —decía Richard Baker—. Estoy inquieto por esa chica.
—¿Qué chica? —dijo distraído el doctor Pauncefoot Jones.
—Victoria.
—¿Victoria? ¿Dónde está? ¿Por qué...? Dios me perdone, ayer nos volvimos sin ella.
—Me preguntaba si se habrá dado cuenta —añadió Richard.
—Ha sido un descuido por mi parte. Estaba tan interesado por los informes de las excavaciones de Bamdar... ¿Es que no sabía dónde encontrar el camión?
—Es que no pensaba regresar aquí —repuso Richard—. A decir verdad no era Venetia Savile.
—¿Que no? ¡Qué raro! Pero yo creí que dijiste que su nombre de pila era Victoria.
—Y lo es. Pero no es arqueóloga, ni conoce a Emerson. La verdad es que todo ha sido un... bueno... un malentendido.
—Dios mío. Me parece muy extraño —el doctor Pauncefoot Jones reflexionó unos instantes—. *Muy* extraño. ¿Tengo yo la culpa? Ya sé que soy algo distraído. ¿Tal vez me equivoqué de carta?
—No lo comprendo —decía Richard Baker sin poner atención en las palabras del doctor—. Se marchó en un automóvil con un joven y no ha vuelto. Y lo que es más, su equipaje sigue en el hotel y ni siquiera se entretuvo en deshacerlo. Eso me parece muy extraño..., considerando lo desarreglada que iba. Estaba seguro que se cambiaría de ropa y habíamos quedado en encontrarnos para comer juntos... No, no lo entiendo. Espero que no le haya ocurrido nada.
—Oh, yo no lo pensaría ni por un momento —dijo el doctor Pauncefoot Jones consolador—. Mañana comenzaré a descender. Por el plano general diría que es la mejor oportunidad para descubrir aquel retablo que parece tan prometedor a juzgar por el fragmento hallado.
—Ya la raptaron una vez —seguía Richard sin prestarle atención—. ¿Quién iba a impedir que volvieran a raptarla?

—Es inverosímil —repuso el arqueólogo—. El país está muy pacífico ahora. Usted mismo lo dijo.

—Si por lo menos pudiera recordar el nombre de aquel sujeto de la Compañía de petróleos. ¿Era Deacon? ¿Deacon, Dakin? Algo así.

—Nunca oí hablar de él —contestó el profesor—. Creo que puedo encargar a Mustafá y su cuadrilla la esquina nordeste. Entonces podemos extendernos...

—¿Le molestaría mucho que volviese a Bagdad mañana, señor?

El doctor Pauncefoot Jones, dedicándole por primera vez toda su atención, le miró de hito en hito.

—¿Mañana? ¡Pero si estuvo ayer!

—Estoy verdaderamente preocupado por esa chica. De veras.

—¡Dios mío, Richard! No tenía ni idea de que se tratase de una cosa así.

—¿Cómo así?

—De que le hubieras cobrado tanto afecto. Eso es lo peor de tener mujeres en las excavaciones..., sobre todo si son atractivas. Creí que no ocurriría nada con Sybil Muirfield... el año pasado, pues era una muchacha muy vulgar... ¡Y lo que ocurrió! Debí haber escuchado a Claude en Londres... Esos franceses siempre dan en el clavo. Una vez hizo un comentario demasiado entusiasta sobre sus pantorrillas. Claro que esta muchacha, Victoria, Venetia, sea cual sea su nombre, es muy atractiva y muy bonita. Tienes buen gusto, Richard; tengo que reconocerlo. ¡Qué extraño! Es la primera chica por la que te veo interesado.

—No se trata de nada de eso —dijo Richard enrojeciendo y poniéndose más serio que de costumbre—. Sólo..., estoy preocupado por ella. *Debo* ir a Bagdad.

—Bien, puesto que irás mañana puedes traerme algunos picos. Ese estúpido del chófer los olvidó.

Richard partió para Bagdad al amanecer y fue directo al Hotel Tío. Allí le dijeron que Victoria todavía no había regresado.

—Y le dispuse una cena especial —le dijo Marcus—. Y le reservé una habitación preciosa. Es extraño, ¿no le parece?

—¿Ha dado parte a la policía?

—¡Oh, no, Dios mío, qué mala sombra! Y a ella no le gustaría, ni a *mí* tampoco.

Tras hacer algunas averiguaciones, Richard fue a la oficina de míster Dakin.

El recuerdo que guardaba de él no era erróneo. Contempló su rostro indeciso y el ligero temblor de sus manos. ¡Aquel hombre no estaba bien! Le pidió perdón por hacerle perder su tiempo, pero, ¿había visto a Victoria?

—Vino a verme anteayer.

—¿Puede darme su dirección?

—Creo que está en el hotel Tio.

—Su equipaje, sí, pero ella, no.

Míster Dakin alzó ligeramente las cejas.

—Estuvo trabajando con nosotros en las excavaciones de Aswad —explicó Richard.

—Oh, ya. Bien..., me temo que no podré decirle nada que pueda ayudarle. Tenía varios amigos en Bagdad... pero no la conozco lo suficiente para decirle dónde puede estar.

—¿Tal vez en La Rama de Olivo?

—No lo creo, pero puede preguntar.

—Escuche —dijo Richard—. No me iré de Bagdad hasta que la encuentre.

Y tras fruncir el ceño para mirar a míster Dakin, salió de su despacho.

Éste, cuando la puerta se hubo cerrado tras el muchacho, sonrió meneando la cabeza.

—¡Oh, Victoria! —murmuró a modo de reproche.

Y ya en el Hotel Tio, Richard fue recibido por el sonriente Marcus.

—¿Hay noticias? —exclamó Richard con ansiedad.

—No, sólo de mistress Pauncefoot Jones. He oído decir que llega hoy en avión. El doctor me dijo que la esperaba la semana próxima.

—Siempre equivoca las fechas. ¿Qué hay de Victoria Jones?

El rostro de Marcus volvió a ponerse serio.

—Nada. No he sabido nada más. Y esto no me gusta, míster Baker. No me gusta. Es tan joven y tan bonita... Tan alegre y encantadora...

—Sí, sí —repuso Richard—. Será mejor que espere y vaya a recibir a mistress Pauncefoot Jones, me figuro.

¿Qué diablos podía haberle sucedido a Victoria?

III

—¡Tú! —dijo Victoria sin disimulada hostilidad.

Al entrar en su habitación del hotel Babilonia Palace, la primera persona que vio fue a Catherine.

Catherine asintió con la cabeza con el mismo resentimiento.

—Sí —le dijo—. Soy yo. Y ahora haz el favor de acostarte. El doctor no tardará en llegar.

Catherine, que iba vestida de enfermera, había tomado su trabajo muy en serio y parecía determinada a no separarse del lado de Victoria. Ésta, que yacía desconsolada en la cama, murmuró:

—Si pudiera ver a Edward...

—¡Edward! ¡Edward! ¡A Edward nunca le has importado nada, estúpida inglesa! ¡Es a *mí* a quien él quiere!

Victoria contempló el rostro iracundo de Catherine sin alterarse.

—Siempre te he odiado —proseguía Catherine—, desde la mañana que entraste preguntando por el doctor Rathbone con tanta insistencia.

—De todas formas, yo soy mucho más importante que tú. *Cualquiera* puede representar el papel de una enfermera, pero todos dependen del mío —le dijo Victoria para irritarla aún más.

—Nadie es indispensable. Es lo que nos enseñan.

—Pues *yo* lo soy. Por el amor de Dios, haz que me traigan una buena comida. Si no como algo, ¿cómo esperan que pueda hacer las veces de secretaria de un banquero estadounidense cuando llegue el momento?

—Supongo que no hay nada que impida que comas mientras puedas —dijo Catherine de mala gana.

Victoria hizo caso omiso de la insinuación.

IV

—Creo que acaba de llegar una tal miss Harden —decía el capitán Crosbie.

El amable conserje del Babilonia Palace inclinó la cabeza.

—Sí, señor. De Inglaterra.

—Es amiga de mi hermano. ¿Quiere entregarle mi tarjeta?

Escribió unas palabras en la cartulina que puso dentro de un sobre.

El botones que había ido a llevarla volvió a los pocos minutos.

—La señora no se encuentra bien, señor. Le duele mucho la garganta. El doctor no tardará en venir. Ahora está con una enfermera.

El capitán Crosbie se marchó al hotel Tio, donde Marcus le acosó.

—Ah, querido amigo, bebamos algo. Esta tarde mi hotel está lleno. Es por la Conferencia. Pero qué lástima que el doctor Pauncefoot Jones regresara a su expedición anteayer, y hoy ha llegado su esposa, que esperaba la fuese a recibir. ¡Está muy disgustada! Dice que le anunció que llegaría en este avión. Pero ya sabe cómo es..., siempre equivoca las fechas y las horas, pero es un hombre muy agradable —concluyó con su acostumbrada caridad—. Yo tengo que consolarla de algún modo... Me he convertido en un hombre muy importante en la ONU.

—Bagdad se ha vuelto loco.

—Y toda la policía que han traído... Están tomando muchas precauciones..., eso dicen... ¿Ha oído usted algo? Se ha organizado un complot comunista para asesinar al Presidente. ¡Han arrestado a sesenta y cinco estudiantes! ¿Ha visto a los policías rusos? Sospechan de todo el mundo. Pero todo es bueno para el negocio, ya lo creo.

V

Sonó el timbre del teléfono y fue inmediatamente descolgado.

—Aquí la Embajada de EE.UU.
—Habla el hotel Babilonia Palace. Miss Anna Scheele se hospeda aquí.
—¿Anna Scheele? Precisamente habla con uno de los agregados. ¿Podría ponerse al aparato miss Anna Scheele?
—Miss Scheele está en cama con laringitis. Soy el doctor Smolbrook, y la tengo a mi cuidado. Tiene algunos documentos muy importantes y quisiera que alguna persona responsable de la Embajada viniera a recogerlos. ¿Inmediatamente? Gracias. Le estará esperando.

VI

Victoria se miró en el espejo. Llevaba un traje sastre muy bien cortado. Sus cabellos rubios habían sido peinados primorosamente. Sentíase nerviosa, pero divertida.

Al volverse captó la mirada de Catherine y se puso a la defensiva. ¿Por qué parecía tan contenta?

¿Qué iba a ocurrir?

—¿Por qué estás tan satisfecha? —le preguntó.

—Pronto lo verás.

Ya no ocultaba su malicia.

—Te crees tan inteligente, que te parece que todo depende de ti. ¡Bah, eres sólo una estúpida!

De un salto estuvo a su lado, y agarrándola por un hombro apretó con fuerza.

—¡Dime lo que quieres decir, mujer odiosa!

—¡Ay!... Me haces daño.

—Dímelo...

Llamaron a la puerta. Dos golpecitos seguidos y, tras una corta pausa, otro.

—¡Ahora lo verás! —exclamó Catherine.

La puerta se abrió, dando paso a un hombre. Era alto y vestía el uniforme de la Policía Internacional. Cerró la puerta y luego quitó la llave. Después acercóse a Catherine.

—¡De prisa! —le ordenó.

Sacó un pedazo de cuerda de su bolsillo y con toda tranquilidad ató a Catherine a una silla. Ella le dejaba hacer. Luego la amordazó con una bufanda.

—Así..., de primera.
Luego volvióse hacia Victoria. Ésta vio la pesada porra que blandía y en unos segundos comprendió todo. Nunca pensaron en dejarla representar el papel de Anna Scheele en la Conferencia. ¿Cómo iban a correr ese riesgo? Victoria era bien conocida en Bagdad. No, el plan siempre había sido que Anna Scheele sería atacada y muerta en el último momento..., asesinada de tal forma que sus facciones quedaran irreconocibles... Sólo quedarían los papeles..., aquellos documentos falsificados...

Victoria fue hasta la ventana... y gritó. Con una sonrisa, el hombre se acercó a ella.

Entonces ocurrieron varias cosas... Se oyó un estrépito de cristales rotos..., una mano pesada la arrojó al suelo..., vio estrellas y una oscuridad... Luego una voz habló en inglés.

—¿Está usted bien, señorita? —le preguntó.

Victoria murmuró algo.

—¿Qué es lo que dice? —preguntaba otra voz.

—Dice que es mejor servir en el Cielo que reinar en el Infierno.

—Es una cita —repuso el otro—; pero se ha equivocado.

—No me he equivocado —dijo Victoria, y se desmayó.

VII

Sonó el teléfono y Dakin descolgó el auricular. Una voz dijo:

—La Operación Victoria se ha llevado a cabo felizmente.

—Bien —repuso Dakin.

—Hemos atrapado a Catherine Serakis y al médico. El otro individuo se arrojó por el balcón. Está gravemente herido.

—¿Y la muchacha?

—Se ha desmayado..., pero está bien.

—¿Alguna noticia de la verdadera A. S.?

—Ninguna.

Dakin cortó la comunicación.

Sea como fuera, Victoria estaba a salvo... La verdadera Anna debía de haber muerto... Insistió en actuar sola, asegurando que estaría en Bagdad el diecinueve sin falta. Estaban a diecinueve y no había rastro de Anna Scheele. Tal vez hizo bien en no confiar en el plan oficial... Lo ignoraba. Cierto que había tenido filtraciones... traiciones. Pero aparentemente su propia inteligencia no le había servido tampoco de mucho.

Y sin Anna Scheele las pruebas no estaban completas.

Un mensajero entró con una nota en la que estaban escritos los nombres de Richard Baker y mistress Pauncefoot Jones.

—Ahora no puedo ver a nadie —dijo Dakin—. Dígales que lo lamento. Estoy ocupado.

El criado desapareció, y volvió a los pocos instantes con otra nota.

«Deseo verle para hablarle de Henry Carmichael. Richard Baker.»

—Hágale pasar —ordenó Dakin.

—No quisiera hacerle perder el tiempo —dijo Richard Baker cuando entró acompañado de mistress Pauncefoot Jones—; pero fui compañero de colegio de un hombre llamado Henry Carmichael. Hacía muchos años que no nos veíamos, pero cuando estuve en Bagdad hace unas semanas lo encontré en la sala de espera del Consulado. Iba vestido como un árabe, y sin haber dado muestras de haberme reconocido comenzó a comunicarse conmigo.

—Me interesa muchísimo —repuso Dakin.

—Me dio la impresión de que Carmichael se sentía en peligro. Y no tardé en ver que era cierto. Fue atacado por un hombre que sacó un revólver y que yo procuré apartar. Carmichael puso pies en polvorosa, pero antes de salir deslizó una nota en mi bolsillo que yo encontré más tarde... No me pareció importante... Parecía simplemente un anuncio... de un tal Ahmed Mohammed. Pero actué convencido de que para Carmichael *sí* era importante.

»Puesto que no me dio instrucciones, la guardé en la creencia de que algún día habría de reclamarla. El otro día supe por Victoria Jones que había muerto. Y por otras cosas que me dijo llegué a la conclusión de que usted era la persona a quien debo entregar la nota.

Y levantándose depositó un papel sucio sobre la mesa de míster Dakin.

—¿Tiene algún significado para usted?

Dakin exhaló un profundo suspiro.

—Sí —respondió—. Mucho más de lo que usted cree.

Se puso en pie.

—Le estoy muy agradecido, Baker. Perdone que acorte esta entrevista, pero hay muchas cosas que debo atender sin pérdida de tiempo —estrechó la mano de mistress Jones, diciendo—: Supongo que irá a reunirse con su esposo en las excavaciones. Espero que tengan una buena temporada.

—Ha sido una suerte que el doctor Pauncefoot Jones no viniera conmigo a Bagdad esta mañana —dijo Richard—. Es verdad que el buen doctor no se fija *mucho* en las cosas, pero es probable que hubiera notado la diferencia entre su esposa y su cuñada.

Dakin miró con ligera sorpresa a mistress Pauncefoot Jones, que decía complacida:

—Mi hermana Elsie sigue en Londres. Me teñí el pelo de oscuro y vine con su pasaporte. El nombre de soltera de mi hermana es Elsie Scheele. Y el mío, míster Dakin, es Anna Scheele.

CAPÍTULO XXIV

Bagdad estaba transformado. La policía acordonaba las calles... Policía llegada del extranjero... De todas las naciones. Policías estadounidenses y rusos permanecían unos al lado de los otros con el rostro impasible.

Los rumores circulaban que era un contento... ¡Ninguno de los Grandes llegaba! Por dos veces el avión ruso, debidamente escoltado, aterrizó resultando portador tan sólo del piloto.

Pero al fin las noticias circularon con la nueva de que todo iba bien. El presidente de los Estados Unidos y el dictador ruso habían llegado a Bagdad y se hospedaban en el Palacio de la Regencia.

¡Por fin había dado comienzo la tan esperada histórica Conferencia!

En una reducida antesala ocurrían ciertos acontecimientos que podrían alterar el curso de la historia, y como la mayoría de los sucesos importantes, no eran dramáticos precisamente.

El doctor Alan Breck, del Instituto Atómico Harwell, estaba dando su minucioso informe con voz pausada y precisa.

El malogrado sir Rupert Crofton Lee le había dejado ciertos ingredientes para que los analizara. Fueron conseguidos durante uno de los viajes de sir Rupert a través de China y Turkestán, Kurdistán e Irak. Las pruebas del doctor Breck eran severas y técnicas. Minerales metálicos con gran contenido de uranio... El lugar del depósito no se conocía exactamente, puesto que las notas y diarios de sir Rupert fueron destruidos durante la guerra por el enemigo.

Entonces le tocó el turno a míster Dakin. Con su voz cansada refirió la leyenda de míster Henry Carmichael, de su creencia en ciertos rumores e historias increíbles sobre varias instalaciones y laboratorios subterráneos en un lugar remoto lejos del alcance de la civilización. De su búsqueda... y de su éxito. De cómo el gran viajero sir Rupert Crofton Lee, el hombre que había creído a míster Carmichael, porque conocía aquellas regiones, se avino a ir a Bagdad, donde encontró la muerte. Y sabía cómo murió Carmichael a manos de un falso sir Rupert.

—¡Sir Rupert ha muerto; míster Carmichael también! Pero existe un tercer testigo que vive y está hoy aquí. Requiero a miss Anna Scheele para que presente su testimonio.

Anna Scheele, tan tranquila y compuesta como si estuviese en el despacho de míster Morganthal, presentó su lista de nombres y cifras. Con admirable cerebro crematístico perfiló la gran operación que había ido retirando el dinero de la circulación, y que sirvió para desarrollar las actividades que habrían de separar el mundo civilizado en dos bandos opuestos. No eran meros asertos. Presentó hechos y cifras que corroboraban sus afirmaciones. Pero los oyentes no quedaron convencidos de que aquello estuviera de acuerdo con la historia inverosímil de Carmichael.

Dakin, después de una corta pausa, volvió a hacer uso de la palabra.

—Henry Carmichael ha muerto —dijo—. Pero trajo de su azaroso viaje las pruebas tangibles y definitivas. No se atrevió a llevarlas consigo... Sus enemigos le seguían muy de cerca. Pero era un hombre de muchos amigos. Por medio de dos de estos amigos envió las pruebas a otro amigo..., a un hombre que todo Irak quiere y respeta, y que ha tenido la gentileza de venir hoy aquí. Me refiero al jeque Hussein el Ziyara de Kerbela.

El jeque Hussein el Ziyara gozaba de gran renombre —como Dakin había dicho— por todo el mundo musulmán, como hombre sagrado y poeta de fama. Muchos le consideraban un santo. Ahora se puso en pie. Tenía una figura majestuosa realzada por su barba oscura y poblada. Su chaqueta gris ribeteada de galón dorado estaba cubierta por una capa oscura de un tejido finísimo. Llevaba la cabeza envuelta en un turbante verde con hebras de oro macizo que le daba la apariencia de un patriarca. Habló con voz profunda y sonora.

—Henry Carmichael era amigo mío —dijo—. Le conocí

cuando era niño y estudiamos juntos los versos de los grandes poetas. Dos hombres llegaron a Kerbela, dos hombres que viajan por el país con un cine ambulante. Son gente sencilla, pero buenos seguidores del Profeta. Me trajeron un paquete que mi amigo inglés Carmichael había encargado me entregasen. Yo debía guardarlo en lugar secreto y seguro y depositarlo únicamente en manos de Carmichael, o a un mensajero suyo que repitiera ciertas palabras convenidas. Si de veras sois ese mensajero, hablad, hijo mío:

Dakin dijo:

—Sayyid, el poeta árabe Mutanabbi «el Aspirante a la Profecía», que viviera mil años atrás, escribió una oda al príncipe Sayfu-Dawla de Alepo, en la que aparecen estas palabras: «¡Añade, ríe, alégrate, regocíjate, acércate, demuéstrame tu favor, compláceme, dame!».

Con una sonrisa, el jeque Hussein el Ziyara le tendió un paquete.

—Y digo como dijo el príncipe Sayfu-Dawla: «Tendrás lo que deseas...».

—Caballeros —continuó Dakin—. Éstos son los microfilmes traídos por Henry Carmichael como prueba de su historia...

Aún habló otro testigo... una figura trágica: un anciano de noble cabeza que había sido universalmente conocido y admirado.

—Caballeros —dijo con trágica dignidad—: Dentro de poco seré procesado criminalmente como un vulgar estafador. Pero hay algunas cosas que yo no puedo apoyar. Hay una banda de hombres casi todos jóvenes de corazón tan perverso que apenas es posible creerlo.

Alzó la cabeza para exclamar:

—¡Son anticristos! ¡Y digo que hay que *detenerlos*! Tenemos que tener paz... y para eso *debemos procurar* comprendernos unos a otros. Tendí una red para hacer dinero...; pero, ¡Cielos!, he terminado creyendo lo que predicaba... aunque no defiendo los métodos que empleé. Por amor de Dios, caballeros, comencemos de nuevo e intentemos ir unidos...

Hubo unos momentos de silencio, y al fin una voz aflautada y oficial, con la fría impersonalidad de la burocracia, dijo:

—Estos hechos serán presentados inmediatamente ante el presidente de los Estados Unidos y el primer ministro de la Unión de Repúblicas Socialistas Soviéticas.

CAPÍTULO XXV

Lo que me atormenta —decía Victoria— es la pobre mujer danesa que fue asesinada por error en Damasco.
—¡Oh!, está perfectamente —repuso Dakin, contento—. Tan pronto despegó su avión, arrestamos a la francesa y llevamos a Greta Harden al hospital. Está bien. Querían tenerla bajo la acción de una droga durante un tiempo, hasta asegurarse que el asunto de Bagdad había salido bien. Era de los nuestros, desde luego.
—¿De veras?
—Sí; cuando desapareció Anna Scheele, pensamos que podía haber sido para dar qué pensar a los del bando contrario. Así que reservamos un billete para Greta Harden y procuramos no darle mucha consistencia. Y cayeron... llegando a la conclusión de que Greta Harden debía de ser Anna Scheele. Le dimos unos documentos falsos para probarlo.
»Mientras la verdadera Anna Scheele esperaba tranquilamente en la clínica a que llegara la hora en que mistress Pauncefoot Jones fuese a reunirse con su esposo.
»Sí, sencillo..., pero efectivo. Actuando con el convencimiento de que, en caso de apuro, las únicas personas en que se podía confiar son los propios parientes. Es una mujer muy inteligente.
—Siempre pensé que lo conseguiría —dijo Victoria—. ¿Es cierto que los suyos no dejaban de vigilarla?
—Durante todo el tiempo. Edward no era tan listo como se figuraba, ¿sabe? Hace algún tiempo que estábamos investigando sus actividades. Cuando usted me contó lo ocurrido la noche de la muerte de Carmichael, estuve francamente intranquilo por usted.

»Lo mejor que podía hacer era enviarla deliberadamente como espía. Si Edward Goring sabía que estaba en contacto conmigo, eso la mantendría a salvo, porque de ese modo por usted podía conocer nuestros movimientos. Era demasiado valiosa para eliminarla. Y al mismo tiempo podía proporcionarnos falsas informaciones a través de usted. Era un buen enlace. Pero cuando descubrió la falsa personalidad de Rupert Crofton Lee, Edward decidió que era mejor mantenerla sujeta hasta que fuese necesaria (en el caso que llegara a utilizarla) para representar el papel de Anna Scheele. Sí, Victoria, es usted muy afortunada al poder estar ahí sentada comiéndose esas nueces.

—Ya lo sé.

—¿Le importa mucho Edward? —le preguntó Dakin.

—Nada en absoluto —dijo Victoria, mirándole a los ojos—. Fui una tonta. Dejé que hiciera gala de su atractivo. Me he portado como una colegiala, imaginando que era Julieta y otras muchas tonterías.

—No se culpe demasiado. Edward tiene un don natural que atrae a las mujeres.

—Sí, y lo utiliza.

—Desde luego.

—La próxima vez que me enamore —dijo Victoria—, no será de un hombre que me atraiga físicamente. Querré a un hombre de verdad..., no de esos que dicen cosas bonitas No me importará que use lentes o cosa parecida. Quiero que sea interesante... y que hable de cosas interesantes.

—¿De unos treinta y cinco hasta cuarenta y cinco años?

—¡Oh, de treinta y cinco!

—Menos mal. Por un momento pensé que se estaba refiriendo a mí.

Victoria echóse a reír.

—Y... ya sé que no debo hacer preguntas... Pero, ¿había algún mensaje escrito realmente en la bufanda tejida a mano?

—Un nombre. Las *tricoteuses*, una de las cuales era madame Defarge, tejieron un nombre en clave. La bufanda y el anuncio que Carmichael puso en el bolsillo de Baker fueron las dos ramas para encontrar la pista. Una nos dio el nombre del jeque Hussein el Ziyara de Kerbela. El otro, una vez sometido a un vapor de yodo, nos dio las palabras para que el jeque nos entregara las pruebas. No podía haber lugar mejor para ocultarlas que en la ciudad sagrada de Kerbela.

—¿Y fueron llevadas por todo el país por esos hombres del cine ambulante..., los que encontramos?

—Sí. Personas muy conocidas, y completamente aparte de la política. Amigos personales de Carmichael. Tenía muchos amigos.

—Debía ser muy simpático. Siento que haya muerto.

—Todos tenemos que morir un día u otro —repuso Dakin—. Y si existe otra vida en el Más Allá, cosa que creo firmemente, tendrá la satisfacción de saber que su fe y su valor han hecho más por salvar a ese viejo mundo de un inminente derramamiento de sangre y de la miseria que nadie que podamos imaginar.

—¿No es extraño —dijo Victoria, ensimismada— que Richard tuviese una parte del secreto y yo la otra? Casi parece como...

—Como si tuviese que ser así —concluyó Dakin con un guiño—. ¿Y puedo preguntar qué es lo que hará ahora?

—Tendré que buscar trabajo —repuso Victoria—. Empezaré a mirar.

—No busque demasiado. Me parece que hay un trabajo que la busca a usted.

Y dicho esto se marchó, dejando su puesto a Richard Baker, que se aproximaba.

—Escuche, Victoria —le dijo el joven—. Venetia Savile no va a poder venir. Parece ser que tiene paperas. Usted nos es muy útil en la excavación. ¿Le gustaría volver? Sólo podemos pagarle la manutención y el pasaje para Inglaterra, pero de eso ya hablaremos más adelante. Mistress Pauncefoot Jones llegará la semana que viene. Bien, ¿qué dice usted?

—¡Oh! ¿De veras quiere que vaya? —exclamó Victoria.

Por alguna razón, Richard Baker enrojeció violentamente. Carraspeando, se puso a limpiar los cristales de sus lentes.

—Creo... —dijo— que nos será muy útil.

—¡Iré encantada!

—En ese caso será mejor que recoja su equipaje y venga

conmigo ahora a la excavación. ¿No querrá usted deambular por Bagdad, verdad?
—Desde luego que no —repuso Victoria.

—Conque ya te tenemos aquí, mi querida Veronica —le dijo el doctor Pauncefoot Jones—. Richard se marchó preocupadísimo por ti. Bien... espero que seáis muy felices.
—¿Qué ha querido decir? —preguntó Victoria sorprendida cuando el doctor se alejó.
—Nada —repuso Richard—. Ya sabes cómo es... Ha sido un poco... prematuro.

Esta edición
se terminó de imprimir en
Grafinor S. A.
Lamadrid 1576, Villa Ballester
en el mes de enero de 2001.